Irene Scharenberg

Die Sünderinnen

Duisburg Krimi

Prolibris Verlag

Originalausgabe 1. Auflage 2009

Tel.: 0561/766 449 0, Fax: 0561/766 449 29

Lektorat: Anette Kleszcz-Wagner
Korrektur: Christiane Helms
Titelfoto: Claudia Dietl, Essen, www.lichtbilder-cdietl.de
Papierschiffchen: © gladjac – Fotolia.de
Druck: GGP Media GmbH, Pößneck
ISBN: 978-3-935263-70-2

www.prolibris-verlag.de

Für meine Eltern
Hans und Frieda

Zufrieden nickte Barbara Winkler ihrem Spiegelbild zu, bevor es in dem kondensierenden Wasserdampf unterzugehen drohte. Mit den hohen Wangenknochen und den leicht schräg stehenden, blaugrünen Augen wirkte ihr Gesicht irgendwie slawisch. Das eben frottierte, immer noch ein wenig feuchte kastanienbraune Haar stand ihr in allen möglichen Richtungen vom Kopf und konnte fast als hypermoderne Frisur durchgehen.
Barbara Winkler sah jünger aus als einige Jahre zuvor. Zumindest fand sie sich attraktiver, seit sie sich endlich von Berthold getrennt hatte. Heute verstand sie kaum noch, wie sie es mit ihrem Ehemann so lange hatte aushalten können. Ewig dasselbe Programm. An Wochentagen Fernsehen genau bis zum Spätfilm, Sex am Samstag nach den letzten Nachrichten und im Sommer immer in denselben Tiroler Ferienort, bis zur goldenen Anstecknadel. Nun würde Berthold sich die Anstecknadel allein an das Trachtenhütchen stecken. Sie lachte mehrmals laut auf, während sie das Badetuch über ihre immer noch festen Brüste rieb.

Plötzlich ertönte die Türglocke. Das musste Frederik sein, etwas zu früh natürlich, aber bei Frederik wusste man nie. Das war ja gerade die Spontaneität, die ihr bei Bertold immer gefehlt hatte. Eilig huschte sie aus dem Badezimmer, öffnete die Wohnungstür, ließ sie aber angelehnt und kehrte vor den halb vernebelten Spiegel zurück.

»Bin noch unter der Dusche«, rief sie, als sie Schritte in der Diele hörte.

Insgeheim wünschte sie sich, dass Frederik Bodenthal zu ihr ins Bad kam, noch ehe sie sich angezogen hatte. Die Aussichten dafür standen gut. Der Gedanke an ein völlig unerwartetes Liebesspiel unter der Dusche erregte sie. Während sie das Badetuch über die harten Brustwarzen spannte, stellte sie sich vor, wie sie es zu Boden fallen lassen würde, sobald der lüsterne Blick des Geliebten auf ihrem Körper ruhte. Sie seufzte wohlig. Doch ehe sie sich die Situation noch weiter ausmalen konnte, spürte sie schon einen leichten Luftzug an den nackten Schultern, der sie erschauern ließ. Er war zu ihr hereingekommen. Aber sie drehte sich nicht um, suchte sein Gesicht im Spiegel – und fuhr erschrocken zusammen.

Der Mann, dessen eiskalte Augen wie aus dem Nebel auftauchten, war nicht Frederik. Dennoch sah sie sein Gesicht nicht zum ersten Mal. Sie wollte aufschreien, aber vor Schreck brachte sie keinen Laut über ihre Lippen. Sie wollte Fragen stellen, doch die Antwort auf die wichtigste Frage las sie in dem entschlossenen, mitleidlosen Blick.

Wortlos trat der Eindringling hinter sie. Sie konnte keinen klaren Gedanken fassen. Kaltes Metall fuhr ihren Rücken entlang und hinterließ einen brennenden Schmerz. Das Badetuch glitt an ihrem Körper hinunter. Automatisch blickte sie zum Boden und bemerkte mehrere Blutflecken auf dem weißen Frottee. In wilder Panik drehte sie sich um. Sie wollte dem Angreifer ins Gesicht sehen, ihn um Gnade anflehen oder einen kurzen Moment der Unentschlossenheit nutzen, um an ihm vorbei aus dem Bad zu stürzen. Während sie sich drehte, verzog sich sein Mund zu einem höhnischen Grinsen. Vergeblich suchte sie in seinem Blick nach Erbarmen.

»Du Hure«, flüsterte er, während er den Dolch in seiner Rechten nach oben schwenkte. »Hast geglaubt, ungestraft davonzukommen. Aber ich bin hier, um Sühne zu verlangen für das Unrecht, das du begangen hast.«

»Nein!«, schrie sie und stürmte an ihm vorbei.

Bevor sie jedoch die Tür erreichen konnte, drückte sich eine Hand auf ihren Mund. Sie wollte um sich schlagen, aber ein höllischer Schmerz durchfuhr ihren Unterleib und raubte ihr fast die Besinnung. Wie in Trance nahm sie wahr, dass ihr Körper zu Boden sank, die blutige Waffe vor ihren Augen tanzte und schließlich ihren Bauchnabel zerfetzte. Während der Mann ein Herz in ihre Brust ritzte, verlor sie das Bewusstsein. Von dem Stich mitten durch ihr Herz spürte sie schon nichts mehr.

Tief befriedigt blickte der Mann auf ihren blutüberströmten, nackten Körper. Aber lange konnte er sich diesem Genuss nicht hingeben. Jetzt hieß es, die Spuren zu verwischen. Hatte er wirklich an alles gedacht?, überlegt er , ohne den Blick von der Toten zu wenden. Wie erwartet klebte das meiste Blut, das er unfreiwillig mitbekommen hatte, an seiner großen, abwaschbaren Schürze. Er streifte sie ab, hielt sie über die Duschtasse und drehte den Wasserhahn auf. Während das Wasser auf das helle Gummi prasselte und ein rot gefärbtes Rinnsal in Richtung Abfluss trieb, sang er einen alten Choral. Dann warf er noch einen zufriedenen Blick auf die übel zugerichtete Leiche und verließ das Bad. In der Diele stopfte er Schürze und Handtuch in eine Ledertasche, in der er auch wertvolle Utensilien für seine Maskierung transportiert hatte. Er setzte die blonde Perücke und die Hornbrille auf, schlüpfte in eine Jacke. Jetzt konnte keiner mehr die Blutflecke an den Hemdsärmeln sehen. Er begutachtete sich kurz im Garderobenspiegel, dann verließ er eilig die Wohnung.

»Bis dass der Tod euch scheidet«, murmelte er, während er die Treppenstufen hinunterstieg.

»Bis dass der Tod euch scheidet, bis dass der Tod euch scheidet«, wiederholte er wie ein Mantra, immer und immer wieder.

Mark Milton umklammerte das Brückengeländer und schaute auf die nahezu spiegelglatte Oberfläche des Masurensees hinunter. Nach einiger Zeit wechselte er auf die andere Seite der Brücke. Nun erkannte er rechts die Badeanstalt, die jetzt, im April, natürlich noch geschlossen hatte. Er selbst kam meist nur zur Sechs-Seen-Platte im Duisburger Süden um zu joggen. Wenn er im Sommer wirklich einmal ein Bad vorzog, stieg er an einer der zahlreichen Stellen des Ufers ins Wasser, die an heißen Tagen von den Badefreunden als Strand genutzt wurden. Aber bis zur Badezeit mussten sie sich noch etwas gedulden, dachte Mark, während er die kleinen Dampfschwaden betrachtete, die er stoßweise ausstieß.

Seufzend gönnte er sich einen letzten Blick über den stark bewaldeten Wolfssee bis hin zu den Hochhäusern in der Ferne, dann setzte er sich wieder in Bewegung. Während er die letzten Meter über die Brücke lief, wandte er den Kopf wieder in Richtung Masurensee. Die Boote, die dort im Sommer startbereit vor Anker lagen, hatten auch noch keine Saison. Ähnlich wie in meiner Ehe mit Susanne, dachte er wehmütig. Anscheinend liegen unsere Gefühle auch auf Eis. Dabei hoffte er nicht einmal auf den unausbleiblichen Frühling. Hilfe kam eben nie von außen, genau das predigte er immer seinen Patienten. Als Psychologe war ihm nur zu bewusst, wie sehr man selbst für sein Schicksal verantwortlich war.

Unwillkürlich musste er an seine erste Frau Lea denken. Die schreckliche Erinnerung an das Ende hielt ihn immer noch gefangen, obwohl er schon seit einigen Jahren mit Susanne verheiratet war. Keuchend hüpfte er über einige abgesägte Baumstümpfe. Ein kleines Rinnsal umfloss die natürliche Sperre und mündete wenige Meter weiter in den See. Was war nur mit seiner jetzigen Ehe los? Nachdem Susanne und er zwei Wunschkinder bekommen hatten, lief die Beziehung nun in eine Richtung, die ihn zunehmend beunruhigte. Der geschulte Blick des Psychologen half ihm zwar, das Problem zu erkennen, bei der Lösung hatte er bisher jedoch kläglich versagt. Genau wie bei Lea. Auf keinen Fall durfte sich alles wiederholen.

Gedankenversunken lief er am Ufer entlang. Dabei schaute er gelegentlich zu der ruhigen Wasseroberfläche. Plötzlich verdunkelte sich der See. Während die Sonne hinter dicken grauen Wolken verschwand, glaubte er für einen Moment, das Antlitz der toten Lea im Wasser zu erkennen. Erschrocken wandte er sich ab.

Kriminalhauptkommissar Willibald Pielkötter saß an seinem Schreibtisch und stützte den Kopf auf seine Hände. Manchmal wurde ihm alles zu viel. Zwar hätte er sich um nichts in der Welt einen anderen Beruf gewünscht, aber nur solange man ihm zu Hause den Rücken freihielt. Genau davon konnte jetzt jedoch keine Rede mehr sein. Pielkötter fühlte sich mitten in einem Zwei-Fronten-Krieg. Seit gestern Abend überschlugen sich die negativen Ereignisse. Erst die Meldung von einem bestialischen Mord und dann das Gespräch mit seinem erwachsenen Sohn Jan Hendrik.

Mit einem flauen Gefühl im Magen dachte er an den häuslichen Streit. Der hatte ihn weitaus mehr aus dem Gleichgewicht gebracht als der Anblick der grauenhaft zugerichteten Frauenleiche. Jan Hendrik, sein Sohn, hatte lächelnd verkündet, dass er seine Neigung nun nicht länger vor den Mitmenschen verbergen wolle: Er sei schwul. Schwul! Schon allein das Wort mochte Pielkötter kaum aussprechen. Schwul, ausgerechnet sein Sohn. Während seiner Laufbahn bei der Mordkommission hatte er so viel erlebt, dass ihm kaum irgendetwas Menschliches fremd war. Dennoch hatte ihn Jan Hendriks Geständnis getroffen wie ein Hieb in die Magengrube. Zu allem Übel waren sie auch noch im Streit auseinandergegangen.

Wortlos hatte sein Sohn die Tür hinter sich geschlossen. Wahrscheinlich wollte er zu seinem Freund, einem Assistenzarzt aus angeblich gutem Haus. Schöne Gesellschaft. Leider konnte Pielkötter die Flut negativer Gefühle nicht einmal mit seiner Frau Marianne teilen. Marianne verstand ihren Sohn oder versuchte es zumindest. Meist liebte er seine Frau für ihre Toleranz, jedenfalls sofern sie ihn selbst betraf. Er machte sich darin nichts vor, bei seinem Beruf musste sie sogar eine ganze Menge Toleranz aufbringen. In diesem Fall jedoch ging sie eindeutig zu weit. Schwul, der eigene Sohn, dazu der einzige. Warum brach für sie nicht auch eine Welt zusammen? Sicher hatte Marianne es mit ihrer weiblichen Intuition die ganze Zeit über geahnt. Vielleicht hatte sie es sogar gewusst, eingeweiht von ihrem Sohn. Nein, das wollte er sich lieber nicht vorstellen, hintergangen worden zu sein von Frau und Sohn gemeinsam!

Zu allem Übel fragte Pielkötter sich nun, ob er selbst die Schuld an diesem Desaster trug. Hätte er die Stelle in Duisburg nicht annehmen dürfen? Manchmal trauerte er noch immer dem beschaulichen Münster nach. Sie hatten fast am Waldrand gewohnt, dennoch nur eine Viertelstunde mit dem Fahrrad vom Prinzipalmarkt in der Innenstadt entfernt. Allerdings musste er zugeben, dass er den besonderen Reiz Duisburgs gewaltig unterschätzt hatte.

Bevor er die Industriestadt zum ersten Mal besucht hatte, hatte er sich hässliche, rauchende Schlote vorgestellt, umgeben von heruntergekommenen Zechensiedlungen. Wie originell hatte man dagegen die alten Bergmannshäuser restauriert. Hinzu kam der neue Duisburger Innenhafen. Etliche der ehemaligen Lagerhäuser hatten sich in echte Schmuckstücke verwandelt. Neue Büros und Firmensitze, aber auch eine Gastronomiemeile in der Nähe des Yachthafens waren geschaffen worden. Für Pielkötter spiegelten die ansässigen Restaurants allerdings zu wenig die multikulturelle Struktur Duisburgs wider. Angesichts der ruhigen, dennoch zentralen Lage mit schönem Ausblick störte dies aber wohl kaum jemanden. Sofern die Temperaturen es erlaubten, saßen die Gäste der Restaurants und schicken Cocktailbars draußen an kleinen Tischen unweit des Kanals. Noch in diesem Sommer, so hatte sich Pielkötter vorgenommen, wollte er die Chance nutzen, seine Heimat Duisburg endlich von der Wasserseite kennenzulernen.

Und er hatte Marianne etwas mehr Kultur versprochen, auch wenn er selbst Bildern und Skulpturen nicht gerade viel abgewinnen konnte. Immerhin schimpfte sich die Region inzwischen Kulturhauptstadt 2010. Ganz sicher hatte die Kunstszene bei ihm nicht den Ausschlag gegeben, nach Duisburg zu ziehen. Zunächst einmal hatte er einfach nach einer neuen Stelle gesucht, nachdem er sich in Münster mit seinem katholischen Vorgesetzten über eine Kirchenfrage gestritten hatte und seine Karrierechancen auf null gesunken waren. Aber er hätte auch nach Essen gehen können.

Wahrscheinlich hatte die grüne Natur am Duisburger Stadtrand Marianne und ihn entscheidend beeinflusst. Sie hatten ein paar freie Tage in Duisburg verbracht, hatten einige Gewässer der Sechs-Seen-Platte umrundet, waren endlos lange Rheinwiesen entlanggeradelt und hatten sich in dem riesigen Waldstück südlich von Zoo und Universität verlaufen. Besonders begeistert hatte sie ein Ausflug zum Lohheider See. Sie hatten sich auf der Terrasse einer Gaststätte etwas oberhalb des Sees niedergelassen und die traumhafte Aussicht auf das ruhige Wasser genossen. Während im Vordergrund ein einsames Segelboot seine letzten Runden drehte, war tief im Westen die Sonne langsam untergegangen. Bild und Stimmung hatten Pielkötter eher an einen schönen Urlaubsabend erinnert und ihn vergessen lassen, wie kritisch er eine mögliche neue Arbeitsstätte im Ruhrgebiet einst beurteilt hatte.

Als das Rot am Himmel einem dunklen Violett gewichen war, hatten sie die A 42 genommen, den sogenannten Emscherschnellweg, um zurückzufahren. Links an der riesigen Anlage von Thyssen vorbei, rechts vor ihnen die bunt beleuchteten Hochöfen im Landschaftspark Duisburg Nord. Die Silhouette der riesigen Industrieanlagen hatte Pielkötter fasziniert. Vielleicht war es genau dieser hautnah erlebte krasse Gegensatz, der die Entscheidung für einen Umzug ins einst verschmähte Ruhrgebiet letztlich herbeigeführt hatte. Inzwischen mochte Pielkötter sogar den »reinen Pulsschlag aus Stahl«, den Herbert Grönemeyer zwar für Bochum besungen hatte, der aber, wie er fand, nicht weniger für Duisburg galt. Ungewollt drängte sich einer dieser Werbeslogans für die »Kulturhauptstadt Europas RUHR.2010« in sein Bewusstsein: Willkommen im Hochofen der Kultur. Noch verrückter fand er die Aufforderung: Reisen Sie in eine Metropole, die es noch gar nicht gibt. Pielkötter schüttelte den Kopf.

Sein Blick wanderte zu einem Stück Hochofenschlacke an der gegenüberliegenden Wand. Sie stammte noch von seinem Vorgänger. »Dat is echte Kunst«, hatte der behauptet. Pielkötter hatte die Schlacke hängen lassen, obwohl er eigentlich nichts damit anfangen konnte. Als er nun genau hinschaute, glaubte er zum ersten Mal die Form eines Auges zu erkennen, eines unendlich traurigen Auges. Rechts und links daneben hingen zwei vergrößerte Fotografien. Beide zeigten vom Abendlicht angestrahlte Verladekräne im Ruhrorter Hafen. Die Fotos konnten Pielkötters Meinung nach weitaus besser für die Kulturhauptstadt werben als der Slogan »Wo die Ruhr in den Rhein mündet, entspringt eine Kulturmetropole.« In welcher Zeitschrift hatte er diesen Spruch nur gelesen?

Die beiden Fotos stammten von seinem Sohn, der sein Hobby inzwischen zum Beruf erkoren hatte. Inwiefern hat ihn das Leben hier geprägt, fragte sich Pielkötter zum wiederholten Mal an diesem Tag. Wäre er in dem eher konservativen Münster vielleicht nicht schwul geworden? Zweifellos war das soziale Klima in Duisburg härter als in der alten Heimat. Hohe Arbeitslosenzahlen, geringere Bildungschancen, zahllose Beispiele nicht gelungener Integration. Viel Nonkonformismus. Trotzdem. Musste sein Sohn deshalb gleich schwul werden? Hübsche Mädchen gab es hier wahrlich genug und eine immer noch intakte Ehe hatte er doch als Beispiel vor Augen. Schluss jetzt, dachte Pielkötter und griff mit entschlossener Miene zum Telefon.

»Richten Sie Barnowski aus, er soll sofort in mein Büro kommen«, schrie er nicht gerade freundlich in den Hörer. »Ja, sofort.«

Seufzend bohrte Pielkötter seinen Füller in den jungfräulichen Notizblock und malte fast konzentrische Kreise darauf. Warum musste man in diesem Laden alles zweimal sagen? Sofort hieß eben sofort. Punkt. Aus. Ende. Wahrscheinlich hätte er sich in einen kleinen Wutanfall hineingesteigert, wäre Kriminalkommissar Barnowski nicht sogleich in den Raum gestürzt.

Bernhard Barnowski war über zwanzig Jahre jünger als sein Chef. Im Gegensatz zu Pielkötter mit seinem untersetzten Körper, der etwas zu dick geratenen, ein wenig schiefen Nase und dem leichten Doppelkinn konnte man ihn geradezu als eine attraktive Erscheinung bezeichnen. Sein schlanker, durchtrainierter Körper zog die Blicke vieler Frauen ebenso auf sich, wie das volle schwarze Haar, der leicht spöttische Blick und vor allem die Grübchen, die sich bei dem kleinsten Lächeln zeigten. Zudem lächelte Barnowski sehr häufig, als wolle er seine positive Ausstrahlung so oft wie möglich unter Beweis stellen.

Pielkötter hatte seinen Untergebenen schon immer als schnöden Schönling empfunden, aber heute erschien ihm dessen Attraktivität geradezu als Provokation. Irgendwie erinnerte ihn das wieder an die Neigung seines Sohnes, der wahrscheinlich auf Barnowski fliegen würde.

»Ich möchte alle Daten im Fall Barbara Winkler«, donnerte Pielkötter.

»Darf ich Platz nehmen?«, fragte Barnowski nicht gerade eingeschüchtert. »Es könnte länger dauern.«

Widerwillig deutete Pielkötter auf einen der beiden Stühle, die vor seinem monströsen Schreibtisch standen.

»Also, das Opfer war zweiundvierzig Jahre alt und besaß eine Galerie in Düsseldorf. Vor gut einem Jahr hat sie sich von ihrem Mann getrennt. Übrigens ein erfolgreicher Jurist. Das Scheidungsverfahren lief bereits.«

»Also ein Geliebter im Spiel.«

Barnowski mochte seinen Chef zwar nicht besonders, aber manchmal bewunderte er Pielkötters Begabung, relevante Sachverhalte zu erahnen.

»Es deutet alles darauf hin«, antwortete er. »Soviel ich von einer Nachbarin erfahren habe, hieß ihr Geliebter Frederik Bodenthal. Genau der Mann, der Barbara Winkler gefunden hat. Allerdings wirkte der Typ ziemlich geschockt, als er den Mord gemeldet hat. Deshalb hat er sich auch geweigert, bis zu unserem Eintreffen am Tatort zu bleiben.«

»Beschränken Sie sich auf die Details, die ich noch nicht kenne«, wandte Pielkötter missbilligend ein.

»Also, über eine Befragung kann ich noch nichts berichten«, fuhr Barnowski fort, während er sich durch den dichten Haarschopf fuhr. »Der Mann ist laut Auskunft seines Arztes noch nicht vernehmungsfähig.«

»Dann machen Sie gefälligst etwas Druck. Immerhin ist dieser Bodenthal im Moment unser wichtigster Zeuge.«

»Verstehe«, seufzte Barnowski.

»Wurde der verlassene Ehemann schon informiert?« An dem Gesichtsausdruck seines Untergebenen erkannte Pielkötter sofort, dass dies noch nicht geschehen war. »Das übernehmen Sie«, befahl er. »Nun zu den Ergebnissen der Obduktion.«

»Der vollständige Bericht liegt noch nicht vor, aber mit Ihrem heißen Draht zu Tiefenbach können Sie sicher einige Details vorab erfahren.«

»Habe vorhin in der Rechtsmedizin angerufen. Tiefenbach konnte man dort angeblich nicht auftreiben.«

»Übrigens hat die Spurensicherung keine Tatwaffe gefunden.«

»So, so«, brummte Pielkötter, »man will uns die Sache also nicht zu einfach machen. Haben Sie sonst noch etwas in Erfahrung gebracht?«

»Wir haben ein kleines Notizbuch mit privaten Telefonnummern der Toten entdeckt. Offensichtlich fühlte der Täter sich dadurch nicht bedroht.«

»Vorsicht«, wandte Pielkötter ein. »Keine voreiligen Schlüsse. Vielleicht hatte der Täter einfach keine Zeit mehr, danach zu suchen. Immerhin haben wir den Anruf schon kurz nach dem Mord erhalten.«

»Okay, okay!«

»Haben Sie die Einträge in dem Telefonverzeichnis schon überprüft?«

»Eine Nummer ist die ihres Bruders. Eine Freundin konnte ich ausmachen. Friseur. Kosmetikerin. Psychologe. Alle anderen gehörten zu irgendwelchen Kunden. Mit den beiden ersten habe ich bereits einen Termin ausgemacht.«

»Den Psychologen übernehme ich«, wandte Pielkötter ein. »Um mit denen klarzukommen, muss man schon einige Morde aufgeklärt haben.«

Unwillkürlich verdrehte Barnowski die Augen. Er wusste nicht recht, ob er die Äußerung wieder als grobe Kritik an seiner Person auffassen sollte oder ob Pielkötter dabei mehr die Berufsgruppe der Seelenklempner im Blick hatte. Immerhin hatte die Sache den Vorteil, dass er diesen Typ nicht selbst zu vernehmen brauchte. Irgendwie mochte er keine Psychologen, erst recht keine, denen er von Berufs wegen einen Mord zutrauen musste.

»Noch was?«, platzte sein Chef mitten in seine Gedanken.

»Eigentlich nicht«, erwiderte Barnowski und stand zögernd auf.

Als er den Raum verlassen hatte, griff Pielkötter wieder zum Telefon. Seufzend wählte er die Nummer der Rechtsmedizin.

»Tiefenbach«, meldete sich eine sonore Stimme.

»Na, endlich.«

»Du hast es wie immer viel zu eilig. Demnächst verlangst du noch, dass der Obduktionsbericht noch vor dem Mord auf deinem Schreibtisch liegt.«

»Nur ein paar Details vorab«, wandte Pielkötter mit einer Stimme ein, die Barnowski wahrscheinlich noch nie gehört hatte.

»Na, schön«, stöhnte Karl-Heinz Tiefenbach. »Bringen wir's hinter uns. Falls ich mich nicht verzählt habe, weist die Leiche siebzehn Einstiche auf. Und gleich mehrere hatten das Zeug, die Frau zu töten.«

»Welche Waffe hat der Täter benutzt?«

»Wahrscheinlich einen Dolch. Damit dürfte ein Affekt ausscheiden.«

Unwillkürlich drückte Pielkötter seinen Füllfederhalter wieder auf das Notizpapier und durchkreuzte die schon gemalten Kreise. Er mochte es überhaupt nicht, wenn ein anderer Schlüsse zog, erst recht nicht, wenn die Ermittlungen gerade begonnen hatten. Leider konnte er den Rechtsmediziner nicht davon abhalten, ohne sein Entgegenkommen aufs Spiel zu setzen.

»Was wirklich außergewöhnlich ist, sind die oberflächlichen Ritze«, fuhr Tiefenbach fort. »Ein langer, gerader Einschnitt auf dem Rücken. Ein herzförmiger auf der Brust. Fast wie eine Art Tätowierung. Mitten durchs Herz ein tödlicher Stich. Wenn du mich fragst, ich tippe auf den Ehemann oder den Geliebten.«

»Vielleicht darf es auch eine Geliebte sein«, entgegnete Pielkötter gereizt.

»Man wird ja wohl noch eine Vermutung äußern dürfen.«

»Schon gut«, erwiderte Pielkötter entschuldigend, »aber das ist heute nicht gerade mein Tag. Stress zu Hause, und dann auch noch diese übel zugerichtete Leiche, zudem aus besseren Kreisen. Ehemann erfolgreicher Jurist. Und dann scheint noch ein Psychologe involviert. Die Fakten schreien geradezu nach Ärger.«

»Dabei beneide ich dich manchmal um deinen Job. Ist allemal interessanter als diese rechtsmedizinische Kleinarbeit.«

»Sobald der Fall abgeschlossen ist, lade ich dich auf ein Bier ins Köpi ein«, erklärte Pielkötter. »Dann können wir darüber in aller Ruhe diskutieren.«

»Kannst auch nen Tisch auf der A 40 reservieren«, lachte Tiefenbach.

»Wie?«

»Na, Aktion Still-Leben-Ruhrschnellweg oder Fest der Alltagskulturen. Die sperren doch die Autobahn auf sechzig Kilometern.

Wollen mit zwanzigtausend Tischen die längste Tafel der Welt aufstellen.«

»Ach ja, davon habe ich doch gehört.«

»Aber du glaubst, den Fall eher abzuschließen«, feixte Tiefenbach. »Die legen die A 40 ja erst am 18. Juli 2010 lahm. Außerdem musst du denen für die Reservierung was Kulturelles bieten.«

»Ich könnte ja Barnowski als Model übern Tisch laufen lassen«, entgegnete Pielkötter mit unüberhörbarem Sarkasmus in der Stimme.

Anschließend ärgerte er sich über sich selbst. Tiefenbach konnte schließlich nichts dafür, dass er schlechte Laune hatte.

»Wollte nur sagen, ein Tisch im Köpi wäre mir lieber«, ergänzte er in versöhnlichem Ton. Dann bedankte er sich nochmals und legte auf.

Irgendwie freute er sich sogar auf das Treffen mit Tiefenbach. Er mochte den Rechtsmediziner ebenso wie die ungezwungene Atmosphäre im Köpi. Vor allem die unvergleichlichen Dialoge der Gäste, die es schafften, ihre ganze Weltsicht in dem Wort »muss« zusammenfassen. »Muss« oder ausführlicher »et muss« hieß im Revier, das hatte er amüsiert gelernt, die Welt ist voller Probleme, und ich habe meine Portion abbekommen. Ich packe sie allerdings an, lass mich nicht unterkriegen. Oft bestand die Frage nach dem Befinden auch nur in dem Wort »Und?« Anfangs hatte sich Pielkötter darüber gewundert. Inzwischen hatte er die unkomplizierte Art der Menschen im Ruhrgebiet schätzen gelernt und vor allem den herben Geschmack des Köpi, das direkt aus dem Duisburger Stadtteil Meiderich stammte. Bei einem Betriebsausflug hatte er sogar die riesigen Kupferkessel der Brauerei besichtigt.

»Bier statt Kultur«, hatte Marianne gemosert.

Heute Abend jedenfalls würde es kein Bier geben. Marianne hatte zwei Karten geschenkt bekommen für die Deutsche Oper am Rhein, eine Ballettaufführung, ausgerechnet. Zwar besaß das Duisburg-Düsseldorfer-Ballett einen guten Ruf, aber das machte das Angebot für ihn nicht gerade attraktiver. Am besten zog er die Ermittlungen so lange hin, bis Marianne allein ins Duisburger Theater gehen musste.

Nachdenklich betrachtete er die Kritzeleien auf seinem Notizblock. Warum konnte er sich dieses Geschmiere nicht einfach abgewöhnen? Nachher bekam zufällig so ein Psychologe das Blatt zu Gesicht und folgerte daraus, dass sein Sohn schwul sei. Pielkötter versuchte über seinen Witz zu lachen, brachte aber nur ein seltsames Grunzen zustande. Warum hatte er im Gespräch mit Tiefenbach eine Geliebte ins Karussell möglicher Verdächtiger setzen müssen? Ärgerlich griff er zum Telefon.

»Barnowski, ich brauche die Adresse von diesem Psychologen«, brummte er in den Hörer. »Nein, nicht die Telefonnummer. Ich werde ihn überraschen. Bin gerade in der richtigen Stimmung für eine kleine Vernehmung.«

Missmutig goss sich Mark Milton eine Tasse Kaffee ein und zog ein belegtes Brot aus seiner Aktentasche. Warum hatte er die letzte Sitzung schon wieder überzogen und damit gegen seine eigenen Grundregeln verstoßen? Jetzt blieben ihm nur noch wenige Minuten, bis der nächste Patient eintreffen würde. Die Aussicht darauf, den Abend allein verbringen zu müssen, trug auch nicht gerade zur Besserung seiner Laune bei. Susanne war mit den Kindern für einige Tage zu ihren Eltern nach Essen gefahren.

Mit ungutem Gefühl dachte er an den Abschied, der mehr als frostig ausgefallen war. Zudem konnte er nicht gerade auf den Beistand seiner Schwiegereltern hoffen. Die hatten von Anfang an geahnt, dass Lea und die dunklen Schatten aus seiner nicht gerade makellosen Vergangenheit zwischen ihm und ihrer einzigen Tochter stehen würden. Zudem hatten sie sich für Susanne etwas Besseres gewünscht als einen Psychologen, der aus dem Arbeitermilieu stammte und sein erstes Studium – der Theologie – abgebrochen hatte.

Mark blieb jedoch kaum Zeit, sich weiter über die Standesdünkel seiner Schwiegereltern aufzuregen. Kaum hatte er den letzten Bissen seines Brotes verschlungen, ertönte die Türglocke. Eilig stürzte er noch einen Schluck Kaffee hinunter, um damit einige Krümel aus den Mundwinkeln zu spülen. Schließlich erhob er sich und ließ den nächsten Patienten ein, genauer gesagt, die nächste Patientin.

Marion Karsting begrüßte ihn mit einem scheuen Lächeln. Sie war Mitte vierzig und für ihr Alter recht attraktiv. Das schulterlange, kastanienbraune Haar trug sie offen. Optimal geschminkt hätte man sie vielleicht sogar eine kleine Schönheit nennen können. Jedenfalls besaß sie einen hübsch geschwungenen, vollen Mund und riesige, ausdrucksvolle Augen, die leider ein wenig traurig ins Leben blickten. Fast wie in Trance ging sie ins Behandlungszimmer zu dem Sessel, den Mark für seine Patienten bereitgestellt hatte.

Mark nahm in einem stumpfen Winkel zu ihr Platz. In den meisten Fällen wählte er diese Anordnung der Sitze. So konnte ein direkter Blick ohne große Anstrengung vermieden werden. Viele seiner Patienten drangen tiefer in ihr Innerstes ein, wenn sie sich unbeobachtet fühlten. Oft klangen die intimsten Geständnisse wie ein Selbstgespräch. Doch Marion Karsting war anscheinend noch nicht so weit. Nervös wanderten ihre Augen durch den spärlich möblierten Raum und blieben dann an dem Gemälde hängen, das in einem warmen Gelbton gerahmt war.

Mit viel Phantasie konnte man darauf eine grüne Wiese mit rotem Klatschmohn erkennen. Das Bild hatte sein Freund Daniel Berger höchstpersönlich gemalt. Susanne hatte es letztes Jahr zu Weihnachten in Auftrag gegeben, als Geschenk für Mark. Direkt unter dem Bild stand eine graugrüne Couch mit zwei bunt bedruckten Sofakissen. Das gemütlich anmutende Möbelstück wurde selten genutzt, nur wenn der Patient ausdrücklich darum bat. Die meisten zogen es jedoch vor, ihrem Psychologen auf Augenhöhe schräg gegenüberzusitzen. Deshalb hatte Mark den Raum mit identischen Sesseln für den Patienten und den Therapeuten bestückt.

Während Marion Karsting den roten Klatschmohn intensiv betrachtete, wurde Mark immer ungeduldiger. »Gefällt Ihnen das Motiv?«, fragte er leicht gereizt.

»Ja sehr. Alles wirkt so friedlich.«

»So friedlich würden Sie sich Ihr Leben wünschen, nicht wahr?«

»Ja, ja«, seufzte sie. »Leider sieht es darin ganz anders aus.«

»Was empfinden Sie, wenn Ihr Mann handgreiflich wird?«, kam er ohne Umschweife auf ihr Hauptproblem.

Während er die Patientin aufmerksam musterte, nestelte sie mit gesenktem Blick an ihrem lindgrünen Leinenkleid herum. Die Geste erinnerte ihn schmerzlich an Lea. In seltenen, ehrlichen Momenten gestand er sich ein, dass ihn eigentlich jede Patientin in irgendeiner Weise an seine erste Frau erinnerte.

»Erst fühle ich mich beschmutzt«, unterbrach Marion Karsting plötzlich seine Gedanken. »Aber auch schuldig. Ja, schuldig. Wenn er mich schlägt, muss ich doch schuldig sein. Oder nicht?«

»Im Gegenteil«, erwiderte er nachdrücklich. »Der Fehler liegt nicht bei Ihnen. Trotzdem sind diese Schuldgefühle typisch in Ihrer Situation.«

»Wirklich?«, fragte sie ungläubig.

»Der Täter legt es darauf an, dass sich sein Opfer schuldig fühlt. Denken Sie an die letzten Handgreiflichkeiten Ihres Gatten. Was ging ihnen voraus?«

»Er hat mich beschuldigt, wichtige Unterlagen verlegt zu haben. Sie wissen ja, Klaus Eberhardt ist Staatsanwalt. Die Akten waren sehr wichtig.«

»Und?«, fragte Mark mit mühsam unterdrückter Ungeduld. »Haben Sie sie tatsächlich verlegt?«

»Nein, auf keinen Fall. Ich rühre niemals seine Unterlagen an. Ich weiß ja, wohin das führt.«

»Trotzdem benutzt Ihr Mann diesen Vorwand, um Sie zu schlagen.«

»Sie meinen, er könnte die Akte selbst verlegt haben?«, fragte sie mit ungläubiger Miene. »Absichtlich?«

»Das habe ich nicht behauptet«, entgegnete Mark, wobei er Marion Karsting genau beobachtete. »Aber hatten Sie selbst nicht schon einmal diesen Verdacht?«

Heftig schüttelte sie den Kopf, vielleicht etwas zu heftig. Falls er sich nicht täuschte, glitzerten nun Tränen in ihren Augen.

»Vielleicht würde es Ihnen helfen, Ihren Mann dabei zu entdecken.«

»Wobei?«

»Ich meine, wie er selbst die Fakten schafft, für die er Sie beschuldigt.«

»Ab jetzt werde ich darauf achten«, erwiderte Marion Karsting mit tränenerstickter, dennoch entschlossener Stimme.

Durfte Mark ihre Ankündigung endlich als kleinen Durchbruch werten, nachdem sie in den zahlreichen letzten Sitzungen keinerlei Fortschritt gemacht hatten? Mit einer gewissen Genugtuung erkannte er, dass sich ihre schmalen Hände ansatzweise zu Fäusten ballten. Anscheinend glaubte sie ihm und stellte ihre eigene Täterrolle zum ersten Mal in Frage. Hoffentlich würde sie sich später nicht wieder auf ihre alte Position zurückziehen. Immerhin hatte er dieses Verhalten im Laufe seines Berufslebens nur zu oft erlebt.

»Sie glauben, mein Mann liebt mich nicht.«

»Allein was *Sie* glauben, ist wichtig«, erklärte Mark, während er wiederholt einen verstohlenen Blick zur Wanduhr warf.

Das bemalte Zifferblatt der Uhr sah aus wie ein Gemälde von Kandinsky. Ein weiteres Kunstwerk von seinem Freund, dem noch nicht berühmten Daniel Berger.

»Vor unserer Heirat hat Klaus Eberhard mir geschworen, mich glücklich zu machen«, fuhr Marion Karsting fort.

»Wenn er das immer noch wollte, müsste er mir jetzt gegenübersitzen.«

»Er braucht also eine Therapie?«

»Zweifellos. Leider wird er das wahrscheinlich nicht einsehen. Jedenfalls nicht, so wie Sie mir Ihren Mann beschrieben haben. Weil er aber zu keiner Therapie bereit ist, müssen Sie Ihre Haltung ändern, sofern Sie Ihr Leben verbessern möchten.«

»Klaus Eberhard ist äußerst schlau«, entgegnete Marion Karsting, wobei sie die Hände nun so fest zusammenpresste, dass die Knöchel weiß hervortraten. »Ganz der gerissene Staatsanwalt.«

Ihre Augenlider zuckten nervös und ihre Stimmlage hatte sich verändert. Nicht sonderlich erstaunt registrierte er ihre heftige Reaktion. Müde notierte er etwas auf einem Schreibblock, der auf seinen Knien lag.

»Achten Sie auf das immer selbe Schema«, erklärte er, als er wieder von seinen Notizen aufschaute.

Seufzend beugte sie sich zu ihrer Handtasche hinunter und wühlte darin herum. Mark reichte ihr ein Taschentuch aus der Packung, die immer griffbereit auf einem kleinen Beistelltisch neben seinem Sessel lag.

»Wie ich meinen Unterlagen entnehme, haben Sie Geschwister.«

»Glauben Sie, die würden mir beistehen?«

»Das kann ich nicht beurteilen, aber ich frage aus einem anderen Grund.«

»Soo?«, fragte sie erstaunt. »Geht es denn nicht nur um meinen Mann?«

»Eigentlich geht es nie nur um eine Person. Sicher sind wir weitaus mehr das Produkt unserer Mitmenschen, als wir das wahrhaben wollen.«

»Nun, falls das wichtig sein sollte«, entgegnete sie zögernd, »ich habe kaum Kontakt zu meiner älteren Schwester und meinem jüngeren Bruder.«

Für sein Empfinden hatte Marion Karsting mit ihrer Reaktion eine Spur zu lange gezögert. Wahrscheinlich erinnerte sie sich nicht besonders gerne an ihre Kindheit. Mark nahm an, dass das Klima in ihrer Familie auch schon durch Gewalt geprägt war und sie schon recht früh die Opferrolle angenommen hatte.

»Fragen Sie Ihre Geschwister nach ihren Kindheitserlebnissen«, wagte er sich trotz aller Bedenken vor. »Wie haben Sie die Schläge Ihres Vaters empfunden?«

»Woher wissen Sie, dass mein Vater uns geschlagen hat?«

»Ein Kind, das die Wertschätzung durch seine Eltern kennengelernt hat, lässt sich nicht vom Partner schlagen, zumindest nicht auf Dauer.«

Warum gaben sich seine Patienten manchmal so furchtbar naiv?

»Für heute beenden wir die Sitzung«, erklärte Mark, während er ein Gähnen nur mühsam unterdrücken konnte.

»Ich werde meine Hausaufgaben machen«, versprach sie und verabschiedete sich mit dem Anflug eines kurzen Lächelns.

Nachdem die Tür hinter ihr ins Schloss gefallen war, atmete er kurz auf. Er fühlte sich irgendwie schuldig. Er besaß genügend kritische Distanz, um sein therapeutisches Vorgehen in dieser Sitzung nicht gutzuheißen. In seinem Metier kam es nicht auf sein Wissen an, sondern auf die Schlussfolgerungen seiner Patienten. Nur wenn Marion Karsting die Zusammenhänge selbst richtig erkannte, würde die Therapie endlich Fortschritte machen. Manchmal hasste er die Art, wie seine Patienten ihren Problemen immer wieder aus dem Weg zu gehen versuchten, anstatt ihr Leben endlich zu ändern. Besonders, wenn sein eigenes Leben ruhiges Fahrwasser zu verlassen drohte, drängte es ihn trotz besseren Wissens zu einer schnellen Lösung. Aber wie stand es schon so richtig im biblischen Buch Kohelet: Alles hat seine Zeit.

Zum Glück war Marion Karsting die letzte Patientin an diesem Tag. Mark sehnte sich nach einem ruhigen Feierabend.

Schnaufend stieg Kriminalkommissar Pielkötter die Stufen zur Praxis des Psychologen Mark Milton in der zweiten Etage hoch. Häuser ab zwei Stockwerken ohne Aufzug müssten verboten werden, dachte er, während ihm eine Frau mittleren Alters entgegenkam. Aus reiner Routine heraus musterte er sie, als wollte er ihre Personalien später zu Protokoll geben. Auch wenn er nicht wissen konnte, dass er ihr unter schrecklichen Umständen noch einmal begegnen würde. Manchmal störte ihn diese Gewohnheit. Sie bescherte ihm ständig das Gefühl, im Dienst zu sein. Nun ja, bei dieser Frau konnte der taxierende Blick durchaus eine gewisse Freude bereiten. Ungeheuer attraktiv für ihr Alter, fasste Pielkötter als Gesamturteil zusammen, obwohl ihre Augen für seinen Geschmack ein wenig zu grüblerisch blickten.

Im zweiten Stock hatte er kaum das Schild mit der Aufschrift »Mark Milton – Diplompsychologe« entdeckt, da trat ein Mann Ende dreißig aus der Praxis ins Treppenhaus.

»Kriminalkommissariat Duisburg«, erklärte Pielkötter dem verdutzten Mann, ehe dieser die Türe schließen konnte, und hielt ihm seinen Dienstausweis hin. »Dürfte ich Sie einen Moment sprechen?«

Unwillkürlich fühlte sich Mark Milton in eine schreckliche Szene aus seiner Vergangenheit zurückversetzt. Nachdem er sich wieder etwas gefangen hatte, nickte er eilig und führte den Kriminalkommissar in den Behandlungsraum. Neugierig schaute Pielkötter sich um und nahm dann in einem der beiden Sessel Platz, drehte ihn allerdings so, dass er Milton ins Gesicht sehen konnte.

»Gemütlich haben Sie es hier.«

»Aber deshalb suchen Sie mich kaum auf«, erwiderte Mark wenig begeistert.

Pielkötter grinste und entblößte dabei eine Reihe von Zähnen, die anscheinend schon länger kein Zahnarzt mehr gesehen hatte.

»Wir ermitteln in einem Mordfall. Dabei haben wir Ihre Telefonnummer in dem Notizblock der Ermordeten gefunden. Bei dem Opfer handelt es sich um Barbara Winkler.«

Lauernd beobachtete Pielkötter sein Gegenüber. Er hatte schon eine ganze Palette an unterschiedlichen Reaktionen erlebt.

»Barbara Winkler?«, fragte Mark, während alle Farbe aus seinem Gesicht wich. »Das ist ja entsetzlich! Und sie schien auf einem so guten Weg zu sein. In der letzten Sitzung wirkte sie irgendwie entschlossen, ein neues Leben zu beginnen.«

»Wann war das?«

»Vor knapp zwei Jahren vielleicht. Ich müsste nachsehen.«

»Tun Sie das«, entgegnete Pielkötter im Befehlston.

Während Mark mit zitternden Händen in seinen Akten suchte, schaute sich Pielkötter in dem Raum um. Das Bild an der Wand erschien ihm fast wie ein echtes Gemälde. Entweder handelte es sich um einen noch unentdeckten Künstler oder der Psychologe verdiente viel Geld mit seiner Praxis. Das Mobiliar dagegen wirkte ansprechend, aber nicht gerade exklusiv.

»Vor gut anderthalb Jahren war Frau Winkler zum letzten Mal in meiner Praxis«, erklärte Mark und deutete auf die Karteikarte in seiner Rechten.

»Welche Probleme haben Barbara Winkler denn zu Ihnen geführt?«

»Nun, Sie kennen die Schweigepflicht.«

»Nicht bei Mord«, erwiderte Pielkötter mit einem süffisanten Lächeln. »Aber sicher muss ich die Herausgabe der Unterlagen nicht erzwingen?«

Der Kriminalhauptkommissar lehnte sich in dem Bewusstsein zurück, dass seine Worte in gewünschter Weise wirken würden. Zu seinem Erstaunen jedoch rührte sich Mark Milton nicht von der Stelle.

»Zudem können Sie es wohl kaum verantworten, wenn ein Mörder frei herumläuft, weil Sie die Ermittlungen behindern«, verlieh Pielkötter seiner Forderung noch einmal Nachdruck.

Obwohl sich Mark Miltons negativer Eindruck von Pielkötter im Laufe der Begegnung bereits potenziert hatte, musste er ihm Recht geben.

»Eheprobleme«, gab er schließlich bereitwillig Auskunft. »Barbara Winkler hat unter dem zwanghaften Verhalten ihres Mannes gelitten.«

»Was heißt zwanghaft? Hat er sie in irgendeiner Form bedroht? Ist er ihr gegenüber gewalttätig geworden?«

»Nein, nein«, erklärte Mark Milton, wobei er sich zunehmend sicherer fühlte. Es tat gut, nun ganz allgemein über psychische Probleme zu sprechen. »Zwanghafte Menschen haben nur extrem ausgeprägte Gewohnheiten. Montags immer dieselben Socken, Fernsehen nur bis zu einer genau festgelegten Uhrzeit, egal wie interessant der Spätfilm ist. Für alles eben einen genauestens festgelegten Stundenplan.«

»Sex nur im Bett und nur nach der Sportschau«, ergänzte Pielkötter.

»Ja, zum Beispiel.«

»Aber gefährlich sind sie nicht?«

»Eher nervtötend. Aber natürlich kann man bei den Zwanghaften eine Gewaltbereitschaft genauso wenig ausschließen wie bei Polizisten.« Die letzte Bemerkung war Mark Milton rausgerutscht. »Wie ist denn Frau Winkler ermordet worden?«, fragte er deshalb schnell. »Vielleicht war es ja eher ein Unfall.«

»Bei siebzehn Messerstichen wohl kaum«, entfuhr es Pielkötter, obwohl er normalerweise nie Details verriet, die nur der Mörder wissen konnte. Dieser Psychologe jedoch brachte ihn ganz durcheinander.

Entsetzt starrte Mark Milton auf die Karteikarte und sank in den Sessel. Erst jetzt bemerkte er, dass er die ganze Zeit gestanden hatte. Hatte er wirklich vermieden, mit dem Kriminalkommissar auf einer Höhe zu diskutieren? Statt über eine Antwort zu grübeln, sah er im Geiste plötzlich die tote Lea vor sich.

»Entsetzlich«, stammelte er, wobei er die seltsame Angst verspürte, Pielkötter könnte seine geheimsten Gedanken erraten.

Er schaute kurz in Richtung Fenster, dann wandte er sich wieder seinem Gegenüber zu. »Barbara Winkler war so lebenslustig«, fuhr er nun mit festerer Stimme fort. »Deshalb hat sie auch gar nicht zu diesem Mann mit den eingefahrenen Verhaltensmustern gepasst.«

Anscheinend ist der wirklich erschüttert, dachte Pielkötter, oder der perfekte Schauspieler. Bei Psychologen fiel es ihm manchmal schwer, beides voneinander zu unterscheiden.

»Haben Sie Barbara Winkler zur Trennung geraten?«

»Nein, natürlich nicht. Manchmal legt eine Therapie eine solche Schlussfolgerung nahe, aber der Patient sollte sie schon selbst ziehen.«

»Immerhin hat Frau Winkler ihren Mann verlassen«, stellte Pielkötter klar. »Zurück zur Gewaltbereitschaft zwanghafter Menschen. Sie können sich also nicht vorstellen, dass ihr Mann sie aus Rache ermordet hat?«

»Ich kann ihn mir als Täter für diesen grauenhaften Mord genauso wenig vorstellen wie jeden anderen Menschen.«

Wieso sagt er grauenhaft?, dachte Pielkötter hellhörig, aber dann fiel ihm ein, dass er selbst ein entsetzliches Detail preisgegeben hatte. Zudem war wohl jeder Mord grauenhaft.

»Eine letzte Frage. Seit der letzten Therapiesitzung haben Sie das Opfer nicht mehr gesehen?«

»Nein, ganz sicher nicht«, antwortete Mark Milton. »Vor wenigen Monaten hätte ich fast die Chance gehabt. Auf einer Vernissage in ihrer Galerie in Düsseldorf. Mein Freund Daniel Berger hat dort ausgestellt. Leider lag ich an diesem Tag mit Grippe im Bett. Dieses Bild hat er übrigens auch gemalt.«

Mark Milton wies mit der Hand auf das Gemälde über dem Sofa. Zum ersten Mal seit Pielkötters Anwesenheit deutete er den Anflug eines Lächelns an.

»Ist Frau Winkler über diesen Herrn Berger an Ihre Praxis geraten?«

»Meines Wissens nicht. Jedenfalls hat sie nicht darüber gesprochen.«

»Überlassen Sie mir bitte die Karteikarte«, sagte Pielkötter plötzlich, während er sich müde erhob.

Der Klang seiner Stimme verriet Mark Milton, wie schwer ihm das Wort »bitte« fiel. Nach kurzem Zögern entschied Mark, die Unterlagen herauszugeben. Wahrscheinlich würde es eher von Vorteil sein, da mit der Polizei zu kooperieren, wo es unbedenklich war.

Pielkötter verabschiedete sich nun sehr schnell. Als die Tür sich hinter ihm geschlossen hatte, bemerkte Mark, unter welcher Anspannung er die ganze Zeit gestanden hatte. Irgendwie musste er dringend mit jemandem reden.

Ehrfurchtsvoll starrte Kriminalkommissar Bernhard Barnowski auf die monströse Villa am Kaiserberg in der Nähe des Botanischen Gartens. In diesem Viertel wohnten keine armen Leute, erst recht nicht in diesem Haus. Sicher war es Barbara Winkler schwergefallen, diese noble Behausung zu verlassen. Der Vorgarten wirkte sehr gepflegt. Wer hier residiert, kann sich wahrscheinlich gleich mehrere Gärtner leisten, dachte Barnowski.

Mit ungutem Gefühl stieg er die Treppe zu der großen Eingangstür hinauf, einer kunstvollen Kombination aus Glas und Schmiedeeisen. Dabei fühlte er sich nicht so sehr von dem Luxus eingeschüchtert als vielmehr von der Tatsache, dass Herr Winkler den Anwaltsberuf ausübte. Bei Juristen konnte man nicht vorsichtig genug sein, diese Erfahrung hatte er schon gleich zu Beginn seiner Laufbahn gemacht.

Nachdem er geläutet hatte, schien eine kleine Ewigkeit zu vergehen, ehe ein hochgewachsener Mann Mitte fünfzig die Tür öffnete.

»Sie wünschen?«, fragte er mit abschätzendem Blick.

»Kripo Duisburg, Kriminalkommissariat 11«, antwortete Barnowski und zeigte seine Dienstmarke.

Normalerweise stellte er sich einfach mit »Kripo« vor, aber bei diesem Mann musste alles korrekt sein, das spürte er instinktiv.

»Was wollen Sie?«

Ungerührt verharrte Berthold Winkler im Türrahmen, jedenfalls zweifelte Barnowski nicht daran, dass er dem Hausherren persönlich gegenüberstand. Wahrscheinlich rührt sich bei dem nicht ein Sackhaar, dachte Barnowski. Fast hätte er sich ein Lächeln nicht verkneifen können, aber Winklers strenger, wahrscheinlich für Befragungen extra einstudierter Blick ruhte unverwandt auf ihm und erstickte jede Form von Heiterkeit. Kein Wunder, dass die Frau den verlassen hat, ging es Barnowski durch den Kopf.

»Das möchte ich lieber in Ruhe besprechen«, erklärte Barnowski.

Widerwillig führte der Hausherr ihn durch eine quadratische Diele mit teuren Perserteppichen und wahrscheinlich noch kostspieligeren Gemälden. In einer Art kombiniertem Wohn- und Musikzimmer, jedenfalls fiel Barnowski sofort ein riesiger Flügel vor der Fensterfront auf, durfte er sich in einen der beiden Clubsessel setzen. Winkler nahm ihm schräg gegenüber Platz.

»Leider habe ich schlechte Nachrichten«, erklärte Barnowski jetzt mit dem üblichen Kloß in der Stimme. »Ihre Frau ist ermordet worden.«

»Barbara?«, fragte Winkler, als gäbe es in seinem Leben tatsächlich noch andere Frauen.

Seine Stimme klang tonlos. Barnowski ließ ihm Zeit, die Information zu verarbeiten. Für einen Juristen brauchte er ungewöhnlich lange.

»Das musste ja so enden«, sagte er schließlich nach längerem Schweigen.

»Wie meinen Sie das?«, fragte Barnowski sichtlich erstaunt.

Winkler sah über den Flügel hinweg in den Garten hinaus und schwieg. Als er sich wieder dem Kommissar zuwandte, glaubte dieser, einen feuchten Glanz in den Augen zu erkennen.

»Wer mit dem Feuer spielt, der kommt darin um. So sagt man doch.«

»Und Ihre Frau hat mit dem Feuer gespielt.«

»Nun, wenn man sich mit wildfremden Menschen einlässt. Mit seinen Hausschlüsseln nur so um sich wirft.«

»Sie meinen Herrn Bodenthal?«

»Was weiß ich denn, wie sich ihr derzeitiger Liebhaber nennt. Vielleicht sind es ja auch mehrere.«

»Offensichtlich pflegen Sie keinerlei Kontakt mehr zu Ihrer Frau.«

»Ganz recht«, erklärte Winkler unüberhörbar zynisch. »Ich habe sie seit über einem halben Jahr nicht mehr gesehen. Selbst unsere letzte Begegnung war purer Zufall. Sie wollte noch einige persönliche Dinge vom Dachboden holen. Damals hatte ich das Schloss noch nicht ausgewechselt. Sie hat wohl nicht damit gerechnet, dass ich an diesem Tag früher nach Hause kommen und sie mir direkt in die Arme laufen würde.«

Er lachte kurz auf. Es klang unnatürlich, fast unheimlich. »Richtig erschreckt hat sie sich. Für sie war ich immer zu berechenbar, aber in diesem Fall hat sie sich verkalkuliert.«

»Ihre Frau hatte also mehrere Liebhaber, und Sie hatten keinen Kontakt mehr zu ihr. Ist das richtig?«

»Korrekt.«

Barnowski kramte einen Block hervor und notierte diese Aussage.

»Haben Sie Ihrer Frau eigentlich verziehen, dass sie Sie verlassen hat?«, fragte er mehr aus einer Laune heraus.

»Nein. Trotzdem habe ich ihr nicht gewünscht, ermordet zu werden.«

»Wo waren Sie gestern Abend zwischen achtzehn und zwanzig Uhr?«

»Ich weiß, dass Sie diese Frage stellen müssen«, erwiderte Winkler, »aber Sie verschwenden Ihre Zeit. Den Mörder müssen Sie woanders suchen.«

»Im Moment erheben wir einfach nur Daten. Und wir würden am wenigsten Zeit verschwenden, wenn Sie uns dabei mit einer korrekten Aussage helfen würden.«

»So genau kann ich das nicht angeben«, antwortete Winkler gefasst. »Habe wohl gegen achtzehn Uhr mein Büro in Mülheim verlassen. Ich nehme an, dass ich etwa eine halbe Stunde später hier angekommen bin.«

»Bestätigen kann das aber niemand?«

»Meine Sekretärin hat mit mir zusammen das Büro verlassen. Für meine Ankunft hier gibt es keinen Zeugen. Die Haushälterin arbeitet nur vormittags. Ich mag keine Dienstboten im Haus, wenn ich selbst anwesend bin.«

»Verstehe«, brummte Barnowski, obwohl er überhaupt nichts verstand, erst recht nicht, wie man sich von Dienstboten belästigt fühlen konnte.

Während Winkler sich plötzlich erhob und vor dem Flügel hin und her lief, malte Barnowski sich aus, wie ein mit kurzem Schürzchen bekleidetes Hausmädchen seine zugemüllte Wohnung auf Vordermann brachte.

»Wie genau ist sie gestorben?«, fragte Winkler, als habe er erst jetzt die Tragweite des Mordes begriffen.

»Man hat sie erstochen«, gab Barnowski nur so viele Details preis wie nötig.

»Erstochen also. Erstochen im Badezimmer, dieser Abgang würde zu ihr passen.«

In Barnowski schrillten die Alarmglocken. Wieso brachte Winkler das Bad ins Spiel? Er selbst hatte den Tatort mit keinem Wort erwähnt. Am besten redete er mit Pielkötter darüber, obwohl er sonst gerne Gespräche vermied, in denen er seine Alarmglocken einbrachte. Zu oft hatten diese Pielkötter nur ein müdes Lächeln abgerungen.

»Wie kommen Sie gerade auf Bad?«

»Barbara besaß einen außerordentlichen Reinigungsfimmel. Bevor wir zusammen geschlafen haben, hat sie jedes Mal extra gebadet, oder zumindest geduscht. Hinterher sowieso. Nun, bei ihren Liebhabern, da dachte ich … Menschen verlieren ihre Gewohnheiten schließlich nicht so einfach.«

Angestrengt beobachtete Barnowski Winklers Mimik. Nichts deutete darauf hin, dass er einen unglückseligen Versprecher auszubügeln versuchte. Trotzdem wusste Barnowski nicht, ob er sich mit dieser Erklärung zufriedengeben sollte. Sicherheitshalber notierte er Winklers Aussage über den möglichen Tatort. Während er den Notizblock zückte, dachte er an seine Freundin Gabriela, die sich zum Glück nicht vor jedem Liebesspiel stundenlang ins Bad verzog.

»Haben Sie Barbaras Liebhaber schon verhört?«, drang Winkler in seine Gedankengänge ein.

»Das erledigt mein Kollege gerade«, erklärte Barnowski, auch wenn das nicht den Tatsachen entsprach. Winkler brauchte schließlich nicht zu wissen, dass Frederik Bodenthal auf vernehmungsunfähig machte. Das könnte Ärger geben, erst recht bei einem gewieften Juristen. Nachher hängte er der Polizei noch an, sie behindere die Ermittlungen. Jedenfalls traute Barnowski diesem Berufsstand fast alles zu. Immerhin plädierten sie selbst dann auf Freispruch, wenn sie von der Schuld des Angeklagten überzeugt waren.

»Wie haben Sie den Abend verbracht, als Ihre getrennt lebende Frau ermordet wurde?«

»Nach der Arbeit war ich hier, also zu Hause«, antwortete Winkler unwillig. »Das erwähnte ich doch bereits.«

»Aber womit haben Sie sich hier beschäftigt?«

»Ich habe in diesem Sessel gesessen und Musik gehört. Mozarts Kleine Nachtmusik und danach Beethoven. Das weiß ich so genau, weil ich nach dem Abendessen sonst immer fernsehe. Reicht das?«

Automatisch dachte Barnowski wieder an Barbaras Badetick. Vielleicht hatte Winkler mit der musikalischen Berieselung oder besser mit dem Fernsehen die Wartezeit überbrückt. Wieso kam er selbst immer auf dieses pikante Detail zurück? Hatte das eine Bedeutung für den Fall? Vielleicht wurde es aber auch einfach nur Zeit, dass er bei Gabriela vorbeischaute. Doch jetzt musste er sich erst einmal zusammenreißen.

»Noch eine Frage«, fuhr er mit dem Verhör fort. »Hätte die anstehende Scheidung für Sie zu größeren finanziellen Verlusten geführt?«

»Ich kenne Mörder, die für eine Handvoll Geld gemordet haben«, erwiderte Winkler ziemlich ungerührt. »Zu denen gehöre ich ganz sicher nicht. Barbara und ich lebten in Gütertrennung. Natürlich hätte sie etwas Unterhalt von mir erstreiten können, aber den hätte ich kaum als finanziellen Verlust verbucht. Mit ihrer Galerie hat sie selbst ganz gut verdient.«

»Nun, wenn es von Ihrer Seite aus nichts mehr gibt, was Sie uns noch mitteilen möchten, dann war's das auch schon.« Barnowski erhob sich und fügte doch noch hinzu: »Vorerst.« Dann verabschiedete er sich.

Er fühlte sich erleichtert, dass ihm Winkler im Verlauf der Vernehmung nicht einmal mit einer Klage gedroht hatte. Auf dem Weg zu seinem Auto zählte er die in diesem Monat bereits geleisteten Überstunden zusammen und entschied spontan, statt ins Präsidium zu Gabriela zu fahren.

Mark Miltons Praxis lag im Dellviertel, eine gute halbe Stunde Fußmarsch vom Finkenkrug entfernt. Da es dort fast so unmöglich war, einen Parkplatz zu finden, wie eine Oase in der Wüste, ging er in der Regel zu Fuß dorthin. Normalerweise hätte er diesen Spaziergang an der frischen Luft genossen, doch ausgerechnet heute regnete es geradezu Bindfäden. Wenigstens stand ein alter Schirm immer griffbereit in einer kunstvoll bemalten alten Milchkanne neben der Tür. Er hatte ihm schon oft gute Dienste geleistet. Während er durch den Regen lief und der heftige Aprilwind einige Male den Schirm umschlug, freute er sich schon auf ein frisch gezapftes Bier und natürlich auf Daniel.

Ursprünglich galt der Finkenkrug, eines der wenigen Lokale in Nähe der Universität, als reine Studentenkneipe, doch längst verkehrten dort viele Ehemalige, die sich trotz Amt und Würden in der ungezwungenen Atmosphäre immer noch heimisch fühlten. Mark selbst verknüpfte mit dem Finkenkrug eine glückliche Phase seiner Vergangenheit. Hier hatte er in seinen Studienjahren gekellnert, noch unbeschwert von Zweifeln und quälender Schuld. Hier hatte er die ersten kleinen Enttäuschungen mit einem Zug durch die Getränkekarte weggeschwemmt, bis zu dem blutigen Erlebnis, das ihn völlig aus der Bahn geworfen hatte und dessen Erinnerung sich nicht einfach hinunterspülen ließ.

Während er auf den Finkenkrug zusteuerte, dachte er an seine Eltern, die seinem Studium sehr skeptisch gegenübergestanden hatten. »Mensch Kind, jetzt machst du immer noch nichts Anständiges«, hatte die Mutter seinen Wechsel von der Theologie zur Psychologie kommentiert. Sein Vater, ein bodenständiger, einfacher Arbeiter bei der August Thyssen Hütte, hatte ihr beigepflichtet. Für beide Elternteile hätte ein Diplomingenieur Richtung Hüttentechnik genau das Spektrum aller anständigen Berufe abgedeckt, die für ihren Sohn in Frage kamen.

Als Mark Milton nun das Lokal betrat, drang ihm Musik aus den achtziger Jahren entgegen. Die Klänge passten zu seinen Erinnerungen. Zielstrebig schlängelte er sich an dem ewig alten Mobiliar vorbei bis zu einer kleinen Treppe. Die wenigen Stufen führten zu einer Empore hinauf, auf der gerade einmal vier, maximal fünf Tische Platz hatten. An einem saß Daniel Berger und grinste ihm entgegen.

Mark erkannte seinen Freund sofort, blonder Wuschelkopf, Dreitagebart, etwas dicker als er und wie immer das spöttische Grinsen auf den Lippen, das bei Frauen sehr gut anzukommen schien. Daniel wusste diese Tatsache durchaus zu nutzen. Seit seine letzte feste Freundin ihn nach unendlichen Querelen, trotzdem unerwartet, vor die Türe gesetzt hatte, glaubte er eher an das schnelle beglückende Abenteuer als an akzeptable Haltbarkeitsdaten für Beziehungen.

»Haben dich die Patienten endlich losgelassen?«, scherzte Daniel, nachdem Mark sich mit einem lauten Seufzen neben ihn gesetzt hatte.

»Nicht jeder kann die Selbsttherapie zum Beruf erheben«, konterte Mark.

»Wenigstens mache ich Fortschritte. Brauchst dich nur umzusehen.«

Tatsächlich, an den Wänden hingen einige Aquarelle mit unverwechselbaren Farbkompositionen, die nur von Daniels Pinsel stammen konnten. Schon seit einigen Jahren gab der Finkenkrug mehr oder weniger bekannten Künstlern Gelegenheit, ihre Werke im Gastraum zu präsentieren.

»Deine neuen Bilder gefallen mir«, sagte Mark anerkennend, »besonders das mit der hellgelben Heidelandschaft.«

Farbliche Verfremdung gehörte zu Daniels Markenzeichen.

»Wie lange wird die Ausstellung dauern?«

»Bis der nächste Maler hier nach dem großen Durchbruch sucht.«

Ein recht junger Kellner, den sie nicht mehr aus der Zeit kannten, als sie beide noch hier ausgeholfen hatten, brachte das bestellte Bier.

»Auf die gelungenen Bilder«, prostete Mark Daniel zu.

Marks Gedanken schweiften ab. Während er sein Glas erhob, dachte er zuerst an Susanne, dann an Lea. Beide würden heute nicht auf ihn warten. Lea würde nie mehr auf ihn warten.

»Siehst irgendwie zerknittert aus«, stellte Daniel fest. »Wieder Probleme mit Susanne?«

»Das auch, aber es kommt noch schlimmer. Die Kripo war bei mir.«

»Was hast du denn angestellt?«, fragte Daniel nun besorgt.

Hastig trank Mark von seinem Bier. »Es geht um Barbara Winkler. Sie ist ermordet worden. Der Täter hat mehrmals auf sie eingestochen.«

Schweigend starrte Daniel ihn an. »Das ist nicht wahr, das kann nicht wahr sein«, erwiderte er schließlich. »Ich habe sie doch vor einigen Tagen noch gesehen. In ihrer Galerie in Düsseldorf. Sie hat versprochen, mir weitere Bilder abzunehmen. Wollte mich echt groß rausbringen.«

»Tut mir leid. Auch für dich.«

»Sie wollte mit ihrem Freund ein neues Leben beginnen«, erklärte ihm Daniel sichtlich erschüttert. »Meinst du, ihr Mann war es? Aus Eifersucht?«

»Eifersucht ist immer ein starkes Motiv, aber natürlich kann der Mörder auch einen ganz anderen Grund gehabt haben.«

Am Nachbartisch klirrten die Gläser. Junge Leute, wahrscheinlich Studenten, von denen einer eine Klausur oder gar Prüfung bestanden hatte. Nachdenklich betrachtete Mark Milton die ausgelassene Freude in ihren Gesichtern. In diesem Moment sehnte er sich nach der unbekümmerten Studentenzeit zurück. Vielleicht hätte er nach dem Willen seiner Eltern doch weiter Theologie oder besser Hüttentechnik studiert, dann wäre ihm Lea nie begegnet, dann …

»Wieso hat die Polizei dich denn verhört?«, riss Daniel ihn aus seinen Gedanken.

»Verhört ist vielleicht übertrieben«, antwortete Mark erregt. »Der Kriminalkommissar hat mich gefragt, warum Frau Winkler in meine Praxis gekommen ist.«

»Barbara war tatsächlich deine Patientin?«

»Wusstest du das nicht?«, fragte Mark erstaunt und wandte sich jetzt Daniel zu. »Immerhin hast du ihr meine Adresse gegeben.«

»Na ja, wie das eben so ist. Sie war verzweifelt. Da wollte ich irgendetwas für sie tun, aber alles, was mir eingefallen ist, war deine Telefonnummer. Ich hätte nie gedacht, dass sie dich tatsächlich aufsucht. Es war doch eher eine hilflose Geste von mir. Zudem hast du niemals davon gesprochen.«

»Schweigepflicht«, erwiderte Mark und stürzte das restliche Bier in einem Zug hinunter. »Genau das habe ich dem Kriminalkommissar auch gesagt.«

»Anscheinend hast du ihr bei den Problemen tatsächlich helfen können. So fröhlich und ausgeglichen wie sie wirkte.«

»Leider nützt ihr das nicht mehr viel.«

Der Kellner nahte heran, drehte aber kurz vor der Treppe in eine andere Richtung. Vielleicht war er zu faul, die Stufen zu der kleinen Empore hochzusteigen.

»Die Bedienung hier ist auch nicht mehr wie zu unserer Zeit«, bemerkte Daniel wenig begeistert. »Wenn der so weitermacht, arbeitet sich der Bursche trinkgeldmäßig gegen Null.«

»Barbara Winklers Mann könnte natürlich ein Motiv haben«, kam Mark wieder auf den Mord zurück. »Kannst du dir noch einen anderen Grund als Eifersucht vorstellen? Immerhin kennst du die neusten Entwicklungen in ihrem Leben besser als ich.«

»Natürlich wirft die Galerie einiges ab, und ihr Mann beerbt sie sicher. Immerhin sind sie noch nicht geschieden. Wenn du mich fragst, reicht das jedoch nicht für einen Mord. Als erfolgreicher Anwalt verdient der doch sowieso mehr als genug.«

Unwillkürlich massierte Mark seine Schläfen, wie immer, wenn ihn ein Problem gefangennahm. Daniels Aufmerksamkeit dagegen richtete sich auf zwei jüngere Frauen, die noch mit Mänteln bekleidet in der Mitte des Raumes standen und anscheinend nach einem freien Tisch Ausschau hielten. Als eine der beiden die freien Plätze am Nachbartisch entdeckte, lächelte Daniel ihr aufmunternd zu. Die Frau lächelte zurück und zog ihre Freundin in Richtung Empore. Nachdem sie Platz genommen hatten, deutete Daniel Mark mit einem hoch gestreckten Daumen an, dass er jetzt einem kleinen Flirt nicht abgeneigt wäre.

»Das ist nicht dein Ernst«, stöhnte Mark leise. »Die sind doch viel zu jung.«

»Als Dauerbrenner, aber doch nicht für ein kleines bisschen Spaß«, erwiderte Daniel mit vielsagendem Grinsen. »Du siehst wirklich alles viel zu verkniffen, besonders, wenn es um Frauen geht. Lass den ganzen Beziehungsstress und gönne dir eine kleine Aufmunterung. Wir könnten die beiden zu einem Drink einladen und den Abend irgendwo nett ausklingen lassen.«

»Leider weiß ich, dass dein *irgendwo* oft einer Matratze ähnelt. Aber ich könnte Susanne nicht betrügen.« Fast hätte er Lea statt Susanne gesagt.

»Davon redet doch niemand. Wir flirten ein bisschen und vergessen dabei, wie grausam das Leben sein kann.«

Daniel hatte lauter gesprochen als Mark lieb war. Hoffentlich hatten die Frauen nichts davon mitbekommen. Verstohlen schaute er zum Nachbartisch hinüber. Eine der beiden Frauen lächelte ihm offen entgegen. Verlegen blickte Mark zur Seite. Höchste Zeit, den Abend hier zu beenden.

»Es ist schon spät«, erklärte er mit Blick auf seine Armbanduhr.

»Sei kein Spielverderber«, erwiderte Daniel. »Du kannst mich mit den beiden Damen doch nicht einfach allein lassen.«

»Eine meiner Patientinnen wurde ermordet. Und du erwartest, dass ich das ebenso vergesse wie die Tatsache, dass ich verheiratet bin.«

»Die beiden netten Mädels können jedenfalls nichts dafür«, entgegnete Daniel ärgerlich. »Auch mich schockiert dieser Mord. Aber gerade deshalb sollten wir den Abend in charmanter Begleitung ausklingen lassen. Oder kennst du eine bessere Alternative, das grauenhafte Bild zu verbannen?«

»Jeder verarbeitet auf seine Art«, erklärte Mark und verzog das Gesicht. Dabei ließ er bewusst offen, ob er sich lediglich auf das Verbrechen bezog oder auf alle Beziehungskrisen. Unwillkürlich dachte er an Susannes Vorwurf, er sei spießig. Immerhin war er nicht so zwanghaft wie der Ehemann von Barbara Winkler. Ruckartig drehte er sich plötzlich zum Nachbartisch.

»Hätten Sie was dagegen, meinem Freund etwas Gesellschaft zu leisten?«, fragte er über sich selbst erstaunt. »Leider habe ich noch einen Termin und möchte ihn nicht gerne allein zurücklassen.«

Wenig später stand Mark Milton an dem befahrenen Sternbuschweg, ohne seine Zeche im Finkenkrug bezahlt zu haben. Okay, das würde Daniel für ihn erledigen. Trotzdem wäre ihm das früher nicht passiert. Manchmal glaubte er, irgendwie neben sich zu stehen. Für einen Psychologen sicher nicht ganz ungefährlich.

Während der Mann langsam die Straße im Neubaugebiet von Alt-Walsum entlangfuhr, schaute er neugierig aus dem Seitenfenster. Schließlich entdeckte er die gesuchte Hausnummer. Er überlegte kurz, dann entschied er sich, vorbeizufahren und erst nach der nächsten Kreuzung anzuhalten. Zur Sicherheit bog er noch einmal rechts ab und parkte seinen schwarzen Wagen direkt hinter einem kleinen Lieferwagen.

Bevor er das Köfferchen an sich nahm, das auf dem Beifahrersitz bereitgelegen hatte, warf er noch einen Blick in den Autospiegel. Die blonde Perücke und die Hornbrille schienen einen neuen Menschen aus ihm zu machen. Gewiss würde ihn ohne diese Verkleidung später niemand wiedererkennen. Bei den lästigen, aber leider notwendigen Vorarbeiten trug er immer diese Verkleidung. Während er die Sühne an den Frauen vollstreckte, hätte er jedoch am liebsten auf eine Tarnung verzichtet, so wie bei Barbara Winkler. Eigentlich kam er sich maskiert schäbig vor, schäbig und unehrenhaft. Dabei brauchte er sich seiner Taten nicht zu schämen. Er vollstreckte nur das Urteil, das die Frauen selbst heraufbeschworen hatten. Trotzdem beschloss er, künftig nicht mehr so unvorsichtig zu sein und seine Mission nicht unnötig zu gefährden.

Mit entschlossener Miene stieg er aus und lief zu dem Haus zurück. Merkwürdig, dachte er, als er einen Blick über das schmiedeeiserne Tor in den gepflegten Vorgarten warf. Der Vorgarten glich einem Meer aus ersten Frühjahrsblühern. Sein Menschenverstand sagte ihm, dass kein Mann Sinn für diese Blumenpracht hatte, erst recht nicht kurz nach einer Trennung. Verwundert drückte er gegen das Tor, das sich mühelos öffnen ließ. Er hielt kurz inne, dann lief er den asphaltierten Weg hoch, der direkt zum Hauseingang führte. Die Tür öffnete sich, noch ehe er die Klingel berührt hatte.

»Se wünschen?«, fragte eine rundliche Frau mit Kittelschürze und Dauerwelle.

Das konnte kaum die Frau des Hauses sein.

»Ich möchte zu Ingrid Kottowski«, antwortete er, wobei er sich bemühte, seiner Stimme einen fremden Klang zu geben.

»Die is aber nich da«, erwiderte die Frau, während sie ihn musterte.

Ihr Blick war ihm unangenehm. Am liebsten hätte er auf dem Absatz kehrtgemacht, aber er musste der Frau unbedingt Informationen entlocken.

»Was wollen Se denn von der Kottowski?«

»Sie interessiert sich für unsere Schmuckkollektion.« Um seine Aussage noch zu unterstreichen, hob er das kleine, teure Lederköfferchen in seiner Rechten etwas höher.

»Tut mir leid, dass Se umsonst gekommen sind. Wie gesagt, se is nich da.«

»Wo wohnt sie denn jetzt?«

»Wie?«, fragte die Frau irritiert. Ihr Gesichtsausdruck hätte sich prima in gewissen Fernsehsendungen gemacht, die von der Überraschung der Akteure lebten. »Frau Kottowski wohnt doch immer noch hier.«

»Und ihr Mann?«, fragte er jetzt kaum weniger verwundert.

»Na, auch. Wenn Se mich fragen, wirken die jetzt sogar unzertrennlich. Und dat war nich immer so, dat können Se mir glauben.«

»Freut mich«, erwiderte er, obwohl er dessen nicht sicher war.

»Heute Nachmittag ham Se sicher wat mehr Glück«, erklärte die Frau. »Vielleicht können Se dann noch ma widderkommen. Kurz bevor ich mit Putzen fettich bin, isse meist zurück.«

Er bedankte sich und lief zum Gartentor. Dort wandte er sich zum Haus um. Die Frau stand immer noch in der offenen Haustür. Ihre Gesichtszüge spiegelten eine gewisse Verwunderung wieder.

Aber auch er selbst war erstaunt über die unerwarteten Veränderungen. Einerseits erleichterte die neue Situation seine heikle Aufgabe, aber andererseits hasste er unvorhersehbare Ereignisse. Aufgewühlt stieg er in seinen Wagen, kramte im Handschuhfach ein kleines Notizbuch hervor und schlug die letzte Seite auf. Ganz oben stand »Barbara Winkler«, durchgestrichen, darunter »Ingrid Kottowski«. Nachdenklich zog er einen Füller aus seiner Brusttasche, strich auch den zweiten Namen. Die nächste Frau auf der Liste lautete »Eva Maria Garden«. Mit entschlossener Miene fuhr er davon.

Eva Maria Garden saß in ihrem Lieblingssessel unter einer Leselampe. Ihre sonst so lebendigen blau-grünen Augen wirkten ein wenig müde. Dennoch hätte niemand ihr Alter erraten. Im nächsten Monat würde sie ihren fünfzigsten Geburtstag feiern und sie war stolz darauf. Wahrscheinlich weil sie erst seit Kurzem das Leben führte, das sie sich seit langer Zeit erträumt hatte. Ohne Dominiks Eskapaden. Ihr schlanker, durchtrainierter Körper steckte in einem knallgrünen Hausanzug, den sie sich extra zum Jahrestag der Trennung gekauft hatte.

Seufzend schlug sie die nächste Seite des Buches auf, das sie verdächtig weit von sich hielt. Offensichtlich würde sie demnächst kaum ohne Lesebrille auskommen. Sie versuchte, sich in ihren Roman zu vertiefen, was ihr jedoch nicht einmal ansatzweise gelang. Angeblich war das Buch ein Bestseller, aber sie konnte sich nicht recht darauf konzentrieren. Wahrscheinlich lag das weniger an der schleppenden Handlung, als daran, dass ihr ohnehin nicht mehr viel Zeit zum Lesen blieb. In einer halben Stunde musste sie aufbrechen, um pünktlich bei ihren Yogaübungen in der Volkshochschule zu erscheinen. Der Kurs lief über zehn Doppelstunden, immer am Dienstagabend. Achtmal hatte er schon stattgefunden, und sie hatte enorme Fortschritte gemacht. Heute war sie sogar mit einigen Teilnehmerinnen hinterher zu einem kleinen Umtrunk verabredet. Trotz aller Vorfreude fühlte sie sich irgendwie beunruhigt.

Wahrscheinlich war ihr nur etwas komisch zumute, weil Rüdiger nicht im Hause weilte. Zwar lebte ihr neunzehnjähriger Sohn nach der Scheidung von Dominik bei ihr, aber heute früh hatte sie ihn zum Bus gebracht, der den Leistungskurs Französisch seiner Schule nach Paris chauffieren würde. Nun, sie wünschte den Schülern, allen voran ihrem Sohn, wirklich ein paar aufregende Tage, dennoch empfand sie einen Hauch von Einsamkeit, gemischt mit einer undefinierbaren Unruhe, wenn nicht gar einer leichten Angst. Grundsätzlich fühlte sie sich immer ein wenig verloren, wenn Rüdiger woanders übernachtete, aber heute wirkte das leere Haus fast bedrohlich. Der Yogakurs würde sie sicher auf andere Gedanken bringen.

Eilig erhob sie sich, um sich noch etwas frisch zu machen. Nachdem sie schnell unter die Dusche gesprungen war, zog sie einen erdfarbenen Fitnessanzug an, stopfte eine Decke, sowie Wollsocken in eine Sporttasche und stieg aus dem Obergeschoss wieder nach unten. Sie durchquerte die Küche. In dem dahinter liegenden Vorratsraum hatte sie direkten Zugang zur Garage. Sorgfältig verschloss sie die Tür hinter sich und drückte auf einen der beiden Knöpfe rechts an der Wand.

Mit einem quietschenden Geräusch fuhr das Garagentor hoch. Seltsam beunruhigt stellte sie die Sporttasche in den Kofferraum ihres fast neuen Wagens und setzte sich hinter das Steuer. Als sie gerade den Motor starten wollte, wurde es um sie herum kontinuierlich dunkler. Ein Blick in den Rückspiegel bestätigte ihren Verdacht: Das Garagentor schloss sich langsam wieder. Was hatte das zu bedeuten? Nur mit Mühe konnte sie ihre Gedanken koordinieren. Du musst hier raus, schrie plötzlich eine Stimme in ihr, aber sie war unfähig, sich zu rühren. Ehe sie endlich reagieren konnte, wurde die Autotür aufgerissen. Ein Schatten beugte sich zu ihr in den Wagen, dann presste sich blitzschnell eine behandschuhte Hand auf ihren Mund. Ihr Schrei erstickte. Nur die aufgerissenen Augen spiegelten ihre Panik wider.

»Aussteigen«, befahl eine männliche Stimme, die trotz der geringen Lautstärke entschlossen klang.

Während sie vor Schreck regungslos verharrte, drückte der Eindringling etwas Spitzes gegen ihren linken Oberarm. Im schwachen Lichtschein der Innenbeleuchtung ihres Wagens erkannte sie, dass der Mann maskiert war.

»Los, aussteigen«, befahl der Eindringling nun etwas lauter.

Durch den Stoff seiner Maske klang die Stimme gedämpft. Trotzdem glaubte Eva Maria Garden sie schon einmal gehört zu haben. Wie in Trance stieg sie aus. Weil ihr die Beine einzuknicken drohten, klammerte sie sich an der Wagentür fest. Ihre Knie zitterten, sie spürte den Körper des Mannes dicht hinter sich. Einen kurzen Moment erwog sie, laut loszuschreien, doch sie wusste instinktiv, dass ihr die Stimme versagen würde. Zudem konnte sie ohnehin niemand hören. Das Nachbargrundstück war zu weit entfernt und ihre Straße eine wenig frequentierte Sackgasse. Am liebsten hätte sie ihren Tränen freien Lauf gelassen, aber sie durfte jetzt auf keinen Fall die Nerven verlieren. Ihre Gedanken wirbelten durcheinander. Sicher ging es dem Mann um Geld. Klar, er wollte Geld oder Wertgegenstände. Vielleicht auch die teuren Gemälde aus dem Wohnzimmer. Woher jedoch sollte er von den Bildern wissen?

»Hinlegen«, unterbrach der Mann ihre Überlegung.

Verwirrt schaute sie sich um. Der schwache Lichtschein aus ihrem Wagen erhellte nur ihre unmittelbare Umgebung. Der Maskierte deutete mit einer Hand auf den Boden. Widerwillig ging sie in die Hocke. Auf einen weiteren Befehl hin, legte sie sich mit dem Rücken auf die Fliesen. Fast augenblicklich drang die Kälte durch ihren Sportanzug. Sie zitterte. Vielleicht auch, weil sie sich jetzt noch wehrloser fühlte. Sie wollte reden, gegen die bohrende Angst anreden, aber ihre Kehle fühlte sich an wie zugeschnürt. Als der Mann sich kurz zur Seite drehte, um in einem Rucksack herumzusuchen, geriet sie in Versuchung, einfach aufzuspringen und ins Haus zu laufen. Aber er wandte sich sehr schnell wieder zu ihr um, und sie verwarf jeden Fluchtgedanken. Besser sie verhielt sich kooperativ. Sie war gewillt, ihm alles zu geben, den Schmuck, das Geld, notfalls ihren nicht mehr ganz straffen Körper, wenn er sie nur am Leben ließ. Immerhin ließ die Maskerade sie hoffen, dass er später von ihr nicht erkannt werden wollte. Warum jedoch ging er nicht mit ihr ins Haus?

»Schließen Sie die Augen«, befahl er.

Sie kniff die Augen so fest zusammen, wie sie es in ihrem Leben noch nie getan hatte. Dabei stellte sie sich vor, alles sei nur ein böser Traum, aus dem sie jeden Moment aufwachen würde.

»Der Prozess der Sühne kann beginnen«, erklärte der Mann plötzlich.

Fast automatisch schlug sie die Augen auf. Der Mann musste verrückt sein. In einer großen Gummischürze stand er unmittelbar vor ihr. Inzwischen hatten sich ihre Augen an das schwache Licht gewöhnt und sie nahm zum ersten Mal sein formloses Gesicht richtig wahr. Der schwarze Strumpf über seinem Kopf ließ nur die Augenpartie frei. Sie erschauerte. In ihnen glaubte sie so etwas wie Wahnsinn zu erkennen. Unerbittlich starrte er sie an.

»Ausziehen«, forderte er sie auf und fuhr mit einem spitzen Gegenstand an ihrem Bauch entlang.

Ein Dolch, dachte sie. Gleichzeitig mit der Panik spürte sie nun den Schmerz. Während sie den Oberkörper etwas anhob, zog sie mit zitternden Fingern an dem Reißverschluss ihrer Trainingsjacke. Sie hatte ihn noch nicht einmal bis unten aufgezogen, als er den Dolch auf ihrer Brust aufsetzte. Eva Maria gab dem Druck nach und ließ ihren Rücken wieder zu Boden sinken. Drohend stand der Mann jetzt über ihr, die spitze Waffe immer noch gegen ihre Brust gedrückt.

»Sie können alles von mir haben«, presste sie hervor. »Wirklich alles.«

»Ich weiß«, erwiderte er, »die Sühne wird vollkommen sein.«

Irgendetwas in seiner Stimme ließ sie erschauern. Trotz der bohrenden Schmerzen reifte in ihr langsam die Erkenntnis, dass dieser Mann keine Gnade kannte. Sie begann zu schreien. Für einen Augenblick wirkte er irritiert, doch dann drückte er seine linke Hand auf ihren Mund. Ihr Schrei erstickte. Mühsam rang sie nach Luft. Während sie versuchte, die Nasenlöcher über seine Hand zu heben, spürte sie, wie die spitze Klinge über ihre Brust fuhr. Da sie fürchtete, die Klinge könnte tief in sie eindringen, wagte sie nicht, sich zu bewegen. Angst und Schmerz lähmten ihre Gedanken, dennoch nahm sie wahr, wie die Waffe zuerst ihre Kleidung zerfetzte und dann über ihre Haut fuhr. Er ritzt mir ein Herz ein, dachte sie. Es war ihr letzter Gedanke.

Als sich der Kreis geschlossen hatte, bewunderte er für einen Augenblick sein Kunstwerk, dann stieß er ihr den Dolch mitten ins Herz. Angewidert zog er die Waffe aus ihrem Körper, wischte sie mit einem Küchentuch ab und verstaute beides in dem Rucksack, den er neben ihrem Wagen abgestellt hatte.

»Bis dass der Tod euch scheidet«, murmelte er.

Befriedigt schaute er noch einmal auf die tote Eva Maria Garden. Nachdem er sich umgezogen hatte, öffnete er das Garagentor. Sie hatte es nicht besser verdient, genau wie die anderen. Mit Genugtuung dachte er daran, dass er nun einen weiteren Namen von seiner Liste streichen konnte.

Müde stieg Mark Milton die Stufen zu seiner Wohnung hoch, die in der ersten Etage eines Mietshauses südlich des Duisburger Hauptbahnhofes lag. Er hatte einen anstrengenden Arbeitstag hinter sich, mit schwierigen Patienten und viel Bürokratie wegen der Kassenabrechnungen, die ohnehin nur wenig abwarfen, und hoffte auf irgendeine Art Ausgleich, den es leider nicht geben würde. Susanne war wieder zurück, aber um diese Zeit waren Lena und Jens längst im Bett, und Susanne würde nicht viel mehr als vorwurfsvolle Blicke für ihn übrighaben.

Er starrte in die dunkle Diele, die gewöhnlich von dem Licht erhellt wurde, das durch die Glastür zum Wohnzimmer eindrang –

sofern dort eine Lampe brannte. Irritiert trat er ein und hängte seine Jacke an einen der Garderobenhaken, die wie so vieles in der Wohnung zu einer Art Provisorium zählten. Auf dem Wohnzimmertisch lag ein Zettel: »Besuche den Italienischkurs, was Du anscheinend vergessen hast!«, las er. »Falls die Kinder nicht schon eingeschlafen sind, erwarten sie sehnsüchtig ihren Papa.« Der unverhohlene Spott in ihren Worten löste merkwürdige Gefühle in ihm aus. Er konnte nicht einmal sagen, ob es eher Trauer oder Aggression war.

Bisher hatte Susanne die Kinder noch nie allein gelassen. Sie selbst hatte das immer als unverantwortlich empfunden. Was hatte sie dazu verleitet, ihre Prinzipien so einfach aus dem Fenster zu werfen? War ein Italienischkurs ein ausreichender Grund? Jedenfalls empfand Mark die Situation alarmierend. Zumindest über die Kindererziehung waren sie sich immer einig gewesen, fast jedenfalls, wenn man von den unverhältnismäßigen, in seinen Augen zudem unpädagogischen Geschenken von Susannes Eltern absah.

Beunruhigt knüllte er den Zettel zusammen und lief zum Kinderzimmer. Er öffnete die Tür nur so weit, dass die bunt gemusterte Hängelampe in der Diele den Raum schwach erhellte. Vorsichtig trat er ein. Nachdem seine Augen sich an die relative Dunkelheit gewöhnt hatten, erkannte er zuerst Jens, der sein Bettzeug ans Fußende gestrampelt hatte. Sogar im Schlaf drückten seine Gesichtszüge einen Anflug von Entschlossenheit aus. Behutsam deckte Mark ihn zu. Lena lag in dem Bett an der hinteren Wand. Den Arm hatte sie fest um ihren Lieblingsteddy geschlungen. So lautlos wie möglich verließ Mark Milton das Zimmer.

Unwillkürlich fragte er sich, wie anders sein Leben verlaufen wäre, wenn Lea Kinder bekommen hätte. Lea, immer wieder Lea. Warum konnte ihn die blutige Erinnerung nicht einfach loslassen. Für einen kurzen Moment sah er wieder das totenblasse Gesicht mit den ausdruckslosen Augen vor sich, sah das Blut, das an ihrem Körper klebte.

Er brauchte jetzt dringend einen Whisky, jedenfalls irgendein hochprozentiges Gebräu, das seine aufgewühlten Nerven beruhigte. Als er eine angebrochene Flasche Metaxa aus dem Schrank holte, warf er einen kritischen Blick auf den Pegelstand. Anscheinend brauchte er in der letzten Zeit öfter etwas zur Beruhigung. Kein Wunder, immerhin hatte Kriminalkommissar Pielkötter ihn befragt, als gehöre er zum Kreis der Verdächtigen, und damit alte Wunden aufgerissen. Er war heute auch deshalb erst so spät nach Hause gegangen, weil er nicht wusste, ob und wie er Susanne von der Vernehmung erzählen sollte. Und ja, darüber hatte er tatsächlich ihren Italienischkurs vergessen. Aber war das ein Grund, die Kinder allein zu lassen?

Während der Metaxa seine Kehle hinunterbrannte und ein angenehmes Gefühl von Wärme hinterließ, wurde ihm wieder einmal schmerzlich bewusst, wie lieblos er und Susanne schon lange miteinander umgingen. Dabei war er fast sklavisch darum bemüht, jeden Streit zu vermeiden. Erfolglos, wie er sich jetzt eingestand. Also brachte es nichts, den Ärger hinunterzuschlucken. Wie oft hatte er das seinen Patienten erklärt? Wütend, am meisten auf sich selbst, goss er sich einen zweiten Metaxa ein. Noch heute wollte er mit Susanne Klartext reden und er würde nicht zulassen, dass sie ihm wieder auswich.

Die Flasche mit dem Weinbrand hatte sich beträchtlich geleert und Mark in eine Stimmung zwischen Wut und Selbstmitleid versetzt, als er endlich Geräusche in der Diele hörte. Wenig später trat Susanne ins Wohnzimmer. Erstaunt registrierte sie, dass er noch nicht zu Bett gegangen und, der fast leeren Flasche Metaxa nach zu urteilen, leicht bis mittelschwer angetrunken war.

»Noch auf?«, fragte sie mit einem leichten Vorwurf in der Stimme.

Mühsam versuchte Mark, seine Wut zu unterdrücken. »Ich habe auf dich gewartet«, antwortete er so neutral wie möglich. »Wir müssen endlich reden.«

»Heute Abend müssen wir nur noch eines, nämlich schlafen. Die Kinder sind morgen früh wach.«

»Schön, dass du unsere Kinder erwähnst«, erwiderte er ärgerlich. »Findest du es richtig, sie allein in der Wohnung zu lassen?«

»Du hattest versprochen, früher nach Hause zu kommen.«

»In meinem Job klappt das eben nicht immer. Meine Verspätung gibt dir aber noch lange nicht das Recht, die Kinder einfach allein zu lassen.«

»Ich wollte nicht schon wieder zu spät kommen. Außerdem wusste ich, dass du jeden Moment auftauchen würdest.«

»Nur diesen Moment abwarten konntest du nicht«, erwiderte er ironisch. »Ich hätte aufgehalten werden können.«

»Nun reg dich nicht auf! Wahrscheinlich haben wir uns um wenige Minuten verpasst. Zudem waren die Kinder schon so gut wie eingeschlafen.«

»Du darfst die Kinder nie wieder allein lassen«, belehrte er sie, wobei er aufsprang.

Susanne wich einen Schritt zurück, als könnte er sie jeden Moment schlagen. »Ich werde mein Möglichstes tun«, versprach sie und wollte an ihm vorbeilaufen.

Empört hielt er sie fest und drückte ihren Arm, bis sie aufschrie. »Du bleibst hier«, befahl er wütend. »Wir können nicht ewig vor einer Aussprache davonlaufen.«

»Aber ich bin müde. Wir können ein anderes Mal reden.«

»Immer erfindest du einen anderen Grund, um die Sache hinauszuzögern.«

»Morgen«, entgegnete sie und befreite ihren Arm.

Ehe er ein weiteres Veto einlegen konnte, war sie im Bad verschwunden. Während er das Wasser rauschen hörte, wankte er ins Schlafzimmer, um Kopfkissen und Bettdecke zu holen. An der Tür sah er noch einmal zurück. Der Anblick des halb leer geräumten Ehebettes stimmte ihn wütend. Sah so der Anfang vom Ende aus oder stilisierte er eine Reihe kleinerer, harmloser Auseinandersetzungen zu einer Krise hoch? Erregt wandte er sich ab. Im Wohnzimmer warf er das Bettzeug auf die Couch, schenkte sich einen neuen Metaxa ein und lauschte auf die Geräusche, die aus dem Bad und später aus dem Schlafraum drangen. Vergeblich hoffte er auf irgendetwas, das er nicht näher definieren konnte.

Erstaunt sah Pielkötter von seiner unleidigen Schreibarbeit auf und starrte der lächerlich wirkenden Gestalt entgegen, die plötzlich im Türrahmen stand. Ein schlabberiger Trenchcoat in mindestens zwei Nummern Übergröße hüllte einen schmächtigen Mann mit noch schmächtigeren Schultern ein. Das lange schwarze Haar mit ersten grauen Strähnen hatte er im Nacken zu einem Zopf zusammengebunden. Scheu blickte er Pielkötter an.

Normalerweise führte es bei Kriminalhauptkommissar Pielkötter zu einem kleinen Wutanfall, wenn jemand unangemeldet in sein Reich vordrang. Der Mann im Türrahmen jedoch erregte Pielkötters Mitleid, so dass sein Ärger verflog, ehe er sich richtig entladen konnte.

»Ich wollte zu Herrn Barnowski«, erklärte der Eindringling unsicher.

»Kriminalkommissar Barnowski«, verbesserte Pielkötter.

»Ja, genau. Ich sollte mich hier auf dem Kriminalkommissariat bei ihm melden.«

»Und wie heißen Sie?«

»Bodenthal, Frederik Bodenthal.«

In eine derart lächerliche Figur hat sich die Winkler also verguckt, dachte Pielkötter erstaunt, dabei war sie selbst sehr attraktiv. Jedenfalls hatte er sich ihren Geliebten ganz anders vorgestellt. Zumindest so, dass er in ihm ohne Schwierigkeiten einen brutalen Mörder sehen konnte. Aber er wollte nicht vorschnell urteilen, auch stille Wasser hatten sich schließlich oft genug als tiefgründig herausgestellt.

»Die Mordsache Barbara Winkler also«, erwiderte er laut.

Falls Pielkötter nicht alles täuschte, und er täuschte sich selten in solchen Dingen, war Bodenthal bei der Erwähnung des Opfers leicht zusammengezuckt. Offensichtlich ging ihm die Angelegenheit sehr nahe.

»Sie können direkt hier vor meinem Schreibtisch Platz nehmen«, forderte Pielkötter ihn auf. »Ich werde Kriminalkommissar Barnowski herbitten.«

Während Bodenthal sich unbeholfen vorwärtsbewegte, griff Pielkötter zum Telefon. Normalerweise führte seine Mordkommission die erste Vernehmung nicht direkt mit zwei Beamten durch, aber genau dazu hatte er sich gerade entschlossen. Der Fall war zu wichtig, um zu viele Aufgaben an Barnowski abzugeben und die Informationen nur aus zweiter Hand zu erhalten.

Bodenthal hatte kaum Platz genommen, als Barnowski auch schon die Tür aufriss. Allerdings machte er keinerlei Anstalten einzutreten. »Sie können direkt in mein Büro überwechseln«, erklärte er.

Während sich Bodenthal erhob, schüttelte Pielkötter den Kopf. »Die Vernehmung findet hier und in meiner Anwesenheit statt«, entgegnete er in einem Ton, der keinen Widerspruch duldete.

Unschlüssig blieb Barnowski für einige Sekunden im Türrahmen stehen. Am liebsten hätte er die Tür von außen zugeknallt und Pielkötter bei dem Verhör allein gelassen, aber diesen Triumph wollte er seinem Chef nicht gönnen. Lieber verdrehte er in einem unbeobachteten Moment die Augen und machte ansonsten gute Miene zum bösen Spiel.

»Ganz wie Sie wünschen«, erwiderte er mit einem leichten Anflug von Ironie. Bewusst langsam schlenderte er auf den einzigen freien Stuhl zu.

»Irgendwie stehe ich immer noch unter Schock«, erklärte Bodenthal, nachdem die Formalitäten geklärt waren. »Mein Arzt ist auch strikt gegen dieses, also dieses Verhör. Aber wenn ich dazu beitragen kann. Ich meine, dass Babsis Mörder so schnell wie möglich gefasst wird.«

Pielkötter räusperte sich. »Immerhin haben Sie die Tote entdeckt.«

»Ja, ich habe sie mit eigenen Augen gesehen«, erklärte Bodenthal sichtlich bewegt. »Trotzdem kann ich es immer noch nicht fassen. Ich habe auch direkt wieder weggeschaut. Konnte den Anblick einfach nicht ertragen. Das viele Blut.«

Entweder ist der wirklich noch voll durch den Wind, dachte Pielkötter, oder der Mann spielt einfach genial.

»Haben Sie Barbara Winkler denn nicht berührt?«, fragte Barnowski. »Ihre Geliebte hätte immerhin noch leben können, vielleicht einen Notarzt gebraucht.«

»Nein, nein«, murmelte Bodenthal kaum hörbar. »Babsi war ganz sicher tot. Das viele Blut. Ich glaube, ich habe auch ihren

Namen gerufen. Mehrmals. Aber mit Sicherheit kann ich das nicht sagen.«

»Sie hätte ja auch nur ohnmächtig sein können«, beharrte Barnowski. Augenblicklich fing er sich einen strafenden Blick von Pielkötter ein, den er nicht ganz deuten konnte.

»Sie haben Ihre Geliebte also mehrmals gerufen. Was taten Sie danach?«

»Eine Weile habe ich wie erstarrt vor ihr gestanden, unfähig mich zu rühren. Irgendwann bin ich aus der Lethargie aufgewacht und hinausgerannt.«

»Haben Sie nicht daran gedacht, direkt die Polizei zu verständigen?«

»Doch, aber ich habe es nicht länger in der Wohnung ausgehalten. Ich bin hinausgerannt und habe mich in meinen Wagen gesetzt. Von dort habe ich angerufen. Dann bin ich nach Hause gefahren.«

»Und haben sich direkt von Ihrem Arzt behandeln lassen«, ergänzte Barnowski wieder leicht ironisch.

»Für Sie mag der Anblick einer Leiche Routine sein«, verteidigte sich Bodenthal plötzlich mit unerwartet fester Stimme. »Aber nicht für mich. Zudem habe ich die Babsi wirklich geliebt.«

Warum musste Barnowski den Zeugen jetzt unnötig provozieren? Ärgerlich stach Pielkötter die Spitze seines Füllfederhalters in den Notizblock, auf dem er sich eine Handvoll Notizen gemacht hatte. Zwar wurde das Gespräch mit Bodenthals Einverständnis aufgezeichnet, trotzdem hielt er das schriftliche Fixieren einiger Stichpunkte für wichtig.

»Wann waren Sie denn mit Barbara Winkler verabredet?«, bemühte er sich wieder um eine neutrale Atmosphäre. »Und wie sind Sie in die Wohnung gelangt?«

»Meines Wissens haben wir keinen genauen Zeitpunkt ausgemacht. Zeiten kann ich mir sowieso nicht merken. Ich wollte einfach gegen Abend bei ihr vorbeischauen. Ja, genauso war es.« Seufzend fuhr er sich mit der Hand durch das volle, lange Haar.

»Hatten Sie einen Schlüssel zu Barbara Winklers Wohnung oder war die Wohnungstür offen?«, kam Pielkötter auf seine zweite Frage zurück.

Nachdenklich fixierte Bodenthal die gegenüberliegende Wand, als erwarte er dort eine Art gedruckter Botschaft.

»Ich muss den Schlüssel benutzt haben«, erwiderte er schließlich. »Die Wohnungstür stand ganz sicher nicht offen. Warten Sie, jetzt erinnere ich mich genau. Ich habe geschellt. Aber Babsi hat mir nicht geöffnet. Ich habe mich noch darüber gewundert. Sie hat immer aufgemacht ohne groß zu fragen, wer da ist. In der Beziehung ist sie so leichtsinnig wie ich.«

Mit gerunzelter Stirn notierte sich Pielkötter diesen Umstand.

»*War* sie so leichtsinnig«, korrigierte Barnowski. Irgendetwas trieb ihn an, Kritik zu üben. Als er darüber nachdachte, erkannte er, dass ihn Pielkötter samt der ganzen Vernehmungssituation weitaus mehr provozierte als Bodenthal, dieses Würstchen.

»Sicher hat Babsi ihren Mörder selbst hereingelassen«, erklärte dieser nun aufgebracht. »Sie hat ahnungslos geöffnet, weil sie mich erwartet hat.«

»Wie lange kannten Sie Barbara Winkler?«

»Nun ja, schon länger, einige Jahre. Ich bin Maler und habe öfter Bilder in ihrer Galerie ausgestellt, natürlich auch verkauft. Aber Sie wollen sicher wissen, wie lange unser Verhältnis gedauert hat.«

Pielkötter nickte irgendwie gütig, was selten vorkam.

»Ein Jahr etwa«, fuhr Bodenthal fort. »Mit uns hat es angefangen zu dem Zeitpunkt, als sie sich von ihrem Mann getrennt hat. Ich war allerdings nicht der Trennungsgrund. Der Typ war einfach furchtbar. Was der für Macken hatte.«

»Wie ernst war Ihre Beziehung?«

Irritiert starrte Bodenthal die beiden Beamten an. »Wie, wie meinen Sie das?«

»Hatten Sie beispielsweise die Absicht, mit Frau Winkler zusammenzuziehen oder sie gar zu heiraten?«

»Nein, nein, darüber haben wir nie gesprochen. Aber wie schon gesagt, ich habe sie sehr geliebt.«

»Gegen zwanzig Uhr haben Sie die Polizei verständigt«, leitete Pielkötter einen kleinen Themenwechsel ein. »Aber wo waren Sie, bevor Sie in der Wohnung Ihrer Geliebten eingetroffen sind?«

Verlegen schaute Bodenthal zur Seite. Er wirkte plötzlich hilflos. »Ich war bei Tanja«, stammelte er, nachdem er eine ganze Weile geschwiegen hatte. »Tanja Hofstein. Hier aus Duisburg-Ruhrort.«

»Wie lange?«, fragte Barnowski ungerührt.

»Vielleicht zwei Stunden, vielleicht auch länger.«

»Darf ich annehmen, dass Sie auch mit dieser Dame ein Verhältnis unterhalten?«

Schuldbewusst nickte Bodenthal.

»Wir sind keine Moralapostel«, stellte Pielkötter klar. »Uns geht es nur darum, dass Frau Hofstein Ihre Aussage bestätigen kann.«

»Ich habe Babsi trotzdem geliebt«, erklärte Bodenthal. »Das können Sie mir wirklich glauben.«

»Wir glauben gar nichts«, gab Barnowski seinem Unmut wieder nach. »Uns interessieren nur Fakten.«

»Kann ich jetzt gehen? Ich bin nämlich noch anderweitig verabredet.«

Sicher lässt er sich jetzt trösten, von einer Melanie, die er ebenso heiß und innig liebt wie Tanja oder Babsi, dachte Pielkötter und erhob sich.

»Schönen Abend noch«, wünschte er und beobachtete aus den Augenwinkeln den verdutzten Barnowski. »Sie schreiben uns nur noch eben die Adresse von Tanja Hofstein auf, dann sind Sie vorerst entlassen.«

Erleichtert legte Bodenthal eine Visitenkarte auf den Schreibtisch, dann verabschiedete er sich eilig. Barnowski schielte auf die Visitenkarte und erkannte als Erstes einen hochgehobenen Rock mit hoch schwingendem Bein. Tanzlehrerin, las er, nachdem er die Karte mit der gezeichneten Dame in seine Richtung gedreht hatte.

»Was halten Sie von dem Typen?«, fragte Pielkötter, nachdem Bodenthal den Raum verlassen hatte.

Barnowski hielt die Frage seines Chefs für einen miesen Trick und dachte nicht daran, darauf hereinzufallen. »Ich erlaube mir noch kein Urteil. Keine voreiligen Schlüsse, das ist doch immer Ihre Devise.«

»Korrekt, aber ich habe Sie schließlich nicht gefragt, ob Sie Bodenthal für den Mörder halten. Ich wollte lediglich etwas über den ersten Eindruck wissen.«

»So, so«, brummte Barnowski wenig überzeugt. »Jedenfalls hätte ich mir den Typen an Barbara Winklers Stelle nicht gerade als Geliebten geangelt. Er wirkte ziemlich zerstreut. Vielleicht war er auch nervös, weil er die unangenehme Frage vorausgesehen hat, die wir ihm gestellt haben. Na, ja, direkt von einem Bett ins andere. Ist ja auch irgendwie peinlich. Zwar sind wir keine Moralwächter, aber wir könnten daraus ein Motiv zimmern. Er wäre schließlich nicht der erste Mann, der eine lästige Geliebte wegen einer neuen Flamme ins Jenseits befördert.«

»Können Sie sich Barbara Winkler als lästige Geliebte vorstellen?«

»Eigentlich eher, dass sie ihn verlassen wollte. Aber deshalb dreht ein Typ wie er ja nicht gleich durch, wo er doch gerade aus dem Bett einer anderen kommt.«

»Vielleicht hat sie das bemerkt, weibliche Intuition oder auch nur der Duft eines fremden Parfüms.«

»Worüber sie dann gestritten haben.«

»Unwahrscheinlich«, entgegnete Pielkötter und schaute Barnowski über den Rand seiner altmodischen Lesebrille an. »Denken Sie an den Dolch. Das war kein Mord im Affekt.«

»Und was halten Sie von dieser Tanja Hofstein als Täterin?«

»Wenn diese Tanzlehrerin die Statur eines Ringers aufweist.«

Während Pielkötter über seinen eigenen Witz lachte, fühlte sich Barnowski zu unwohl, um darüber auch nur zu lächeln. Er hatte keinen blassen Schimmer, worauf dieses Gespräch hinauslaufen sollte. Wollte sein Chef so lange weiterbohren, bis er ihn durch einen Fehler wieder einmal bloßstellen konnte? Eine gewisse Wachsamkeit konnte jedenfalls nicht schaden.

»Als Mörder kommt eigentlich nur ein Mann in Frage«, stellte Pielkötter noch einmal klar. »Das Opfer war nicht gerade zierlich, und wir haben keine Spuren eines Betäubungsmittels gefunden. Trotzdem werden wir uns diese Tanzlehrerin natürlich einmal ansehen. Zudem muss sie Bodenthals Aussage ja bestätigen.«

»Wissen Sie, was mich wundert?«

Pielkötter schüttelte leicht den Kopf.

»Bodenthal hat uns gar nicht gebeten, vor Tanja Hofstein sein Verhältnis zu dem Mordopfer zu verschweigen.«

»Vielleicht keine ernste Angelegenheit mit den beiden. Aber darüber sollten wir nicht weiter diskutieren, bis Sie die Dame persönlich in Augenschein genommen haben.«

Barnowski fasste das als Zeichen auf, dass das Gespräch nun endlich beendet war. Erleichtert erhob er sich, nickte noch einmal in Pielkötters Richtung und verschwand mit einem leisen Seufzen.

Barnowski parkte seinen Dienstwagen mit Blick auf den Rhein. Nicht allzu weit vor ihm führte die Ruhrorter Brücke über den Fluss nach Homberg. Zuerst hatte er überlegt, den Wagen in dem kleinen Gässchen der Ruhrorter City abzustellen, in der Tanja Hofstein wohnte. Schließlich wollte er jedoch lieber einige Schritte zu Fuß zurücklegen. Der Wind hatte gedreht, und es wehte eine recht frische Brise aus Richtung Nordost herüber. Kälte machte Barnowski jedoch nichts aus, im Gegenteil.

Während er zur Rheinpromenade lief, um sich das in den Lokalnachrichten angesagte Hochwasser genauer anzusehen, dachte er an den nächsten Sommerurlaub. Gabriela wollte unbedingt auf eine griechische Insel, und das Ende August. Wenn er nur an die Hitze dachte, fiel ihm die Vorfreude schwer. Nun, die Angelegenheit betrachtete er nicht gerade als ausdiskutiert. In einem günstigen Moment, dabei schwebte ihm eine heiße Liebesnacht vor, würde er Gabriela schon von den Vorzügen einer einsamen Hütte in den Bergen überzeugen oder einer lauschigen Bucht in den schwedischen Schären.

Inzwischen hatte Barnowski die Balustrade erreicht, von der aus man einen guten Blick sowohl auf das rechtsrheinische als auch auf das linksrheinische Ufer hatte. Neugierig schaute er auf die Wasseroberfläche, die ihm verdächtig nah erschien. Er überlegte kurz, ob er sich einen kleinen Spaziergang auf der Promenade gönnen sollte, entschied sich dann aber dagegen. Schließlich war er dienstlich hier. Daran änderten auch seine immer noch zahlreichen unbezahlten Überstunden nichts. Eilig wandte er sich stadteinwärts.

Nach einem kleinen Fußmarsch erreichte er Tanja Hofsteins Adresse. Die alten Häuser in der kleinen Straße ähnelten sich, neben ihrer Haustür prangte jedoch ein monströses Messingschild. Ballettunterricht für Kinder und Erwachsene, las Barnowski, Einzelunterricht auf Anfrage. Nur gut, dass Gabriela keine solchen Flausen im Kopf hatte, die fixe Idee mit der griechischen Insel inklusive Malkurs strapazierte seine Nerven wahrlich genug. Als der Summer ertönte, drückte er kräftig gegen die Haustür. Missmutig stieg er die wenigen Stufen bis zu der ersten Wohnung hoch.

Im Türrahmen stand eine Frau, die offensichtlich Tanja Hofstein sein musste. Zumindest sah sie genauso aus, wie er sich eine Balletttänzerin immer vorgestellt hatte. Sie war derart mager, dass ihre spitzen Knochen überall hervortraten. Zudem hatte sie das lange, dunkle Haar im Nacken zu einem Knoten zusammengebunden. Ihre Gesichtszüge erschienen Barnowski eher durchschnittlich, nur die großen, ausdrucksvollen Augen über den hohen Wangenknochen faszinierten ihn. Jedenfalls konnte er sich kaum vorstellen, warum Bodenthal Barbara Winkler mit dieser Dame betrogen hatte. Es sei denn, ihre tänzerische Ausbildung befähigte sie zur praktischen Umsetzung des Kamasutras. Bei diesem Gedanken musste er innerlich lächeln.

Eilig stellte er sich vor, wobei er seine Dienstmarke zeigte. Tanja Hofstein führte ihn in einen Raum, von dem er kaum glauben konnte, dass es ein Wohnzimmer war, und wies ihm einen Platz auf einem weinroten Plüschsofa an. Ungeniert schaute Barnowski sich um, betrachtete verwundert die Utensilien, die man eher auf einer Bühne als in einer Privatwohnung vermutet hätte. Wallende Ballroben auf eigens dafür angefertigten Kleiderständern, dazu ein weißes Klavier. Vielleicht auch ein Flügel. In solchen Dingen kannte er sich nicht so aus.

»Tee?«, fragte Tanja Hofstein, noch bevor er die Inspektion dieses eigenartigen Raumes beendet hatte.

Verstohlen schielte Barnowski zu dem niedrigen Couchtisch, auf dem Teekanne, Tasse und Zuckerdose standen. »Nein danke«, erwiderte er. Mit geschultem Blick hatte er festgestellt, dass Spülen nicht gerade zu den Stärken dieser Frau zählte. Unbeeindruckt von seiner Ablehnung goss Tanja Hofstein sich selbst eine Tasse Tee ein und sah ihm gespannt entgegen.

»Wir ermitteln wegen eines Tötungsdeliktes«, sagte Barnowski. »Eine Frau Namens Barbara Winkler ist ermordet worden.«

»Ich weiß«, entgegnete sie und strich sich eine nicht vorhandene Haarsträhne aus der hohen Stirn. »Frederik, ich meine Herr Bodenthal, hat mir davon erzählt.«

»Dann wissen Sie sicher auch, dass er das Opfer gefunden hat. Zudem hat Herr Bodenthal ausgesagt, vorher bei Ihnen gewesen zu sein.«

»Das ist richtig«, antwortete Tanja Hofstein und gönnte sich einen Schluck von dem offensichtlich noch heißen Tee.

Merkwürdigerweise schien sie die Tatsache, dass ihr Geliebter eine andere Frau besucht hatte, nicht zu stören.

»Erinnern Sie sich, wann Herr Bodenthal Sie verlassen hat?«

»Kurz vor neunzehn Uhr.«

»Sind Sie sicher? Immerhin ist der Mord einige Tage her.«

»Absolut«, entgegnete sie. »Das war immerhin ein Montag. Montags gebe ich immer um neunzehn Uhr Unterricht für Berufstätige. Frederik ist erst kurz vorher gegangen. Deshalb hatte ich schon Angst, nicht früh genug fertig zu werden. Natürlich wollte ich vor meinen Schülerinnen nicht so ausschauen, als hätte ich eben noch im Bett gelegen.«

»Verständlich«, brummte Barnowski und schüttelte innerlich den Kopf.

»Wann ist Barbara Winkler denn ermordet worden?«

»Hundertprozentig genau kann man das nicht sagen. Jedenfalls kommt Herr Bodenthal rein vom Zeitpunkt her noch als Mörder in Betracht.« Mist, das hätte er ihr vielleicht gar nicht sagen dürfen. Was, wenn sie später ihre Aussage widerrief und Bodenthal ein Alibi gab? Er hatte ja nicht einmal einen Zeugen für das Gespräch. Pielkötter würde so was von sauer sein.

»Aber das ist doch lächerlich«, erwiderte Tanja Hofstein empört. »Frederik kann nicht einmal einer Fliege etwas zuleide tun.«

»Immerhin hat er die Tote gefunden. Wundern Sie sich nicht darüber, was er bei ihr gewollt hat?«

»Wieso sollte ich mich wundern?«, erwiderte sie mit einem süffisanten Lächeln. »Sie war seine Geliebte. Das wusste ich doch.«

Verwirrt studierte Barnowski Tanja Hofsteins Mimik. Er war wahrlich kein Psychologe, aber wenn diese Frau ihre unglaubliche Gelassenheit nur vorspielte, dann müsste er sich schon sehr täuschen.

»Sie wussten also, dass Herr Bodenthal neben Ihnen noch eine weitere Liebschaft pflegte?«, fragte Barnowski irritiert. »Wollen Sie wirklich andeuten, dass Ihnen das nichts ausmachte? Zumal er offensichtlich von Ihrem Bett direkt ins nächste hüpfte.«

»Wohl Spießer?«, entgegnete Tanja Hofstein immer noch mit diesem Lächeln, das Barnowski mittlerweile als penetrant einstufte. »Ich verlange keinerlei Treueschwüre von meinen Liebhabern. Sie müssen einfach nur gut sein.«

»Ja, wenn das so ist, dann war oder ist Bodenthal also gut.«

»Nun, Barbara Winkler hat das wohl auch so gesehen. Nur war sie etwas kleinlicher als ich.«

»Wie darf ich das verstehen?«, fragte Barnowski, nun auf alles vorbereitet.

»Sie hätte meine Existenz wohl nicht akzeptiert«, antwortete Tanja Hofstein. »Jedenfalls hat Frederik ihr nichts von mir erzählt. Aus Angst, sie könnte das Verhältnis beenden.«

»So, so.« Unwillkürlich schüttelte Barnowski den Kopf. Normalerweise hielt er sich für sehr tolerant, aber die Einstellungen dieser Tänzerin widersprachen seinem eigenen moralischen Kodex. In diesem Moment musste er an Pielkötter denken, der vermutlich noch weitaus weniger Verständnis für die Haltung von Hofstein und Bodenthal gehabt hätte.

»Sie selbst haben jedoch nie daran gedacht, das Verhältnis zu Ihrem Geliebten zu beenden?«

»Im Grunde genommen kann man nicht einmal von einem Verhältnis sprechen«, erklärte Tanja Hofstein und zündete sich eine

Zigarette an, die sie aus einer unsichtbaren Tasche ihrer weiten Tunika gefingert hatte. »Wir haben uns vor ewigen Zeiten kennengelernt und gehen seither immer mal miteinander ins Bett, wenn uns danach ist, manchmal selten und dann wieder häufiger. Das war aber auch schon alles. Irgendwelche Verpflichtungen sind daraus nie entstanden.«

Barnowski gewann den Eindruck, dass sie den Rauch absichtlich in seine Richtung blies.

»Übrigens bringt mir Frederik das gleiche Verständnis entgegen«, fuhr sie fort, während sie die Asche in einen schmutzigen, aber kippenfreien Aschenbecher klopfte.

Sollte das etwa ein Angebot sein? Darüber wollte er gar nicht erst nachdenken.

»Könnte Barbara Winkler denn von Ihrer Existenz erfahren und Herrn Bodenthal in irgendeiner Form erpresst haben?«

Während Tanja Hofstein hemmungslos lachte, quoll stoßweise Rauch aus ihrem Mund.

»Sie hat es definitiv nicht gewusst«, antwortete sie, nachdem sie sich wieder etwas beruhigt hatte. »Und jetzt entschuldigen Sie mich bitte. Ich erwarte Schüler.«

»Okay«, erwiderte Barnowski und erhob sich. »Allerdings müssen Sie in den nächsten Tagen noch einmal zum Kriminalkommissariat 11 kommen, um Ihre Aussage zu unterschreiben.«

Seufzend knallte er wenig später die Haustür zu. Irgendwie wusste er immer noch nicht recht, was er von diesem Dreiecksverhältnis zu halten hatte.

Missmutig blätterte Pielkötter in der Tageszeitung. Draußen dämmerte es schon, und er hatte noch nicht einmal den Lokalteil gelesen. Dabei war er Beamter. Die meisten Leute stellten sich den typischen Beamten doch gerade als Zeitungsleser vor. Natürlich im Dienst. Die Wirklichkeit sah anders aus, jedenfalls bei ihm.

Während er las, wischte Marianne diverse Möbelstücke um ihn herum mit einem Staubtuch ab, was nicht gerade zur Besserung seiner Laune beitrug. Musste sie so spät noch putzen? Konnte sie das nicht in seiner Abwesenheit erledigen? Sie beschwerte sich doch sowieso immer, dass er viel zu selten zu Hause sei. Verstohlen beobachtete er sie über den Rand der Zeitung hinweg. Falls ihn sein Instinkt nicht täuschte, konzentrierte sie sich genauso wenig auf den nicht vorhandenen Staub wie er auf den Artikel über das Ausbluten der Innenstädte, den er soeben überflogen hatte. Unausgesprochene Anklagen lagen in der Luft. Daran gab es keinerlei Zweifel, auch wenn sie ihm den Rücken zudrehte und er nicht in ihren Gesichtszügen lesen konnte. Demonstrativ legte er die Zeitung zur Seite und schaute so lange in ihre Richtung, bis sie sich zu ihm umdrehte.

»Bist ja ein schöner Vater«, klagte sie ihn ohne weitere Vorwarnung an. »Liest hier in aller Ruhe Zeitung, während dein Sohn sich mit den Möbeln abschleppt.« Dazu starrte sie ihn mit vorwurfsvoller Miene an.

»Wieso schleppt er Möbel?«, fragte Pielkötter irritiert.

»Dein Sohn zieht nach Hochfeld in eine größere Wohnung. Aber wenn man so wenig Interesse zeigt wie du, kann man das natürlich nicht wissen.«

Jetzt triefte ihre Stimme vor Ironie. Er mochte es absolut nicht, wenn sie zickig wurde. Es passte auch nicht zu ihr. Fremd kam sie ihm nun vor, fremd und unnahbar. Warum musste der Bruch mit Jan Hendrik sich gleich derart katastrophal auf seine Ehe auswirken? Schon länger kriselte es in ihrer Beziehung, nur hatte er bisher konsequent versucht, darüber hinwegzusehen. Eigentlich war die Aussprache überfällig. Er hatte es sich angewöhnt, den beruflichen Stress vorzuschieben, um nicht weiter über seine familiären Probleme grübeln zu müssen. Dabei waren die Differenzen mit Marianne nur logisch. Unwillkürlich fiel ihm ein, was er einmal in einem Seminar gelernt hatte: Ein System aus drei füreinander wichtigen Personen konnte nicht stabil sein, wenn nur eine der drei Beziehungen gestört war. Analytisch ging er nun die Lösungsmöglichkeiten durch. Die einzig realistische Alternative lag in der Änderung seines Verhaltens.

»Unser Sohn zieht also in eine größere Wohnung«, erwiderte er, um eine gewisse Gesprächsbereitschaft zu demonstrieren. Dabei versuchte er möglichst neutral zu klingen.

»Er zieht mit seinem Freund Sebastian Lorenz zusammen, wenn du es genau wissen willst.«

Eigentlich mochte er das lieber nicht so genau wissen, aber diese unumstößliche Tatsache behielt er lieber für sich. Diplomatisches Vorgehen war angesagt, sofern er beabsichtigte, den häuslichen Frieden wiederherzustellen. Auf keinen Fall wollte er auf Mariannes Zuneigung verzichten.

»So, so«, brummte er. »Jan Hendrik hätte mich ja auch um Hilfe bitten können.«

»Wie denn?«, erwiderte sie zornig. »Am Telefon wolltest du doch nie mit ihm sprechen.«

Unwillig kratzte Pielkötter an seinem Kinn herum. Er mochte keine Anklagen, erst recht nicht von Marianne und am allerwenigsten, wenn sie berechtigt waren.

»Ich konnte ja nicht ahnen, dass er Hilfe braucht«, versuchte er, sich zu verteidigten. »Und du hast auch nichts gesagt.«

»Das hätte sowieso nichts genützt.«

Ihre Augen füllten sich mit Tränen, dann rannte sie aus dem Zimmer. Für einen Augenblick überlegte er, ihr zu folgen, doch er kannte sie gut genug um zu wissen, dass sie ihre Tränen lieber vor ihm verbarg. Seufzend stand er auf, lief zum Schrank und holte eine Flasche Wodka heraus. Die Flasche war so gut wie leer. Obwohl er keinen warmen Wodka mochte, hätte er sich gerne einen Doppelten eingeschenkt.

Unschlüssig starrte er auf die Flasche, dann stellte er sie wieder in den Schrank zurück. Wozu gab es die Bude an der nächsten Ecke? Früher hätte er dazu Kiosk oder Trinkhalle gesagt, aber im Ruhrpott hießen die fast rund um die Uhr geöffneten Miniläden schlicht Buden.

Eilig zog er sich den Mantel über, dann verließ er das Haus. Draußen pfiff ihm eisiger Wind entgegen, und er schlug den Mantelkragen hoch. Zwei Straßen weiter blieb er vor einem fast normalen Wohnhaus stehen. Nur die Flaschen, Konservendosen und Bonbonnieren im beleuchteten Fenster mussten auf ortsfremde Passanten befremdlich wirken. Weil er niemanden hinter der Scheibe entdecken konnte, drückte er auf einen kleinen Klingelknopf neben dem Fenster. Augenblicklich erschien eine rundliche Frau in Kittelschürze. Von Marianne wusste er, dass die Besitzerin der Bude Guste Schewinski hieß.

Freundlich lächelnd zog Guste Schewinski das Schiebefenster auf. »Scheiß Wetter, wat«, begrüßte sie ihn und sah ihn erwartungsvoll an.

»Eine Flasche Schnaps bitte«, erwiderte Pielkötter und kam sich wie ein Landstreicher vor. Jedenfalls hatte er bisher noch niemals Hochprozentiges an der Bude gekauft.

»Wat für`n Fusel soll et denn sein?«, fragte Guste Schewinski, als sei sein Anliegen um fast einundzwanzig Uhr das Normalste auf der Welt. »Nen einfachen Klaren oder lieber nen Maria Krönken?«

»Haben Sie auch Wodka? Kalten Wodka?«

»Geht klar, Mann. Allerdings nicht ganz kalt.«

»Nehme ihn trotzdem«, erklärte Pielkötter und zog seine Börse aus der Hose.

Nachdem er gezahlt hatte, zog die Frau die Scheibe zu und verschwand im hinteren Teil des Gebäudes. Wahrscheinlich setzte sie sich jetzt wieder ins Wohnzimmer vor die Glotze, jedenfalls bis die nächste Kundschaft sie aus der Sendung riss. Wie ein Verdurstender stürzte Pielkötter zu Hause den nicht gerade kalten Wodka hinunter. Anschließend machte er es sich im Sessel bequem und drückte auf die Fernbedienung der Flimmerkiste.

Mit müden Augen und heruntergezogenen Mundwinkeln saß Pielkötter an seinem Schreibtisch. Er fühlte sich erbärmlich. Wahrscheinlich hätte er die Flasche Wodka doch besser ins Eisfach stellen sollen. Immerhin kam Wodka aus der ehemaligen Sowjetunion, wo es im Winter extrem kalt werden konnte. Pielkötter tippte auf Sibirien, aber so genau wusste er das nicht. Im Übrigen hätte dieses Wissen seinem ausgeprägten Kater keinen Abbruch getan. Warum war er nicht einfach ins Bett gegangen, bevor er die Flasche halb geleert hatte? Die Antwort auf die Frage schien seine Kopfschmerzen noch zu verstärken. Irgendwie hatte ihm davor gegraut, wortlos neben seiner Frau zu liegen, mit dem Bewusstsein, dass sie ebenso wenig schlafen konnte wie er. Im Laufe der Nacht war er irgendwann vor dem Fernseher eingenickt und erst aufgewacht, nachdem eindeutige Angebote über die Mattscheibe geflimmert waren. Als er schließlich ins Bett gestiefelt war, hatte Marianne immerhin schon geschlafen. Schwacher Trost und teuer erkauft mit Übelkeit, die langsam in ihm hochstieg. Während er überlegte, wie er den heutigen Arbeitstag überstehen sollte, riss jemand die Tür auf.

»Schon gehört?«, fragte Barnowski statt einer Begrüßung.

Schöne Sitten, wenn der Untergebene nicht einmal einen guten Morgen für seinen Chef erübrigen konnte, obwohl er gerade heute gute Wünsche bitter nötig hatte.

»Unser Täter hat wieder zugeschlagen.«

»Welcher Täter?«, fragte Pielkötter und rieb sich den schmerzenden Kopf. »Wir verkehren doch fast nur mit Tätern.«

Insgeheim ahnte er aber die drohende Katastrophe. Bestimmt hatte sich dieser wahnsinnige Frauenmörder ein neues Opfer gesucht.

»Chef, Sie sehen erbärmlich aus.«

Warum spannte ihn Barnowski auf die Folter, wenn er doch seinen miesen Zustand erkannte? Müde deutete Pielkötter auf den Stuhl vor seinem Schreibtisch. Barnowski setzte sich und schlug die Beine übereinander, als würde er sich auf einen Plausch in einer gemütlichen Bar einstellen.

»Also, der Mörder von Barbara Winkler war wieder am Werk«, erklärte Barnowski mit unerklärlicher Genugtuung in der Stimme. »Ich weiß, ich weiß. Keine voreiligen Schlüsse. Aber der Täter hat das neue Opfer, eine gewisse Eva Maria Garden, genauso zugerichtet. Viele Einstiche und ein eingeritztes, durchbohrtes Herz. Höchstwahrscheinlich sogar dieselbe Tatwaffe.«

»Schon gut«, brummte Pielkötter und verstummte sofort wieder. Tapfer kämpfte er gegen ein Würgegefühl an.

Irritiert starrte Barnowski seinen Chef an. Der war doch sonst härter im Nehmen, aber dann fiel ihm ein, dass Pielkötters dicke Knollennase schon ein wenig grünlich gewirkt hatte, bevor er das Verbrechen geschildert hatte.

»Wohl gefeiert, was?«

Unverschämter Schnösel, dachte Pielkötter und guckte dementsprechend grimmig.

»Na, dann eben ein Virus oder die falsche Frikadelle.«

»Konzentrieren Sie sich lieber auf die Fakten in dem neuen Mordfall!«, tadelte Pielkötter verärgert.

»Das Opfer war Ende vierzig, geschieden und lebte zusammen mit ihrem Sohn. Der Sohn befand sich zur Tatzeit auf einer Klassenfahrt, soll aber auf dem Rückweg sein.«

»Tatort?«

»Frau Garden ist in ihrer Garage ermordet worden. Doppelgarage. Sie lag auf dem Boden neben ihrem Auto.«

»Wer hat die Tote gefunden?«

»Eine Nachbarin. Sie hatte einen Schlüssel zur Wohnung, für alle Fälle. Hat dort wohl öfter die Blumen gegossen.«

»Aber diese Eva Maria Garden war doch gar nicht im Urlaub oder sonst irgendwie abwesend«, wandte Pielkötter ein und versuchte die andauernde Übelkeit durch eine unausgegorene Atemtechnik in den Griff zu bekommen.

»Die Frau ist wohl auch nur ins Haus gegangen, weil der Sohn sie darum gebeten hat«, erwiderte Barnowski wie aus der Pistole geschossen. »Er war beunruhigt, weil er seine überbesorgte Frau Mama jeden Abend anrufen musste, sie aber tagelang nicht zu erreichen war. Heute Morgen in aller Frühe hat er sich dann bei der Nachbarin gemeldet.«

»Wie viele Nächte hat er denn vergeblich anzurufen versucht?«

»Zwei«, antwortete Barnowski seufzend. »Leider liegt die Tatzeit damit schon weiter zurück, als uns lieb sein kann.«

»Hat der Sohn des Opfers die Fahrt eigentlich abgebrochen? Oder stand die Rückfahrt ohnehin an?«

»Soviel ich weiß, sind die Klassenkameraden noch vor Ort. Er kehrt allein zurück. Ist übrigens schon volljährig.«

»Immerhin etwas«, brummte Pielkötter. »Es gibt fast nichts Schlimmeres als Minderjährige über den gewaltsamen Tod ihrer Eltern aufzuklären. Nur umgekehrt ist es noch schlimmer.«

Ausnahmsweise konnte Barnowski seinem Chef ohne jegliches Wenn und Aber zustimmen.

»War das Opfer berufstätig?«

»Dazu kann ich noch nichts sagen, aber wir können ihren geschiedenen Mann danach fragen, einen gewissen Dominik Garden. Immobilienmakler. Dem Jungen sollten wir vielleicht noch etwas Zeit gönnen, oder?«

»Wer betreut den Jungen denn jetzt?«, fragte Pielkötter, wobei er versuchte, eine neue Welle von Übelkeit zu ignorieren. »Auf keinen Fall darf er allein zu Hause bleiben, volljährig hin oder her.«

»Der wohnt wohl vorerst bei seinem Vater. Das Verhältnis der beiden soll recht gut sein.«

»Haben Sie diese Information von Herrn Garden selbst?«

»Nein, das hat mir die Lehrerin des Jungen erzählt. Jedenfalls eine Begleitperson von der Klassenfahrt. Die wird kaum die Unwahrheit sagen.«

»Stellen Sie fest, ob es bei der Scheidung Streit um das Sorgerecht gegeben hat.«

»Geht klar, obwohl ich nicht glaube, dass Herr Garden als Täter in Frage kommt. Für den Mord an Barbara Winkler hätte er doch kein Motiv.«

»Keine voreiligen Schlüsse«, stöhnte Pielkötter. »Wie oft muss ich Ihnen diesen Leitsatz noch auftischen?«

»Aber der Täter der beiden Morde scheint doch ein und dieselbe Person zu sein«, entgegnete Barnowski sichtlich genervt.

»Manchmal trügt der Schein eben. Die Medien haben die Einzelheiten des ersten Mordes doch bis ins Kleinste breitgetreten. Denen ist es doch egal, wenn sie uns dadurch die Ermittlungsarbeit erschweren.«

»Glauben Sie wirklich, jemand ahmt die brutale Art und Weise nach, nur um den Verdacht von sich abzulenken?«

»Was Sie oder ich glauben, zählt überhaupt nicht«, erwiderte Pielkötter. »Entscheidend sind nur die Fakten. Tatsächlich aber sind Menschen schon für eine Handvoll Münzen umgebracht worden.«

Barnowski verdrehte heimlich die Augen. Warum musste sein Chef gleich jede seiner kleinen Vermutungen am Rande so aufbauschen? Durfte er in Pielkötters Beisein nicht einmal laut denken? Was ihn aber weitaus mehr ärgerte, war seine Einsicht, dass der Kriminalhauptkommissar nicht ganz Unrecht hatte.

Verdutzt öffnete Mark Marion Karsting die Tür. Seine Patientin wirkte heute so verändert, als stünde eine völlig neue Frau vor ihm. Während Mark sie in den Praxisraum führte, fragte er sich, wie dieser Eindruck zustande kam. Ließ der dezente Lippenstift, den sie bisher niemals benutzt hatte, sie jünger erscheinen? Oder die neue Frisur mit den flotten, blonden Strähnchen? Mark interessierten die Äußerlichkeiten jedoch wenig. Allerdings ließen die in der Regel auf einen inneren Wandel schließen. Neugierig nahm er Marion Karsting gegenüber Platz und studierte so unauffällig wie möglich Mimik und Gestik. Ihre Hände, die sie gewöhnlich gefaltet in ihrem Schoß hielt, lagen heute entspannt auf den Oberschenkeln. Noch mehr jedoch beeindruckte Mark ihr offener Blick, der ein anderes Selbstbewusstsein ausdrückte.

»Ich fühle mich wie ein neuer Mensch«, erklärte sie mit einem Lächeln.

Mark hatte diese Einschätzung schon öfter gehört, aber nicht immer entsprach sie so offensichtlich der Realität wie bei Marion Karsting.

»Das freut mich«, erwiderte Mark ebenfalls lächelnd. Am liebsten hätte er sie mit allerlei Fragen bestürmt, aber er wollte nicht vorschnell in sie dringen. So wie er die Patientin einschätzte, würde sie ihm die Entwicklung von selbst schildern.

»Seit der letzten Therapiesitzung habe ich viel nachgedacht«, fuhr sie fort. »Ich habe nicht lange gezögert, Ihre Vorschläge in die Tat umzusetzen. Und es hat sich gelohnt.«

Mark nickte bestätigend. Insgeheim überlegte er, welchen seiner Ratschläge sie zuerst befolgt hatte und vor allem, welcher zu diesem beachtlichen Ergebnis geführt hatte.

»Ich habe Kontakt zu meinen Geschwistern aufgenommen«, kam sie seiner Frage zuvor. »Erst telefonisch. Später habe ich mich sowohl mit meinem Bruder Alfred als auch mit meiner älteren Schwester getroffen. Sie haben einem Treffen sofort zugestimmt, obwohl sie beide sehr beschäftigt sind, besonders Jutta. Ganz die erfolgreiche Geschäftsfrau.«

Mit einer gewissen Genugtuung registrierte Mark, dass sie ihre Geschwister direkt beim Vornamen genannt hatte. Anscheinend waren die alten Bindungen nicht ganz verloren gegangen. Mark wusste nur zu gut, welche Bedeutung sie besitzen konnten, besonders wenn die Trennung von einem Partner anstand. Die Art und Weise wie Marion Karsting jetzt auftrat, machte ihn ziemlich sicher, dass sie sich von ihrem brutalen Ehemann trennen würde, sofern sie diesen Schritt nicht schon vollzogen hatte. Auf keinen Fall konnte ihr erwachtes Selbstbewusstsein weitere Demütigungen hinnehmen.

»Ich bin so froh, dass ich diesen Schritt gewagt habe«, fuhr sie fort.

Er war sich nicht sicher, ob sie die Trennung meinte oder das Wiedersehen mit ihren Geschwistern.

»Ich hätte sie viel eher besuchen sollen. Dann wäre mir sicher einiges erspart geblieben.« Seufzend strich sie sich eine frisch blondierte Haarsträhne aus der Stirn.

»Die Zeit muss reif sein«, erklärte Mark. »Zuvor hätten Sie den Schritt vielleicht nicht richtig nutzen können oder ihn erst gar nicht getan. Schließlich gab es einen Grund, warum Sie Ihre Geschwister so lange nicht gesehen haben. Ihr Unbewusstes wollte die Vergangenheit einfach ruhen lassen.«

»Aber das war nicht gut«, wandte seine Patientin ein und schlug die schön geformten Beine übereinander.

Mark konnte sich nicht erinnern, sie jemals in einem Rock gesehen zu haben, zumindest in keinem, der beim Sitzen bis über die Knie gerutscht war.

»Jutta und Alfred haben genauso unter den brutalen Schlägen unseres Vaters gelitten wie ich. Dieses Bekenntnis hat mir richtig gutgetan. Verstehen Sie? Selbst Jutta, die erfolgreiche Geschäftsfrau. Das Beste jedoch kommt noch. Beide haben mir erzählt, dass wir die Schläge meist nicht verdient hatten, erst recht nicht unsere lammfromme Mutter. Erinnern Sie sich?«

Mark nickte. Er wusste genau, worauf seine Patientin hinauswollte. Schließlich hatte er diese Entwicklung hin zu einem bewussten Umgang mit der eigenen Vergangenheit selbst initiiert.

»Im Gegensatz zu mir, konnte sich meine Schwester noch genau an unsere Kindheit erinnern. An einige Erlebnisse erinnerte sie sich sogar bis ins Detail. Und es war tatsächlich so, dass Vater regelrecht nach Vorwänden gesucht hat, um uns oder unsere Mutter wieder zu schlagen. Da hat es in meinem Kopf irgendwie Klick gemacht. Genau das haben Sie doch bei meinem Mann vermutet. In diesem Moment war es, als teilte sich der Schleier, der mich bis dahin ständig umgeben hat, und ich konnte endlich klarsehen.

Ihr Blick verdunkelte sich. Eine Weile starrte sie stumm vor sich hin. Mark kannte diesen plötzlichen Anflug von Trauer. Jeder Abschied erfüllt mit Wehmut, selbst der Abschied von einem Teil der eigenen Person, von der wir uns für immer zu distanzieren wünschen.

»Hat Ihr Mann Sie danach noch einmal geschlagen?«, fragte Mark, als ihm das Schweigen zu lange erschien. Zudem erinnerte ihn ein Blick auf die Uhr an das nahe Ende der Sitzung. Er bezweifelte, dass Marion Karsting seine Praxis jemals wieder betreten würde. Soweit er das beurteilen konnte, glaubte sie, seine Hilfe nicht mehr zu benötigen.

»Zumindest hat er es versucht«, antwortete sie mit erstaunlich fester Stimme. »Ja, er wollte mich tatsächlich wieder schlagen. Und wissen Sie, warum?«

Erstaunt registrierte Mark, wie sie das Gesicht zu einem spöttischen Grinsen verzog. Plötzlich drang ein hohes, kehliges Lachen aus ihrem Mund.

»Angeblich hatte ich ein Beweisstück verlegt.« Sie lachte noch einmal kurz auf, dann wurde ihre Miene wieder ernst. »Er hat noch nie Beweisstücke mit nach Hause gebracht, höchstens Kopien«, fuhr sie mit fester Stimme fort. »Auf einmal war er so lächerlich leicht zu durchschauen. Natürlich hat er erwartet, dass ich ihn um Gnade anflehe, aber diesmal habe ich ihm den Gefallen nicht getan. Stattdessen habe ich ihm auf den Kopf zugesagt, worum es ihm eigentlich ging.«

»Wie hat Ihr Mann auf diese neue Situation reagiert?«, fragte Mark.

»Er hat mich nicht angerührt. Dabei habe ich ihm erklärt, dass er sich künftig fadenscheinige Begründungen für seine Aggressionen sparen könne, wo es ihm doch einfach nur Spaß mache, mich zu schlagen. Wie von Sinnen hat er mich angesehen, dann ist er aus dem Haus gestürmt. Als er fort war, habe ich meine Koffer gepackt.«

»Wollen Sie sich für immer von Ihrem Mann trennen?«

»Ich kann nicht mehr mit ihm zusammen sein«, erwiderte sie mit leicht heruntergezogenen Mundwinkeln. »Seine Art widert mich nur noch an.«

»Also wollen Sie jetzt allein leben?«

»Ja, allerdings bin ich bis jetzt bei meiner Schwester untergekommen. In den ersten Nächten war mir wichtig, jemanden in meiner Nähe zu wissen.«

»Warum?«, fragte Mark hellhörig. »Hatten Sie Angst vor Ihrem Mann.«

»Nein, nein«, erwiderte Marion Karsting sehr schnell. »Mir ging es mehr um die emotionale Unterstützung. Zudem brauchte ich ja von heute auf morgen eine Bleibe. Inzwischen habe ich eine möblierte Wohnung hier in Duisburg gefunden, in die ich morgen einziehen werde. Und demnächst trete ich sogar eine Stelle in einer Buchhandlung an, zumindest für einige Stunden in der Woche.«

»Das ist ja wunderbar«, erklärte Mark mit einem demonstrativen Blick auf die Wanduhr. Irgendetwas drängte ihn, die Sitzung zu beenden, obwohl der übliche Zeitrahmen noch nicht ausgeschöpft war.

»Ich habe Ihnen viel zu verdanken«, erklärte sie, während sie sich fast gleichzeitig erhoben. »Sie haben mir geraten, Jutta aufzusuchen. Und ihr Geständnis hat mir Mut gemacht. Mut, den Teufelskreis endlich zu durchbrechen.«

Eilig führte Mark sie hinaus. Er mochte keine Abschiedsszenen. Inzwischen war er sicher, dass er Marion Karsting niemals wiedersehen würde, zumindest nicht in seiner Praxis.

Während Kriminalhauptkommissar Pielkötter mit dem Aufzug in die oberste Etage des Bürohauses in der Essener Innenstadt hochfuhr, blieb sein Blick an dem Hinweisschild der Immobilienfirma Garden haften. Unwillkürlich musste er daran denken, dass Jan Hendrik nun mit seinem Freund in einer gemeinsamen Wohnung lebte. Sie hätten ja nicht gleich zusammenziehen müssen, fand Pielkötter. Immerhin kennen sie sich schon drei Jahre, hatte Marianne argumentiert. Für seinen Geschmack zeigte sie wie immer zu viel Verständnis für ihren Sohn. Jedenfalls würde er nicht umhinkommen, sich in der nächsten Zeit mit diesem Thema auseinanderzusetzen.

Mit einem Ruck hielt der Aufzug in der fünften Etage, und Pielkötter trat eilig ins Treppenhaus. Die Immobilienfirma Garden lag direkt gegenüber. Die Klinke der Eingangstür hatte die Form eines Hauses, und es gab einen Anmeldetresen, der Pielkötter an die Rezeption eines Hotels erinnerte. An einem Schreibtisch hinter dem Tresen saß eine relativ junge Frau mit kastanienroten langen Haaren, die auffällig glänzten. Die könnte glatt Reklame für eine Spülung oder Haarkur machen, dachte Pielkötter. Nachdem sie aufgestanden war und ihn lächelnd begrüßt hatte, sprach er ihr eher eine Karriere als Model zu. Was seine Empfangsdame anging, hatte Garden zumindest Geschmack. Pielkötter würde es jedenfalls nicht wundern, wenn die Dame für den Besitzer der Immobilienfirma noch ganz andere Funktionen wahrnähme, als die einer Büroangestellten. Als er ihr seine Dienstmarke zeigte, zuckte sie leicht zusammen.

»Die Sache mit Frau Garden ist einfach zu schrecklich«, hauchte sie. »Wer kann so etwas getan haben?«

»Das herauszufinden, ist genau meine Aufgabe«, erklärte Pielkötter ungewohnt väterlich. »Und ich versichere Ihnen, wir nehmen diese Aufgabe äußerst ernst«. Anscheinend kitzelte die Frau verborgene Beschützerinstinkte aus ihm heraus.

»Kannten Sie Frau Garden eigentlich persönlich?«

»Kennen ist übertrieben«, antwortete sie mit einer hart klingenden Stimme, die nicht recht zu der zierlichen Gestalt mit den wohlproportionierten Rundungen passen wollte. »Ich arbeite erst seit gut einem Jahr für diese Firma. Allerdings war sie einmal hier im Büro. Sie brauchte eine Unterschrift von Herrn Garden. Es ging um den Jungen. Damals war er noch nicht volljährig. Die beiden teilen sich nämlich das Sorgerecht.«

»Dann verlief die Scheidung wohl einvernehmlich.«

»Das nehme ich an«, erwiderte sie, wobei sie sich eine widerspenstige Haarsträhne hinter das rechte Ohr klemmte. »Jedenfalls redet Herr Garden kein böses Wort über seine Exfrau. Falls Sie möchten, führe ich Sie jetzt zum Chef. Sicher erwartet er Sie schon.«

Pielkötter gewann den Eindruck, dass sie sich seinen Fragen nicht länger aussetzen wollte. Mit wiegenden Hüften lief sie vor ihm einen kleinen Gang entlang und öffnete dann die Tür zu Dominik Gardens Büro. Beeindruckt ließ Pielkötter seinen Blick durch den riesigen Raum schweifen. Wenn er da an die mickrigen, nicht gerade luxuriös ausgestatteten Büros der Polizei dachte, konnte der Unterschied kaum gewaltiger ausfallen. Ein ebenso exklusives wie geschmackvolles Standregal aus Chrom und Glas trennte den vorderen Arbeitsbereich von einer wohnlichen Einrichtung im hinteren Raum. Herr Garden saß hinter einer nierenförmigen Marmorplatte auf drei Metallfüßen, die bis auf den Computer nur noch entfernt an einen Schreibtisch erinnerte.

»Ich habe Sie schon erwartet«, erklärte Garden, als wollte er die Einschätzung seiner Angestellten ausdrücklich bestätigen. Eilig erhob er sich und drückte Pielkötter die Hand, bis dieser den berüchtigten Blick aufsetzte, der einige seiner Untergebenen in einen gewissen Aufruhr zu versetzen pflegte.

»Setzen wir uns lieber nach hinten«, schlug Dominik Garden völlig unbeeindruckt vor und führte seinen Besucher zu einer olivgrünen Ledersitzgruppe hinter dem Raumteiler.

Über der breiten Couch hing eine Farbexplosion in Rot, die in einer Art Ascheregen unterzugehen drohte. Wahrscheinlich hat er für das Gemälde ein kleines Vermögen bezahlt, dachte Pielkötter. Wegen der Ästhetik konnte Garden diese verwirrenden Farbkleckse kaum aufgehängt haben. Damit schmückten sich seiner Einschätzung nach nur Menschen, die keinerlei offene Wünsche mehr hatten und ihr Geld nicht anders auszugeben wussten.

»Irgendwie kann ich die Sache immer noch nicht glauben«, erklärte Garden, während er sich in einem der wuchtigen Ledersessel mit hüfthoher Lehne niederließ.

Pielkötter hatte schon ihm gegenüber auf der Couch Platz genommen.

»Furchtbar, dass ausgerechnet Eva Maria so enden musste. Sie war eine wunderbare Frau und eine noch bessere Mutter.« Er bemerkte Pielkötters überraschten Gesichtsausdruck. »Sicher finden Sie es merkwürdig, dass ich so positiv von ihr rede. Schließlich waren wir geschieden. Aber wir haben uns in gutem Einvernehmen getrennt. Sogar das Sorgerecht haben wir uns geteilt.«

»Darüber bin ich informiert«, erklärte Pielkötter schnell, als sein Gegenüber eine winzige Sprechpause einlegte. Er unterbrach nur ungern, befürchtete jedoch, dass Garden geneigt war, die Lobeshymne auf sich und seine Frau noch weiter auszudehnen.

»Dann wissen Sie sicher auch, dass mein Sohn jetzt bei mir lebt und dass ich wirklich keinerlei Motiv gehabt hätte, meine Frau umzubringen.«

»Das hat auch niemand behauptet«, wandte Pielkötter ein.

»Glauben Sie etwa, ich hätte es wegen der Unterhaltszahlungen getan? Oder weil ich meinen Sohn ganz für mich haben will?«

Als Pielkötter schwieg, sprang Garden sichtlich empört aus seinem Sessel auf und eilte zu dem großen, gardinenlosen Fenster. Während er stumm an der Scheibe hin und her lief, beobachtete ihn Pielkötter aus den Augenwinkeln.

»Geld spielt bei uns keine Rolle«, erklärte Garden plötzlich. »Und der Junge geht sowieso bald aus dem Haus. Nach dem Abitur will er in Berlin oder in Hamburg studieren.« Seine Stimme klang heiser. »Ich habe Eva Maria immer noch geliebt.«

»Wieso haben Sie sich dann scheiden lassen?«

»Die Initiative ging von ihr aus, aber ich habe ihr keine Steine in den Weg gelegt. Plötzlich wollte sie frei sein. Ich glaube, vor allem von meinen sexuellen Ansprüchen. Verstehen Sie?«

»Nein«, antwortete Pielkötter wahrheitsgemäß.

»Ich habe sexuell zu viel von ihr verlangt«, erklärte Garden. »Wir waren in dieser Beziehung sehr unterschiedlich. Wenn die Bedürfnisse zu weit auseinanderliegen, ist es schwer, einen gemeinsamen Nenner zu finden, auch wenn man sich aufrichtig liebt.«

Pielkötter waren solcherlei Erfahrungen erspart geblieben. Seit gut dreißig Jahren verkehrte er sexuell sehr gerne mit Marianne und sie mit ihm. Wenn mein Herr Sohn nicht mit einem Mann vorliebnähme und wenn es nicht auch bei uns gerade mal kriselte, könnte ich mich, im Großen und Ganzen glücklich schätzen, dachte er.

»Nach der Trennung blieben Eva Maria und ich freundschaftlich verbunden«, platzte Garden mitten in Pielkötters Gedanken. »Kein Wunder, vielleicht war das genau die Beziehung, die sie sich immer schon gewünscht hatte.« Während er redete, bewegte er sich wieder auf Pielkötter zu.

»Wie haben Sie sich denn nach der Trennung gefühlt?«

»Um ganz ehrlich zu sein, auch besser. Vorher hatte ich ständig das Gefühl, sie zu bedrängen. Nachdem ich ausgezogen war, konnte ich mich ohne schlechtes Gewissen ins Vergnügen stürzen.«

Pielkötter verzog keine Miene. Auch Garden blieb ernst, verlor sich nicht in Gedanken an seine Liebesabenteuer. Er schien wirklich um seine Exfrau zu trauern.

»Sie haben also Ihrer Exfrau das Haus überlassen«, stellte Pielkötter fest.

»Damit hatte ich keinerlei Probleme. Allein schon wegen unseres gemeinsamen Sohnes. Natürlich sollte Rüdiger die Schule nicht wechseln. Keinesfalls sollte er aus seiner gewohnten Umgebung oder gar seinem Bekanntenkreis herausgerissen werden.«

»Trotzdem finde ich Ihre Toleranz ungewöhnlich.«

Zum ersten Mal zeigten Gardens Mundwinkel den Anflug eines Lächelns. »Zum Glück kann ich mir diese Großzügigkeit leisten. Als Immobilienmakler hatte ich auch keinerlei Schwierigkeiten, eine geeignete Bleibe für mich zu finden.«

Pielkötter nickte. Er war geneigt, Garden zu glauben. »Hatte Ihre Frau eigentlich irgendwelche Feinde?«

»Nicht, dass ich wüsste. Zudem kann ich mir das wirklich nicht vorstellen. Sie war so sanftmütig. Nein, sie kann keine Feinde gehabt haben.«

»Dann habe ich vorerst keine weiteren Fragen«, sagte Pielkötter und erhob sich. »Nur mit Ihrem Sohn möchte ich noch einmal reden. Sobald er sich etwas gefangen hat, setzen Sie sich bitte mit uns in Verbindung.«

Mit erleichtertem Gesichtsausdruck begleitete Garden ihn hinaus.

»War Ihre Frau eigentlich jemals in psychologischer Behandlung?« fragte Pielkötter, bevor er die Tür erreichte.

»Wieso?« Garden wirkte irritiert.

»Keine Ahnung. Vielleicht wegen ihrer sexuellen Probleme.«

»Davon weiß ich nichts. Eine psychologische Behandlung passt auch nicht zu ihr. Und wenn, hätte sie bestimmt mit mir darüber gesprochen. Warum fragen Sie eigentlich?«

»Vielleicht hätte eine Therapie nicht schaden können«, antwortete Pielkötter ausweichend und verabschiedete sich schnell.

Im Vorraum schenkte er Gardens Anmeldedame noch einen ernsten, durchdringenden Blick, der immer gut mit Barnowskis erprobtem Lächeln kontrastierte, sofern sie beide zusammen auftraten. Während er wenig später im Aufzug nach unten fuhr, stellte er sich vor, wie diese Frau ihren Chef nach Dienstschluss verwöhnte. Vielleicht lief das auch umgekehrt. Aber irgendwas hatten die beiden miteinander, dessen war er sich sicher.

»Eine Rolle Pfefferminz«, verlangte Pielkötter.

»Nen Dreierpack oder einzeln?«, fragte der Mann, der halb aus dem Fenster seiner Bude hing.

»Genau eine Rolle«, erklärte Pielkötter genervt.

Nachdem das Pfefferminz endlich den Besitzer gewechselt hatte, trat er zur Seite und riss umständlich die Verpackung auf. Während die obersten zwei Bonbons auf den Gehsteig kullerten, genehmigte sich ein zweiter Kunde einen Schluck aus der Bierflasche, die er soeben erstanden hatte. Missmutig hob Pielkötter die Pfefferminz auf. Der Mann beobachtete ihn. Plötzlich krachte die Rechte des Biertrinkers auf seine Schulter.

»Nimm`s nich so schwer, Kumpel«, sagte er. »Beim nächsten Mal gewinnen die wieder. Dat spür ich im dicken Zeh.«

Irritiert schaute Pielkötter dem freundlichen Mann ins Gesicht. An die vertraute Art offenkundig fremder Menschen, die es Pielkötters Wissens nur im Ruhrgebiet gab, hatte er sich immer noch nicht richtig gewöhnt. Irgendwie hatte er dem entwaffnenden Lächeln nichts entgegenzusetzen.

»Die steigen nicht ab«, bekräftigte der Mann noch einmal das Gespür seines dicken Zehs.

»Okay«, brummte Pielkötter, obwohl er keine Ahnung hatte, worum es ging.

Wahrscheinlich hatte der MSV heute ein Spiel verloren, aber von Fußball verstand er nicht viel. Trotzdem besserte sich seine Laune. Langsam schlenderte er die sanierungsbedürftige Straße im Duisburger Stadtteil Hochfeld entlang. Zwischendurch verlangsamte er immer wieder seinen Schritt. Unentschlossen blieb er dann vor einem Mehrfamilienhaus stehen. Im Gegensatz zu seiner Umgebung machte es einen ganz passablen Eindruck. Pielkötter suchte die Vorderfront nach irgendeinem Hinweis ab, den er selbst nicht genau definieren konnte. Im Untergeschoss brannte nur in einem Raum Licht. In der ersten Etage dagegen war die gesamte Fensterfront auf der linken Seite hell erleuchtet.

Ich hätte meinen Besuch doch besser anmelden sollen, dachte Pielkötter. Vielleicht war Jan Hendrik nicht einmal zu Hause oder er hatte Besuch. Oder sein Freund war allein zu Hause. Bei diesem Gedanken krampfte sich sein Magen unwillkürlich zusammen. Es war wirklich eine Schnapsidee, einfach hierherzukommen, nur weil er gerade in der Gegend zu tun hatte. Fairerweise musste sich Pielkötter eingestehen, dass der wahre Grund für den Besuch eher in den anhaltenden Spannungen zwischen ihm und Marianne lag. Seine Frau konnte einfach nicht darüber hinwegsehen, dass zwischen Vater und Sohn absolute Funkstille herrschte. Nun stand er für alle Familienmitglieder unerwartet vor der Tür seines Sohnes.

Entschlossen legte er die wenigen Meter bis zum Hauseingang zurück. Weil er direkt unter Pielkötter den Namen Lorenz entdeckte, zögerte er noch einmal, doch dann drückte er energisch den Klingelknopf. Als der Summer ertönte, gab es kein Zurück mehr. Während er die Stufen in die erste Etage hinaufstieg, fühlte er sich wie bei einem gefährlichen Einsatz, dessen Ausgang er schlecht abschätzen konnte. Von der letzten Stufe aus schielte er in Richtung Wohnungstür und traute kaum seinen Augen. Im Rahmen stand eine hübsche, junge Frau mit langen blonden Haaren und unübersehbaren Rundungen. Er schätzte sie etwas jünger ein als seinen Sohn. Überrascht hielt er inne. Hatte ihm Jan Hendrik etwa etwas vorgemacht, nur um ihn zu ärgern? Nein, mit solch grundlegenden Werten spaßte er dann doch nicht, auch wenn Jan Hendrik ihn manchmal nur zu gern schockiert hatte.

»Kommen Sie, die Fete ist schon so gut wie vorbei«, riss die Frau ihn aus seinen Gedanken. »Die ersten Gäste sind bereits gegangen.«

Unschlüssig starrte Pielkötter sie an, doch dann nickte er und folgte ihr in die Wohnung. In der Diele hingen mehrere Fotografien von spärlich bekleideten Männern. Augenblicklich schwanden Pielkötters Hoffnungen auf eine wohlproportionierte Schwiegertochter und wenigstens einen Enkelsohn, mit dem er später Eisenbahn spielen könnte.

»Ich bin Jan Hendriks Vater«, fand er endlich seine Sprache wieder, während die Frau ihn durch eine Küche in chaotischem Zustand führte.

»Da wird sich Janik aber freuen«, erwiderte sie lachend und stieß die Tür zu einem Wohnraum auf.

Entsetzt starrte Pielkötter auf das Sofa an der gegenüberliegenden Wand. Dort saß sein Sohn, seine Hand lag lässig auf dem Oberschenkel seines Sitznachbarn, der ihn anstrahlte, als sei Jan Hendrik sein persönlicher Glücksbote. Plötzlich wandte Jan Hendrik den Kopf zur Tür. In seinem Blick spiegelten sich Pielkötters eigene Emotionen wider.

»Wir feiern Sebastians Beförderung«, erklärte die junge Frau, ehe Vater und Sohn sich zu einer weiteren Reaktion durchringen konnten. »Er hat die Stelle als Oberarzt in der Unfallklinik Buchholz bekommen. Ich bin übrigens seine Schwägerin Anja.«

»Freut mich«, presste Pielkötter mit Mühe hervor, während sich Jan Hendrik aus seiner Erstarrung löste. Am liebsten wäre Pielkötter wortlos hinausgeeilt, aber bevor er diesen Entschluss richtig fassen, geschweige denn in die Tat umsetzen konnte, stand sein Sohn bereits vor ihm.

»Schön, dass du den Weg hierher gefunden hast«, begrüßte er ihn. »Offen gestanden habe ich nicht damit gerechnet.«

Pielkötter räusperte sich. »Tja, schöne Grüße von deiner Mutter.« Er wusste selbst nicht, warum er log, erst recht nicht, warum ihm diese Lüge so leicht über die Lippen kam. Schließlich wusste Marianne nichts von seinem Besuch.

»Setz dich doch«, forderte Jan Hendrik ihn auf. »Und den Mantel kannst du auch ablegen. So viel Zeit hast du doch, oder?«

Pielkötter hatte mit einem Konfrontationskurs gerechnet. Aber Jan Hendrik schien eher verunsichert, er hatte sogar vergessen, ihn vorzustellen. Mit gemischten Gefühlen zog Pielkötter seinen dunklen Trenchcoat aus und setzte sich. Aus den Augenwinkeln heraus registrierte er, wie Sebastian Lorenz ihn dabei beobachtete.

Jan Hendriks Freund sah nicht gerade gut aus. Kleine, unscheinbare Augen, beginnende Glatze und eine untersetzte Statur. Zudem wies Sebastian Lorenz höchstens eine Größe von einem Meter siebzig auf, soweit Pielkötter das wegen der sitzenden Position beurteilen konnte. Hatte sein Sohn nicht immer Wert auf Äußerlichkeiten gelegt, seiner Meinung nach viel zu viel. Wo hatte er seine Augen gelassen, als er diesem Typen begegnet war? Entweder musste dieser Arzt die absoluten inneren Werte besitzen oder er war eine Kanone im Bett. Bei dem Gedanken an die letztere der beiden Alternativen wurde Pielkötter mulmig. Ein Liebesspiel zwischen den beiden konnte er sich nicht recht vorstellen, auch wenn er genau gesehen hatte, wie die Hand seines Sohnes auf dem Oberschenkel dieses Mannes gelegen hatte.

»Ein Bier?«, fragte Jan Hendrik. »Wir haben sogar Pilsener Urquell auf Lager. Das magst du doch neben Köpi am liebsten.«

»Ja, eins«, brummte Pielkötter und nahm sich vor, diesen Ort zu verlassen, sobald er sein Bier ausgetrunken hatte.

Aus dem Nebenraum drang Gelächter, und dann stürmten zwei junge Burschen mit grinsenden Gesichtern herein. Merkwürdigerweise sahen sie genauso wenig schwul aus wie sein Sohn oder der Typ auf dem Sofa, der ihn immer noch interessiert zu mustern schien. »Hi«, begrüßten sie den neuen Gast. »Wir gehören zur Familie.«

Irritiert sah Pielkötter von einem zum anderen. Bezeichneten sich in der Szene alle als Familie?

»Ich bin der Vater von Jan Hendrik«, stellte er sich vor, um nur ja keine falschen Ideen aufkommen zu lassen.

Während sein Sohn das Bier vor ihm auf den Tisch stellte, legte einer der beiden seinen Arm um die junge Frau. »Anja und ich müssen jetzt los«, erklärte er. »Sonst wird uns der Babysitter zu teuer.«

Erst jetzt fiel Pielkötter der Ring auf, den die Frau an der rechten Hand trug. Eilig erhob sich Sebastian Lorenz und begleitete die beiden hinaus. Insgeheim wünschte Pielkötter, er würde mit ihnen aufbrechen und nicht zurückkehren.

»Das waren mein Bruder und seine Frau«, erklärte er, als er wenig später wieder den Raum betrat, »und der Mann, der jetzt wahrscheinlich mit Janik in der Küche hantiert, ist ein alter Schulkollege von mir.«

»Auch Arzt?«, fragte Pielkötter, weil ihm im Moment nichts Besseres einfiel.

»Nicht ganz«, lachte der Freund seines Sohnes, »Marvin spielt Eishockey, damit wir Ärzte nicht arbeitslos werden.«

Widerwillig gestand sich Pielkötter ein, dass Sebastians Lachen sympathisch wirkte.

»Na ja, dann will ich mal gratulieren«, presste Pielkötter heraus. »Soviel ich hörte, sind Sie befördert worden.«

»Danke. Ich kann das alles noch gar nicht fassen, ich habe nämlich erst heute davon erfahren. Deshalb mussten wir bei der kleinen Feier auch ziemlich improvisieren.«

»Aha.«

»Marvin hat sich angeboten, eine Kleinigkeit für uns zu kochen. Er kocht wirklich vorzüglich, nur sieht die Küche danach wie ein Schlachtfeld aus.«

Treffende Beschreibung, dachte Pielkötter.

»Vielleicht ist von der Lasagne noch etwas übrig. Falls Sie möchten.«

»Nein danke«, erwiderte Pielkötter ein wenig zu hastig. »Ich wollte sowieso nur kurz vorbeischauen.«

»Immerhin. Ich hatte gehofft, Sie einmal persönlich kennenzulernen. Janik hat schon so viel von Ihnen erzählt.«

Pielkötter schluckte. Hektisch fuhr er mit der Rechten an seinem breiten Kinn entlang.

»Eine schöne Kindheit zu haben ist nicht gerade selbstverständlich«, fuhr Sebastian fort, »aber das erleben Sie als Kriminalkommissar ja immer wieder.«

Meinen Beruf hat Jan Hendrik also auch erwähnt, dachte Pielkötter, und die gute Kinderstube, woran Marianne sicherlich weitaus mehr Anteil hatte als er selbst. Merkwürdigerweise erinnerte er sich jetzt daran, wie er seinem Sohn das Radfahren beigebracht hatte und wie sie zusammen einen Käfig für die Meerschweinchen gebaut hatten. Erst mit der Pubertät war ihre Beziehung schwierig geworden. Als Sebastian plötzlich mit einer Bierflasche vor ihm stand, kehrte er in die Gegenwart zurück.

»Darf ich nachschenken?«

Pielkötter starrte auf sein leeres Glas und nickte. Ursprünglich hatte er nicht vorgehabt, länger zu bleiben als unbedingt nötig, aber nun wollte er mindestens so lange bleiben, bis er herausgefunden hatte, ob sein Sohn in einem eigenen Zimmer oder etwa in einem zweckentfremdeten Ehebett schlief.

»Falls Sie mögen, zeige ich Ihnen die Wohnung«, bot Sebastian an, als hätte er seine Absicht erraten. »Dank vieler Helfer sieht es bei uns nicht einmal mehr nach Umzug aus. Nur in der Küche herrscht noch Chaos. Aber daran sind Sie ja schon vorbeigekommen.«

Pielkötter erhob sich augenblicklich und folgte dem Freund seines Sohnes in eine zweite, kleine Diele, die von dem Wohnraum abging. Sie hatte drei Türen. Zwei Schlafzimmer, ein Bad, hoffte Pielkötter.

»Hier ist das Bad«, erklärte Sebastian. Neugierig spähte Pielkötter in einen annähernd quadratischen, bis unter die Decke gekachelten Raum. Die bunt gemusterten Fliesen gefielen ihm nicht, aber in einer Mietswohnung konnte man sich das Design leider nicht aussuchen. Mit geübtem Blick für Details registrierte er die penible

Ordnung. Keine herumliegenden Handtücher, keine Zahnpastaspritzer auf dem Spiegel, nicht einmal Kalkflecken auf den Armaturen. Dafür musste eine gute Reinigungsfrau oder aber Sebastian verantwortlich sein. Aufräumen und Putzen zählten nämlich nicht gerade zu Jan Hendriks Stärken. Pielkötter nickte anerkennend.

Stolz führte Sebastian ihn nach nebenan. Unter dem Fenster stand ein großer Schreibtisch, an den Wänden hingen mehrere Bücherregale. Offensichtlich diente der Raum lediglich als Arbeitszimmer, auch wenn direkt gegenüber der Tür ein breites Sofa stand. Jan Hendrik gehörte jedenfalls nicht zu den Ordnungsliebenden, die Bettzeug jeden Tag wegzuräumen pflegten. Seufzend folgte Pielkötter Sebastian ins Schlafzimmer. Dort stand das breite französische Bett, vor dessen Anblick er sich insgeheim gefürchtet hatte. Hinsehen ist allemal besser als Verdrängen, ermahnte er sich, während er auf den bunt karierten Bettbezug starrte.

»Die Gästetoilette liegt direkt neben der Wohnungstür«, erklärte Sebastian. »Ich halte zwei Toiletten für sehr praktisch.«

Wahrscheinlich empfindet er mein Schweigen als unangenehm, dachte Pielkötter. Vielleicht sollte er endlich einen Kommentar abgeben, aber er hatte sich selten in seinem Leben so unsicher gefühlt.

»Und die Mietpreise hier?«, brachte er mit Mühe hervor. Blöde Frage, seufzte er innerlich, bei zwei Verdienern, dazu eine Beförderung zum Oberarzt.

»Erschwinglich«, antwortete Sebastian lachend, »immerhin hat Janik nun auch noch einen zusätzlichen Job.« Sein Lachen wirkte befreiend.

»Einen neuen Fotoauftrag?«

»Nicht direkt. Er hilft mit, die Kulturhauptstadt Ruhr 2010 zu vermarkten. Gelegentlich kreiert er sogar Werbeslogans. So was wie: *Die neue Energie des Ruhrgebiets heißt Kultur*. Zudem müssen ja die ganzen Programme koordiniert werden. Wahnsinn, welche Aktionen allein das Still-Leben Ruhrschnellweg abrunden sollen. Immerhin ziehen die ganzen Anrainerstädte mit: Duisburg, Mülheim, Oberhausen, Bochum, Dortmund.«

»Gelsenkirchen hast du noch vergessen«, wandte Jan Hendrik ein, der plötzlich hinter ihnen auftauchte. »Vor allem Essen. Schließlich hat sich Essen stellvertretend für die dreiundfünfzig Städte und Gemeinden der Metropole Ruhr beworben.«

»Aha, der Fachmann hat gesprochen. Weiß gar nicht, wie wir auf deine Arbeit gekommen sind. Eigentlich wollte ich deinem Vater nur die Wohnung zeigen.«

»Oh, der interessiert sich sicher mehr für die Behausungen von Verbrechern oder für das kalte Bier im Wohnzimmer.«

»Ein anderes Mal«, erwiderte Pielkötter hastig. »Deine Mutter wartet sicher schon mit dem Abendessen.«

»Hast du ihr etwa nichts von deinem Besuch hier erzählt?«

Ertappt, dachte Pielkötter noch während er den Kopf schüttelte. Dabei hatte er vorhin Grüße von Marianne bestellt. Lügen hatten tatsächlich kurze Beine. Genau dieser Tatsache jedoch verdankte er die Aufklärung so manch eines Verbrechens.

»Hat mich jedenfalls gefreut, dass du uns besucht hast«, erwiderte Jan Hendrik, ohne sich etwas von der aufgedeckten Lüge anmerken zu lassen.

Gemeinsam brachten die beiden jungen Männer ihn zur Wohnungstür.

Als Pielkötter später im Wagen saß, musste er sich eingestehen, dass sein Sohn einen selten zufriedenen Eindruck gemacht hatte. Er selbst würde noch etwas Zeit brauchen, um diesen Besuch zu verarbeiten. Während er nach Hause fuhr, schwankte er noch, ob er Marianne beim Abendessen schon davon erzählen sollte. Vielleicht war es doch besser, erst eine Nacht darüber zu schlafen.

Missmutig starrte Hauptkommissar Pielkötter auf den Notizblock, der vor ihm auf dem Schreibtisch lag. In der Mitte standen rotumrandet die Namen der beiden ermordeten Frauen. Links neben Barbara Winkler hatte Pielkötter die Namen ihres Noch-Ehemanns Berthold sowie ihres Geliebten Frederik Bodenthal notiert. Zweifellos hätten sie zu den Hauptverdächtigen gehört, sofern das zweite Opfer dem nicht widersprochen hätte. Rechts neben Eva Maria Garden befanden sich die Namen von Exmann und Sohn, Dominik und Rüdiger.

In einem äußeren Kreis hatte Pielkötter alle möglichen Personen notiert, die in irgendeiner Beziehung zu den Opfern gestanden hatten. Mark Milton, den Psychologen des ersten Opfers, hatte er farbig markiert. Er wusste selbst nicht genau warum. Trotzdem konnte es nicht schaden, dieser Intuition nachzugehen und weitere Erkundigungen über Milton einzuziehen. Als Erstes schwebte ihm eine kleine Unterredung mit seiner Ehefrau vor. Das könnte Barnowski übernehmen.

Mit einem Seufzer erhob sich Pielkötter. Er lief zu einer Anrichte, auf der eine Thermoskanne stand, und schenkte sich die vierte Tasse Kaffee nach. Mit dem dampfenden Gebräu Marke »Hallo Wach« kehrte er an seinen Schreibtisch zurück und starrte erneut auf den Notizblock mit den Namen. So sehr er sich auch anstrengte, es gelang ihm nicht, einen Zusammenhang zwischen den Opfern zu finden, der vielleicht sogar auf einen möglichen Täter schließen ließ. Anscheinend hatten sich die beiden ermordeten Frauen weder gekannt, noch existierte ein Berührungspunkt. Dennoch musste es einen geben, sicher hatte er ihn bisher nur übersehen. Schließlich hatte der Mörder die beiden Frauen nicht einfach wahllos umgebracht. Die Art und Weise, wie sie ermordet worden waren, sprach einfach eine zu deutliche Sprache. Zudem lebten sie in ähnlichen Situationen. Das war aber auch schon alles und brachte Pielkötter an den Rand der Verzweiflung.

Er hasste es, seit Wochen auf der Stelle zu treten. Alle verfolgten Spuren waren bisher buchstäblich im Sande verlaufen. Dabei saßen ihm die Staatsanwaltschaft, seine Vorgesetzten und nicht zuletzt die Presse im Nacken. Zumal die ermordeten Frauen aus gehobenen Kreisen stammten und nicht aus dem Rotlichtmilieu.

Zum Glück hatte sich wenigstens sein Familienleben positiv entwickelt. Marianne hatte ihn seit Langem wieder mit diesem zärtlichen Blick bedacht und mit allen Annehmlichkeiten, die er eine Zeitlang vermisst hatte. Seit er Jan Hendrik besucht hatte, erschien sie ihm wie verwandelt. Jetzt musste er nur endlich diesen Fall aufklären, um die Entwicklung im privaten Bereich richtig genießen zu können. Entschlossen riss er den Hörer vom Telefon und wählte Barnowskis Nummer. Ehe er jedoch etwas in den Apparat brüllen konnte, fiel ihm ein, dass Barnowski für heute Sonderurlaub beantragt hatte. Er war Trauzeuge bei der Hochzeit seiner Schwester. Als Pielkötter sich Barnowski lächelnd und mit einem Glas Sekt bewaffnet vorstellte, sank seine Laune noch weiter gegen seinen persönlichen absoluten Nullpunkt.

Fahrstuhl defekt, auch das noch. Mark atmete dreimal tief durch und stiefelte in die sechste Etage hoch. Eigentlich wollte Daniel schon seit Jahren hier ausziehen. Die kleine Wohnung in dem Hochhaus an der viel befahrenen, obendrein sehr lauten Hauptstraße sollte nur etwas für den Übergang sein. Als Elke ihn nach unzähligen Vorwarnungen ganz unerwartet vor die Tür gesetzt hatte, musste sich Daniel ohne große Bedenkzeit für eine eigene Bleibe entscheiden. Er persönlich war mit dem Appartement anscheinend auch ganz zufrieden. Nur die Mädels, wie er seine diversen Bekanntschaften zu nennen pflegte, konnte er damit kaum beeindrucken. Und in sein Atelier konnte er sie auf keinen Fall mitnehmen. Es war sehr klein und ungemütlich, hatte nichts von dem Bohemien-Flair, wie er immer für billige Spielfilme herhalten musste.

»Siehst abgekämpft aus«, empfing ihn Daniel an der Tür. »Schreist förmlich nach einem Drink.«

»Einen Jagertee bitte. Als Belohnung für den mühsamen Aufstieg.«

»Schottischer Whisky tut es sicherlich auch«, erwiderte Daniel grinsend, als Mark an ihm vorbei in den kombinierten Wohnschlafraum trat.

Im Gegensatz zu dem kleinen Flur, der ungefähr die Ausmaße einer Telefonzelle besaß, war der Raum relativ groß. An den Wänden hingen unzählige Bilder, so dass man die Struktur der Tapete nur erahnen konnte. Dennoch wirkte das Zimmer mehr gemütlich als überladen.

»Ich weiß wirklich nicht, wo ich die sonst alle unterbringen soll«, erklärte Daniel, weil er Marks Blick bemerkte.

Eilig verzog er sich in die Küche mit dem enormen Ausmaß von gleich zwei Telefonzellen.

Mark sah sich unterdessen nach einer geeigneten Sitzgelegenheit um. Unschlüssig schwankte er zwischen einer kleinen, grünen Ledercouch und einem knallroten Knautschsack. Die beiden scheußlichen Sofakissen mit konservativem Knick in der Mitte gaben schließlich den Ausschlag. Der Sitz dazwischen erinnerte ihn irgendwie an die Szene »Schwiegersohn beim Antrittsbesuch«.

Als er in den Knautschsack plumpste, kehrte Daniel mit zwei ordentlich gefüllten Whiskygläsern zurück.

»Auf alle Neugierigen«, prostete er Mark zu. »Seit deiner Andeutung am Telefon platze ich vor Spannung.«

»Durchaus berechtigt«, stöhnte Mark. »Ich glaube, Susanne will mich verlassen.«

»Wieso?«, fragte Daniel, wobei er nicht gerade den intelligentesten Gesichtsausdruck aufsetzte.

»Leider weiß ich das nicht.«

»Heißt das, ihr habt noch nicht darüber gesprochen?«

»Sie weicht einem Gespräch immer wieder aus«, erklärte Mark. »Angeblich muss sie erst mit sich selbst ins Reine kommen.« Dass ihn die Situation schmerzlich an Lea erinnerte, verschwieg er.

»Auch wenn das jetzt nicht der richtige Zeitpunkt ist, aber ich habe es dir immer gesagt. Susanne, dieses verwöhnte Püppchen, ist nicht der richtige Umgang für dich. Obendrein musstest du die auch noch direkt heiraten. Als ob es keine andern Frauen auf dieser Welt gäbe.«

Zerknirscht stürzte Mark die Hälfte seines Whiskys hinunter. Er hätte nicht herkommen dürfen. Daniel würde ihm den Abend zusätzlich mit Vorwürfen vermiesen. Dabei traf er leider mitten ins Schwarze. Er hätte Susanne wirklich nicht heiraten dürfen, jedenfalls nicht so schnell. Eigentlich hatte es dafür nur einen Grund gegeben. Irgendwie wollte er sich mit einer neuen Ehe beweisen, dass er Leas unnatürlichen Tod und die zahllosen Verhöre verarbeitet hatte.

»Tut mir leid«, brummte Daniel. »Ist wohl nicht der beste Zeitpunkt für eine Grundsatzdiskussion über den Unsinn dauerhafter Beziehungen.«

»Schon gut.« Unmöglich, Daniel in seine geheimen Gedanken einzuweihen, über dieses grauenvolle Ereignis aus seiner Vergangenheit.

»Vielleicht hast du ja Recht und Susanne passt wirklich nicht zu mir. Warum haben wir das nur nicht früher erkannt?«

»Manchmal bist du wirklich naiv, jedenfalls was den Beginn einer Beziehung betrifft«, stöhnte Daniel und goss neuen Whisky nach. »Hast null Ahnung vom Karussell der Hormone. Die achten nur auf die richtigen Proportionen, und genau die stimmen bei Susanne. Selbst nach der Geburt eurer Kinder.«

»Aber gerade wegen der Kinder haben wir doch die Pflicht, uns zusammenzureißen. Es gibt sogar funktionierende Ehen, in denen die Partner aus ganz anderen Kulturkreisen stammen.«

»Und jetzt fragst du, warum es bei euch nicht klappt, trotz der Gemeinsamkeiten. Beide katholisch, keine Kirchgänger, beide ohne Ambitionen für Bobrennen und Schanzenturnier.«

Mark war nicht nach Witzen zu Mute. Das Beste, was Daniel ihm heute zu bieten hatte, war der exzellente Whisky. Missmutig starrte er in die bernsteinfarbene Flüssigkeit, dann stürzte er das halbe Glas Whisky auf einmal hinunter.

»Jetzt lege ich erst einmal eine gute Scheibe auf«, schlug Daniel vor. Anscheinend hatte er bemerkt, dass er etwas zu weit gegangen war.

Während Daniel sich seiner CD-Sammlung zuwandte, starrte Mark nachdenklich in das leere Glas. Erst als Carlos Santanas geniales Gitarrensolo aus den Boxen dröhnte, sah er wieder auf. Wohlwollend nahm er wahr, wie Daniel die Gläser erneut mit Whisky füllte. Der Pegel in der Flasche hatte sich inzwischen ordentlich gesenkt, aber das war jetzt sein geringstes Problem.

»Hast du ne Zigarette?«, fragte Mark.

»Seit wann rauchst du?«

»Nur in besonderen Situationen. Immer, wenn ich was zum Festhalten brauche.«

Daniel verschwand in der Küche und kam mit einer Packung Zigaretten wieder. »Eigentlich sind die für meine Mädels«, grinste er. »Wenn die im entscheidenden Moment unbedingt zum Automaten entwischen wollen.«

Umständlich fischte Mark eine Zigarette aus der angebrochenen Packung. Daniel beobachtete, wie er den Rauch tief inhalierte und dann stoßweise ausstieß.

»Mensch, Mark. Wie wäre es mit einer kleinen Eigentherapie? Du kannst nicht ernsthaft nur noch Trübsal blasen, nur weil deine Ehe zu scheitern droht.«

»Meine zweite«, korrigierte Mark mit ernster Miene. »Und ein Psychologe, der seine eigenen Probleme nicht in den Griff bekommt, macht sich nicht gut als Aushängeschild.«

»Dein Privatleben ist deinen Patienten doch egal«, entgegnete Daniel nun äußerst laut, um Carlos Santanas plötzlich euphorischen Einsatz zu übertönen. »Die bezahlen dich dafür, dass du ihres in Ordnung bringst. Legst du ihnen nicht selbst manchmal nahe, dass eine Trennung die beste Lösung ist?«

Augenblicklich musste Mark an die ermordete Barbara Winkler denken. »Eine meiner Patientinnen hat die Trennung mit ihrem Leben bezahlt«, erklärte er dem verdutzten Daniel.

»Glaubst du wirklich, der Mord hängt mit der Trennung zusammen?«

Mark ließ diese Frage unbeantwortet und erhob sich.

Leicht schwankend suchte er die Toilette auf. Seit Langem hatte er dem Alkohol nicht mehr so zugesprochen wie heute. Trotzdem bereute er nicht einen einzigen Tropfen. Mit einem Promille im Blut glaubte er gern, dass ein kleiner Rausch den Horizont durchaus erweitern konnte. Als er ins Wohnzimmer zurückkehrte, hatte Daniel die Gläser bereits wieder bis zum Rand gefüllt. Der Rest in der Flasche bedeckte gerade einmal den Boden. Okay, entschied Mark, fahren konnte er ohnehin nicht mehr. Wohlig seufzend gönnte er sich einen großen Schluck. Der vorzügliche Whisky brannte sich angenehm die Kehle hinunter. Während sich die Flasche vollkommen leerte, vermieden sie nun alle brisanten Themen. Gegen Morgen rief Mark ein Taxi.

In der Nacht plagten Mark furchtbare Träume. Immer wieder sah er die blutüberströmte Lea vor sich. Dabei veränderten sich ihre Züge, bis er schließlich Susannes Gesicht darin erkannte. Erschrocken fuhr er hoch. Das leere Bett neben ihm wirkte nicht gerade beruhigend. Zudem litt er unter höllischen Kopfschmerzen. Anscheinend hatte er genau ein Gläschen mehr getrunken als die halbe Flasche. Oder Daniels Anti-Kater-Garantie für besagtes Quantum war schlichtweg eine Lüge. Benommen wankte er ins Bad und wühlte den Spiegelschrank durch, bis er endlich eine Schachtel Aspirin gefunden hatte. Sie war fast leer. Mit unruhiger Hand löste er die letzte Tablette im Zahnputzbecher auf und trank das Gebräu in einem Zug. Erst jetzt warf er einen Blick in den Spiegel. Er hätte es besser bleiben lassen. Wenn eine Rasur kein entscheidendes Wunder bewirkte, sollte er sich heute besser nicht unter Menschen begeben. Selbst nachdem er kalt geduscht und gefrühstückt hatte, fühlte er sich nicht viel besser. Gegen elf kam Daniel vorbei, um ihn zu seinem Wagen zu kutschieren.

Die Sonne strahlte vom tiefblauen Maihimmel. Nur in der Ferne kündigten einige weiße Wölkchen einen Wetterumschwung an. Die Menschen auf dem Trierer Marktplatz achteten jedoch nicht darauf und freuten sich über das schöne Wetter und die Möglichkeit, im Freien zu sitzen. An der frischen Luft genossen sie einen Cappuccino, ein kühles Erfrischungsgetränk oder eine kleine Speise. Sie streckten ihre Köpfe der Sonne entgegen, steckten sie mit dem Sitznachbarn zu einem Plausch zusammen oder bevorzugten den Schatten unter den bunten Sonnenschirmen. In vielen Gesichtern spiegelte sich gute Laune wieder, selbst in denen der Kellnerinnen und Kellner, die unzählige Getränke und schmutziges Geschirr auf ihren Tabletts hin und her transportieren mussten.

Nur ein Mann saß trübsinnig an einem Tisch. Obwohl alle Sitzgelegenheiten belegt waren bis auf zwei Stühle neben ihm, mochte niemand in seiner Nähe Platz nehmen. Versunken in offensichtlich dunkle Gedanken starrte er vor sich hin. Nur ab und zu ließ er den Blick über die plaudernden, gut gelaunten Menschen hinweg bis zu den hübschen historischen Gebäuden schweifen, die den Marktplatz einrahmten. Was hatte er sich von diesem Besuch versprochen? Hatte er wirklich daran geglaubt, seine Frau Luisa hier wiederzufinden? Er hatte sie immer Luisa genannt, nach seiner Mutter, obwohl sie nicht Luisa hieß. Seltsamerweise hatte sie nichts dagegen gehabt.

Auch nach so vielen Jahren konnte er sich noch gut an ihre erste Begegnung erinnern. Genau vor dem Rathaus war er mit ihrem Fahrrad zusammengestoßen. Das Rad war umgekippt und eine zerbrochene Saftflasche hatte sich über ihre Examensarbeit ergossen, die sie an diesem Tag kopieren wollte. Glücklicherweise war ihr selbst nichts passiert. Stumm und mit ungläubigen Augen hatte sie auf die Bescherung gestarrt. Er hatte die Sprache als Erster wiedergefunden und ihr sofort seine Hilfe angeboten.

Wie anders wäre sein Leben verlaufen, wenn sie sein Angebot abgelehnt hätte? Aber sie hatte nicht abgelehnt. Vielleicht hatte er ihr auf Anhieb gefallen. Möglicherweise jedoch hatte der zeitliche Druck durch den Abgabetermin ihrer Arbeit den Ausschlag gegeben. Komischerweise hatten sie niemals drüber gesprochen. Zu viele Geheimnisse waren unausgesprochen geblieben, auch wenn sie sich während der gemeinsamen Arbeit immer näher gekommen waren, nah genug, um sich zu verbrennen.

Auch jetzt noch brannte alles in ihm, wenn er nur an Luisa dachte, nicht nur hier in Trier. Warum also war er hergekommen? Um seinen Auftrag zu erneuern? Ja, er musste sein Werk weiterführen und alle Sünder bestrafen. Hier würde er die Kraft dazu finden.

Unruhig schaute er auf seine Armbanduhr, warf dann einige Münzen auf den Tisch und erhob sich. Ohne sich an den schönen alten Fassaden der Häuser zu erfreuen, lief er in Richtung Dom.

Oft schon hatte er diese älteste Bischofskirche Deutschlands betreten. Andächtig schlenderte er durch den römischen Zentralbau, besichtigte Grabmäler, Grabaltäre und die Schranken des Ostchores. Schließlich verweilte er eine ganze Weile in der vierschiffigen Ostkrypta. Er überlegte kurz, ob er sich auch noch einmal den Domschatz ansehen sollte, entschied sich aber dagegen. Aus gutem Grund würde er den Anblick der liturgischen Geräte nicht ertragen können.

Draußen brannte das gleißende Sonnenlicht in seinen Augen. Weitaus schlimmer jedoch empfand er den bohrenden Schmerz in seinem Inneren. Als ob er ihm davonlaufen könnte, beschleunigte er seinen Schritt. Während er lief, fast rannte, nahm er seine Umwelt kaum wahr, bis er plötzlich vor der Porta Nigra stand. Er sah kurz hoch und wandte sich wieder in Richtung Stadtmitte. Eine Zeitlang streifte er scheinbar ziellos durch die Innenstadt, doch dann stand er vor dem altehrwürdigen Gebäudekomplex, mit dem er so manche schöne und auch bittere Erinnerung verband. Die zwei steinernen Säulen an der Eingangspforte zum vorderen Hof sprachen ihn immer noch ganz besonders an. Tritt ein in dieses ehrwürdige Haus, riefen sie ihm immer noch zu. Bereite dich hier vor, auf den Augenblick der Weihe. Er jedoch stand draußen, an dem schmiedeeisernen Zaun. Als er an dem trutzigen Eckturm emporblickte, lichtete sich mit einem Mal der Nebel in seinem Kopf: Er hatte doch eine Bestimmung gefunden. Seine blutige Mission duldete keinerlei Aufschub mehr. Die Häscher waren dicht auf seinen Fersen.

Als Marion Karsting erwachte, strahlte die Sonne durch die Ritzen der Rollos und hinterließ ein gestreiftes Muster auf der Tapete. Während sie sich noch eine Weile in die Bettdecke kuschelte, schweiften ihre Gedanken in die Vergangenheit, genauer gesagt zu ihrem früheren Leben, wie sie die Zeit vor der Trennung zu benennen pflegte. Zufrieden mit sich und der Welt lächelte sie vor sich hin. Seit sie sich nicht mehr vor Klaus Eberhards brutalen Ausbrüchen fürchten musste, konnte sie kaum noch verstehen, wie sie es so lange mit ihrem Mann hatte aushalten können. Besser eine späte Erkenntnis als gar keine, dachte sie und verschränkte die Arme unter ihrem Kopf.

Was hatte Klaus Eberhard nicht alles angestellt, um sie von der endgültigen Trennung abzuhalten. Körbeweise Blumen hatte er durch Fleurop zu ihrer Schwester und zu ihrer neuen Wohnung geschickt. Dabei wusste sie immer noch nicht, wie er herausfinden konnte, dass ausgerechnet Jutta sie zunächst aufgenommen hatte. Vielleicht hatte er auf geheime Kanäle eines Staatsanwalts zurückgegriffen? Er hatte ihr beteuert, sie nie wieder zu schlagen, hatte geschworen, auf alle ihre Wünsche auch nach erneuter Berufstätigkeit einzugehen, aber sie war standhaft geblieben. Darauf war sie stolz. Möglicherweise hätte er seine guten Vorsätze sogar eingehalten, aber sie hatte nur zu deutlich gespürt, dass es vorbei war. Sie empfand keine Liebe mehr für ihn, nicht einmal Achtung. Dafür verspürte sie endlich Achtung vor sich selbst. Als er sich aufs Drohen verlegt hatte, lieferte er ihr den endgültigen Beweis, dass sie sich richtig entschieden hatte. Er wollte ihr das Leben schwer machen, ihren guten Ruf zerstören, ihr keinen Unterhalt mehr zahlen, doch mit jeder neuen Drohung hatte er genau das Gegenteil erreicht.

Gedankenverloren zog sie die Arme hinter ihrem Kopf hervor und steckte sie unter die warme Bettdecke. Ihre Hände tasteten an ihrem Körper entlang. Mit etwas Glück würde sie wieder einen Mann finden, der ihr Bedürfnis nach Nähe befriedigte, ohne sie gleichzeitig zu demütigen. Nach einer Weile schlug sie die Bettdecke zurück und schaute lächelnd auf das Chaos in ihrem Schlafzimmer. Die gestern Abend abgelegten Kleidungsstücke bildeten eine Art Spur von der Tür bis zu einem alten Lehnstuhl, der mit ihren einmal getragenen Garderoben so behängt war, dass man kaum die Farbe des Holzes erkennen konnte. Marion Karsting genoss diese Unordnung, besonders weil Klaus Eberhard sie in seinem Haus niemals geduldet hätte.

Nachdem sie geduscht und gefrühstückt hatte, verließ sie gut gelaunt die Wohnung für einen Waldspaziergang. Sie achtete nicht auf den Mann in dem dunklen Wagen, der auf der gegenüberliegenden Straßenseite parkte und genau auf die Haustür starrte. Voller Vorfreude auf die frische Luft lief sie zu ihrem kleinen Fiat Panda, den sie ausnahmsweise draußen abgestellt hatte. Normalerweise benutzte sie ihren Stellplatz in der Tiefgarage, aber gestern Abend hatte sie keine Lust mehr gehabt, sich in die enge Parkbucht zu quälen, zumal sie den freien Platz unmittelbar vor ihrer Haustür entdeckt hatte.

Während sie anfuhr, startete der andere Wagen. Unbemerkt folgte er ihr.

Nach einer kurzen Fahrt erreichte sie ihr Ziel. Sie stellte ihren Wagen in der Nähe eines Waldweges ab und stieg aus. Von fern hörte sie den vorbeirauschenden Verkehr der Autobahn. Die A 3 verlief ein Stück parallel zu dem Waldgebiet, das sich zwischen Duisburg und Düsseldorf erstreckte. Genießerisch sog sie den würzigen Geruch nach frischem Laub ein. Sie warf noch einen kurzen, kontrollierenden Blick auf den Wagen, dann wanderte sie in den Wald hinein.

Insgeheim wunderte sie sich, warum nicht mehr Menschen diese herrlichen Morgenstunden für einen Spaziergang nutzten. Die Strahlen der Sonne fielen schräg durch die Bäume und zauberten eigenartige Lichteffekte auf den Waldweg. Schade, dass sie nicht daran gedacht hatte, ihren Fotoapparat mitzunehmen. Fotografieren gehörte zu den vielfältigen, neuen Hobbys, die sie sich nach der Trennung zugelegt hatte.

Plötzlich hörte sie ein leises Rascheln hinter sich. Mehr neugierig als erschrocken drehte sie sich um. In einiger Entfernung entdeckte sie die Gestalt eines Mannes. Er war jedoch zu weit entfernt, um das Geräusch verursacht zu haben. Wahrscheinlich ein kleines Tier, das sich durch meine Anwesenheit erschreckt hat, dachte sie, und lief weiter. Aufmerksam wollte sie dem Vogelgezwitscher lauschen, die angenehm warme Luft auf ihrer Haut spüren und den charakteristischen Duft des Waldes in sich aufnehmen, doch sie konnte diesen Spaziergang nun nicht mehr richtig genießen. Vielleicht hätte sie lieber auf der Duisburger Königstraße oder gleich auf der Kö in Düsseldorf flanieren sollen. Auf einmal wollte sie unter Menschen sein, Einsamkeit hatte sie an Klaus Eberhards Seite viel zu lange erlebt.

Unsicher blieb sie plötzlich stehen und schaute nach hinten. Der Mann kam näher, der Abstand zwischen ihnen hatte sich um mehr als die Hälfte reduziert. Vergeblich versuchte sie, ihren beschleunigten Pulsschlag zu ignorieren. Nun gut, der Mann hatte offensichtlich aufgeholt. Das musste nichts bedeuten. Vielleicht liebte er schnelle Wanderungen oder er wollte einfach den Kalorienverbrauch steigern? Obwohl sie sich alle möglichen Gründe aufzählte, blieb dennoch dieses Gefühl, der Fremde steuere zielstrebig auf sie zu. Beunruhigt beschleunigte sie ihren Schritt.

Am liebsten hätte sie sich dauernd umgesehen, aber das gestattete sie sich nicht. Erst als ein zweiter Weg ihren Pfad kreuzte, bog sie rechts ab und schielte dabei so unauffällig wie möglich zurück. Er hatte den Abstand inzwischen so weit verringert, dass sie sein helles Haar erkennen konnte und eine dunkle, große Hornbrille. Obwohl sie ziemlich sicher war, den Mann nie zuvor gesehen zu haben, kam ihr irgendetwas an ihm bekannt vor. Wenn der Gedanke, ihr Exmann spioniere ihr hinterher, sie zunächst erschreckt hatte, so gestand sie sich nun ein, dass sie merkwürdigerweise hier lieber mit Klaus Eberhard zusammengetroffen wäre als mit diesem Mann, den eine unheimliche Ausstrahlung zu umgeben schien.

Natürlich hoffte sie, dass der Fremde geradeaus weitergehen oder nach links abbiegen würde, aber instinktiv fühlte sie, dass er ihr folgen würde. Mehr noch, er *ver*folgte sie. Aber warum? Und wieso kam ihr irgendetwas an dem Verfolger bekannt vor? Hatte Klaus Eberhard den Mann etwa engagiert? Immerhin hatte er genug Drohungen ausgestoßen. Während sie nun fast rannte, verwünschte sie ihre Entscheidung, zu solch früher Stunde allein in einen fast menschenleeren Wald zu laufen. Sie musste so schnell wie möglich zu ihrem Wagen zurück.

Die Angst schien ihren Verstand zu lähmen, doch langsam reifte der Gedanke, einfach umzukehren. Damit würde sie nicht nur den kürzesten Weg nehmen, sondern gleichzeitig Gewissheit erhalten, ob ihre Befürchtungen wirklich einen realen Hintergrund hatten. Durch die Umkehr würde sie den Mann zum Handeln zwingen, sofern er tatsächlich irgendwelche Absichten verfolgte. Während sie anhielt, hörte sie ein Geräusch hinter ihrem Rücken. Erschrocken drehte sie sich um und starrte direkt in ein schwarzes, konturloses Gesicht. Sie fühlte sich wie gelähmt. Der Mann hatte Gesicht und Haare nun hinter einer Strumpfmaske verborgen. Nur die Augen blitzten ihr aus zwei Löchern entgegen, drückten Hass und Entschlossenheit aus. Obwohl sie keinerlei Waffe entdecken konnte, wusste sie, dass sie gegen ihn keine Chance hatte.

Warum gerade ich, fragte sie, dabei hatte diese Frage im Moment eigentlich keine Bedeutung. Nur noch die Flucht. Ja, sie musste fliehen, solange der Mann sie noch nicht in seine Gewalt gebracht hatte.

In wilder Panik rannte sie los. Nach wenigen Metern war der Mann genau hinter ihr und schlang einen Arm um ihre Taille, den anderen um ihren Hals. Sie schrie aus Leibeskräften, doch im Nu presste sich eine breite Hand auf ihren Mund. Verzweifelt versuchte sie, die Zähne nach vorne zu schieben und in die Hand zu beißen. Während sie dabei nach hinten trat, schleifte der Mann sie über den Weg ins Gebüsch, als sei sie nur eine wehrlose Puppe.

Ich bin verloren, dachte sie. Unwillkürlich rannen Tränen über ihr Gesicht und benetzten die Hand, die immer noch ihren Mund zuhielt. Der Mann jedoch kannte kein Erbarmen. Merkwürdigerweise war sie froh, ihn jetzt nicht anschauen zu müssen. Er schleifte sie einige Meter weiter durch das Dickicht, dann stieß er sie zu Boden. Obwohl ihr davor graute, musste sie sich nun doch umdrehen. Mit einem Mal mochte sie der Gefahr lieber direkt ins Gesicht sehen, als wie ein Opferlamm zu warten, bis das Schlimmste eintraf. Sie wollte wissen, was mit ihr passierte.

Als der Mann sie für einen Moment losließ, rollte sie auf den Rücken. Die schwarze Strumpfmaske entsetzte sie noch mehr als beim ersten Anblick. Instinktiv wollte sie schreien, hielt dann aber inne. Zu sehr fürchtete sie seine Hand und den abscheulichen Geruch nach Desinfektionsmitteln, den seine Haut verströmte. Verzweifelt tastete sie den Boden neben ihrem Körper nach einem Stock ab. Sie fand jedoch nichts, womit sie sich hätte verteidigen können. Es war ihr egal, dass er sie dabei beobachten konnte. Fieberhaft suchte sie weiter, dann sah sie mit Entsetzen, dass er einen Strick hervorzog. Unverhohlener Hass glomm nun in seinen Augen. Während er sich blitzschnell auf sie stürzte, gellten ihre Schreie durch den Wald.

Plötzlich ertönte weit hinten Hundegebell. Während das bellende Tier sich zu nähern schien, sprang der Mann auf und verschwand im Dickicht, noch ehe ein ausgewachsener Schäferhund sie erreicht hatte. Er stupste sie mit feuchter Schnauze an und winselte. Normalerweise hatte sie Angst vor größeren Hunden, aber jetzt strömten ihre Tränen vor Erleichterung nur so aus ihr heraus.

»Hektor, hierher«, rief jemand vom Waldweg. »Hektor, komm schon!«

Der Hund drehte den Kopf, blieb aber stehen. Schließlich bellte er in einer anderen Tonart als vorhin. Marion Karsting wollte sich aufrichten und dem Besitzer entgegenlaufen, doch ihre Beine versagten ihr den Dienst.

»Hilfe!«, schrie sie, während der Hund nun laut jaulte. Noch immer liefen ihr die Tränen über die Wangen.

»Hektor!«, rief jemand nun aus der Nähe.

Ehe sie zu weiteren Hilferufen fähig war, eilte ein Mann mittleren Alters in einer grünen Windjacke herbei. Überrascht blieb er vor ihr stehen und sah an ihrem Körper hinunter. Erst jetzt registrierte sie, dass ihr Blazer zerrissen war und zwei Knöpfe fehlten.

»Um Himmels willen, was ist denn mit Ihnen geschehen?«, fragte er sichtlich erschrocken.

»Ich wurde überfallen«, stammelte sie, wobei sich ein neuer Strom Tränen aus ihren Augen ergoss. »Ihr Hund hat mich gerettet. Wenn er nicht gewesen wäre …»

»Beruhigen Sie sich. Jetzt ist alles gut, Sie sind sicher.« Der Mann half ihr beim Aufstehen, reichte ihr seinen Arm und führte sie zum Waldweg zurück. Dort wartete eine Frau. Merkwürdigerweise stellte sie keine Fragen, sondern umarmte Marion Karsting stumm. Regungslos blieben die beiden Frauen eine Weile so stehen.

»Ich habe so etwas auch schon erlebt«, erklärte die Frau, nachdem sich Marion wieder etwas gefangen hatte. »Deshalb haben wir Hektor angeschafft. Er ist darauf dressiert, mir beizustehen.«

»Mein Wagen steht dort hinten«, erwiderte Marion Karsting mit einer Stimme, die ihr selbst fremd vorkam, »wenn Sie mich bis dorthin begleiten würden, dann komme ich schon zurecht.«

»Wir lassen Sie auf keinen Fall allein. In Ihrem Zustand können Sie sich unmöglich hinter das Steuer setzen. Selbstverständlich fahren wir Sie zur Polizei.«

»Danke«, gab sie dankbar sofort nach und ließ sich von dem Ehepaar samt Hektor zu einem roten Kombi führen, der unmittelbar neben ihrem Wagen parkte.

»Ist das Ihr Wagen?«, fragte die Frau.

Sie nickte.

»Falls Sie möchten, fährt mein Mann mit Ihrem Wagen hinter uns her zur Polizei. Von dort wird man Sie sicher samt Auto nach Hause bringen.«

»Wenn Sie so nett wären«, antwortete Marion Karsting und kramte in ihrer kleinen Umhängetasche nach dem Autoschlüssel.

Erst jetzt wurde ihr bewusst, dass sie die Tasche nicht im Wald verloren hatte. Das schwarze Ledertäschchen, das sie im letzten gemeinsamen Urlaub mit Klaus Eberhard erstanden hatte, hing tatsächlich immer noch quer über ihrer Brust. Offensichtlich hatte der Angreifer nicht nach Geld oder Wertgegenständen gesucht, aber das hatte ihr sein hasserfüllter, entschlossener Blick auch schon verraten. Ein lautes Wuff unterbrach ihre Gedanken. Hektor stand vor der Heckklappe und konnte es anscheinend kaum erwarten, ins Wageninnere zu springen.

Auf dem Weg zur Polizei erzählte die Frau, die sich mittlerweile mit Daniela Köhler vorgestellt hatte, von ihrem eigenen Erlebnis. Sie war nur sehr knapp einer Vergewaltigung entkommen. Dankbar hörte Marion Karsting ihr zu, froh, nicht selbst sprechen zu müssen. Die Polizei würde sie noch früh genug an jedes grausame Detail erinnern. Als Daniela Köhler schließlich vor der Polizeiwache hielt, wäre sie am liebsten davongerannt. Immerhin hatte Klaus Eberhard ihr oft von Befragungsmethoden erzählt, über die sich besonders weibliche Opfer beschwerten. Dabei hatte er die Empfindungen der Frauen natürlich nicht nachvollziehen können, sie obendrein als hysterische Zicken abgestempelt. Daniela Köhler stellte den Wagen ab und lächelte ihr aufmunternd zu.

»Ich begleite Sie.«

»Das ist sehr freundlich«, erwiderte Marion Karsting, »aber ich habe Ihren Sonntagmorgen wohl schon genug durcheinandergebracht.«

»Die Polizei wird uns ohnehin als Zeugen befragen wollen.«

Der Mann kämpfte sich durch das Dickicht. Er musste unbedingt seinen Wagen erreichen, ehe Marion Karsting oder ihre Helfer Alarm schlagen konnten. Nur gut, dass er das Auto nicht direkt hinter ihrem Fiat, sondern weiter vorne am Straßenrand geparkt hatte. Keuchend rannte er weiter, dabei hatte er das Gefühl, als sei alle Lebensenergie aus ihm gewichen. Während die ersten beiden Morde ihm ein Hochgefühl beschert hatten, fühlte er sich nun völlig niedergeschlagen. Der Erfolg seiner Mission war ihm wie eine nachträgliche Legitimation erschienen, und nun durchkreuzte dieser Fehlschlag seinen Siegeszug. Merkwürdigerweise fühlte er sich dadurch irgendwie beschmutzt. Das sündige Blut seiner Opfer hatte ihn bisher reingewaschen, aber heute war nicht ein Tropfen davon geflossen.

Widerwillig schob er den Gedanken an sein unvollendetes Werk beiseite. Er musste einfach weitermachen, anders würde er keinen Frieden finden. Immerhin hatte ihn das Schicksal nicht ganz verlassen. Der Hund war bei der Frau stehen geblieben. Genauso gut hätte das Tier ihn verfolgen und aufhalten können, bis sein Besitzer ihn eingeholt hätte. Ein gutes Omen also. Noch war nichts verloren. Womöglich wurde damit die Ernsthaftigkeit seiner Absichten auf die Probe gestellt. Nun, er würde die Prüfung bestehen und nicht ruhen, bis kein sündiges Blut mehr in den Adern all dieser Frauen floss.

Seine Beine schmerzten, seine Lunge brannte, aber er rannte ohne Pause weiter, bis er das Ende des Waldes erreicht hatte. Ehe er aus dem Schutz der Bäume heraustrat, setzte er seinen Rucksack ab und kramte einen Plastikbeutel daraus hervor. Dann riss er sich den schwarzen Strumpf vom Kopf. Als er ihn in die Tüte stecken wollte, bemerkte er, dass er zerrissen war und Blut daran klebte. Während der Flucht hatten ihn mehrmals zurückschnellende Zweige im Gesicht getroffen. Eilig verstaute er die Maske und holte stattdessen eine Schirmmütze hervor. Er zog sie tief ins Gesicht, dann trat er aus dem Schatten der Bäume auf die Straße.

Nach einem kleinen Fußmarsch von wenigen Minuten, erreichte er seinen Wagen. Ein Auto mit vier Jugendlichen rauschte mit überhöhtem Tempo vorbei, ohne von ihm Notiz zu nehmen. Noch ist nicht alles verloren, dachte er erneut und startete den Wagen. Je weiter er sich vom Tatort entfernte, desto mehr besserte sich seine Laune. Inzwischen glaubte er fest daran, dass dieser Misserfolg nichts als eine Prüfung war. Und er war stolz darauf, sie bestanden zu haben. Er war nicht entdeckt worden und nun mehr denn je entschlossen, seine Aufgabe zu erfüllen, sein Ziel nicht aus den Augen zu verlieren. Und er würde dabei auf seine altbewährte Methode zurückgreifen.

Zögernd stieg Marion Karsting aus dem Auto und warf einen dankbaren Blick zu Herrn Köhler, der gerade ihren Wagen einparkte. Nachdem er ihr die Autoschlüssel übergeben hatte, betraten sie zu dritt die Wache. Sie liefen einen weiß gestrichenen, kahlen Gang entlang und steuerten auf die erste geöffnete Tür zu.

»Wir möchten einen Überfall melden«, erklärte Herr Köhler, der als Erster eingetreten war.

Zwei Beamte von erheblichem Altersunterschied saßen beschäftigt hinter den Bildschirmen ihrer Computer und ließen ihre Finger im selben angemessenen Tempo über die Tastaturen gleiten. Der Schreibtisch des jüngeren Polizisten stand ihnen am nächsten. Der Mann schrieb noch kurz weiter, dann sah er auf.

»Sind Sie alle drei überfallen worden?«, fragte er mit einer Spur Ironie.

»Nein, nein, nur ich«, erkläre Marion Karsting. »Herr und Frau Köhler haben mich quasi gerettet.«

»Dann folgen Sie mir bitte!«

Der Beamte führte sie über den Gang in einen fast gemütlichen Raum mit einem Tisch und vier gepolsterten Stühlen in der Mitte. Zumindest standen diverse Blumentöpfe auf der Fensterbank, und an den Wänden hingen große Landschaftsbilder, wie man sie aus Kalendern kannte. Auf einem der Bilder glaubte Marion Karsting den Königssee im Berchtesgadener Land wiederzuerkennen, obwohl ihr das angesichts der Situation irgendwie lächerlich vorkam. Der Beamte ließ sie an dem Tisch Platz nehmen und bat um etwas Geduld.

»Wie fühlen Sie sich jetzt?«, fragte Daniela Köhler. »Sie sehen immer noch sehr blass aus.«

»Tut mir leid, dass ich Ihnen so viele Umstände mache. Aber ich bin doch froh, dass Sie mich begleitet haben. Ich weiß gar nicht, wie ich Ihnen danken soll.«

»Wir helfen Ihnen gerne, zumal meine Frau genau weiß, was man in einer solchen Situation durchmacht.«

Dann betrat eine Beamtin mittleren Alters den Raum. Das lange, dunkelbraune Haar hatte sie streng nach hinten gekämmt, was nicht unbedingt zu den lustigen Lachfältchen rund um ihre Augen passte.

»Guten Tag, ich bin Kriminalkommissarin Ilona Schlomberger«, begrüßte sie die Anwesenden und setzte sich auf den freien Stuhl. »Zunächst werde ich Ihre Personalien aufnehmen.« Während sie freundlich lächelte, musterte sie einen nach dem anderen. »Am besten fangen wir mit den Zeugen an«, fuhr sie fort. »Das geht in der Regel schneller. Sobald Sie das Protokoll unterschrieben haben, sind Sie entlassen.«

In sich zusammengesunken saß Marion Karsting auf ihrem Stuhl und hörte sich an, dass die Köhlers im Grunde nichts gesehen hatten, was zur Aufklärung beitragen konnte. Allerdings hatte sie sich die Adresse ihrer Retter gemerkt. Sobald sie wieder klar denken konnte, wollte sie sich noch einmal bei ihnen melden, um sich mit einem Geschenk für Hektor zu bedanken. Nach einer liebevollen Verabschiedungsszene blieb sie mit der Beamtin allein zurück.

»Nun schildern Sie mir bitte den Tathergang«, forderte die Polizistin sie mit einem warmherzigen Lächeln auf.

Es wirkte auf Marion Karsting beruhigend, von einer weiblichen Person vernommen zu werden, die obendrein einen freundlichen Umgangston pflegte. Nachdem sie zunächst nicht wusste, wie sie beginnen sollte, sprudelten die Worte mit einem Mal nur so aus ihr heraus. Schweigend hörte die Beamtin zu, wobei ihre Finger ununterbrochen über die Tastatur eines Laptops fuhren.

»Sie haben den Täters also nicht erkannt?«, fragte sie, nachdem Marion Karsting geendet hatte.

»Nein. Der Mann trug ja eine schwarze Strumpfmaske. Irgendetwas an ihm kam mir schon bekannt vor, aber eigentlich kann ich ihn niemals zuvor gesehen haben. Dieser Hass in seinen Augen wäre mir aufgefallen.«

»Haben Sie irgendwelche Feinde?«

»Feinde?«

»Menschen, die Ihnen etwas Schlechtes wünschen könnten. Vielleicht jemanden, der von Ihrem Ableben profitieren würde.«

Marion Karsting wurde noch eine Spur blasser. Erschrocken starrte sie die Beamtin an, die sie nun über den Bildschirm des Laptops hinweg beobachtete.

»Leider muss ich das fragen, auch wenn Sie heute wahrlich genug durchgemacht haben.«

»Schon in Ordnung«, erwiderte Marion Karsting wenig überzeugend. »Dabei fällt mir nur mein Mann ein. Wir leben getrennt, wissen Sie?«

»Möchte er keinen Unterhalt zahlen?«

»Sicher nicht gerne, aber dafür würde er mir niemanden auf den Hals hetzen. Ganz bestimmt nicht.«

»Trotzdem hatte ich gerade den Eindruck, als hätten Sie Angst vor Ihrem Mann«, entgegnete die Polizistin mit bohrendem Blick.

»Irgendwie schon«, gab Marion Karsting nun kleinlaut zu. »Früher hat er mich oft geschlagen. Deshalb habe ich mich auch von ihm getrennt. Danach hat er mir mit allem Möglichen gedroht, aber natürlich nicht mit einem solchen Überfall. Das ist wirklich nicht sein Stil.«

»So, so! Was macht Ihr Mann denn beruflich?«

Verlegen schaute die Angesprochene zu Boden. Sie hatte nicht damit gerechnet, ihren Mann in irgendeiner Form kompromittieren zu müssen. »Er ist Staatsanwalt.«

Das verschlug Ilona Schlomberger anscheinend die Sprache. Marion Karsting konnte förmlich sehen, wie die Gedanken hinter ihrer hohen Stirn rotierten. Sicherlich brachte sie den Namen Karsting erst jetzt in den richtigen Zusammenhang.

»Aber Sie glauben nicht, dass Ihr Mann hinter dem Überfall steckt«, fasste die Polizistin noch einmal ihre Aussagen zusammen. Inzwischen wirkte ihre Stimme wieder sachlich und professionell, vielleicht sogar ein wenig erleichtert.

»Ganz richtig«, bestätigte Marion Karsting. »Und ich kenne meinen Mann gut genug, um das behaupten zu können. Dieses Risiko würde er niemals eingehen. Zudem wirkte der Täter überhaupt nicht wie ein gedungener Mörder. Dieser Hass in seinen Augen. Der wollte mich nicht aus Geldgier umbringen. Niemals.«

»Okay. Ich gebe Ihre Aussage weiter. Ob Ihr Mann in diesem Fall befragt werden muss, darüber entscheiden andere.«

Marion Karsting hoffte inständig, dass es nicht zu einem Verhör kommen würde. Sofern man ihn in dieser Angelegenheit behelligte, würde sie das sicher zu spüren bekommen. Heute jedoch wollte sie nicht mehr darüber nachdenken. Es reichte ihr, sie hatte genug durchgemacht.

»Sie brauchen nur noch das Protokoll zu unterschreiben, dann dürfen Sie endlich nach Hause«, erklärte die Beamtin, als hätte sie erraten, dass sie sich nur noch nach Ruhe sehnte.

Marion Karsting fühlte sich erschöpft. Vielleicht hätte ich doch die angebotene ärztliche Hilfe annehmen sollen, dachte sie.

»Wir bringen Sie nach Hause«, schlug die Kommissarin vor.

»Mein Wagen steht vor der Tür, und ich bin durchaus in der Lage, die kurze Strecke zu fahren.« Mit einem Ruck erhob sie sich und gab der Polizistin, deren Namen sie wieder vergessen hatte, die Hand.

»Falls Ihnen noch etwas einfällt, melden Sie sich bitte«, rief diese ihr hinterher, als sie schon halb draußen war. »Egal, wie unwichtig es Ihnen auch erscheinen mag.«

Nachdem Marion Karsting gegangen war, verließ Ilona Schlomberger mit einem kleinen Papierstoß den Raum. Auf dem Flur begegnete ihr Bernhard Barnowski.

»Trifft sich gut«, lachte sie. »Ich habe da so ein Gefühl.«

»Und das während der Dienstzeit«, grinste Barnowski. »Ich fühle mich geschmeichelt.«

Sooft sie sich über den Weg liefen, scherzten sie miteinander, zumindest wenn Pielkötter nicht in der Nähe weilte. Irgendwann in einer stillen Stunde nach der zweiten Flasche Wein hatte sich Ilona Schlomberger sogar einmal eingestanden, dass sie für Barnowski gerne zehn Jahre später auf die Welt gekommen wäre. Nun gewährte ihr genau dieses zusätzliche Jahrzehnt gewisse Freiheiten, die sich jüngere Kolleginnen, die sich auch in Barnowskis Lächeln verguckt hatten, niemals leisten konnten.

»Ich beziehe mich natürlich auf euren Mörder.«

»So, so!«

Barnowski grinste immer noch, wobei die Grübchen in den Wangen besonders gut zur Geltung kamen. »Jedenfalls wurde eine Frau überfallen, und mir sind da so gewisse Parallelen aufgefallen.«

»Dann sollten wir wohl oder übel direkt zu Pielkötter ins Büro schneien. Eigentlich hat der heute keinen Dienst, aber er ist trotzdem hier.«

»Vielleicht hat er Stress mit seiner Frau«, scherzte Ilona Schlomberger. »Oder er wartet hier auf eine Eingebung.«

»Wird wirklich Zeit, dass wir vorankommen. Wenn Pielkötter länger als zwei Wochen auf der Stelle tritt, wird er ziemlich ungenießbar.«

»Na dann auf in die Höhle des Monsters«, erwiderte Ilona Schlomberger und lief an Barnowskis Seite in die erste Etage hinauf.

Pielkötter saß hinter seinem Schreibtisch und kaute auf dem Bügel seiner Brille herum, als könnte er irgendwelche entscheidenden Erkenntnisse aus dem Kunststoffgestell herausbeißen. Unnütze Angewohnheit, dachte Barnowski, obendrein wahrscheinlich extrem ungesund. Schließlich las man ständig etwas über verborgene Weichmacher in Plastik. Pielkötters Blick deutete an, dass er in diesem Moment nur ungern gestört wurde.

»Vielleicht habe ich etwas für Sie«, erklärte Ilona Schlomberger unbeeindruckt von Pielkötters mürrischer Miene. »Heute Morgen ist eine Frau im Wald überfallen worden. Ein Hund hat den männlichen Täter in letzter Minute verjagt. Die Frau hat wirklich Glück gehabt.«

»Wieso glauben Sie, dass der Täter unser Mörder gewesen sein könnte?«, fragte Pielkötter nicht gerade mit besonderem Interesse. »Etwa weil er männlich war?«

Blödmann, dachte Ilona Schlomberger, zudem hat er mir nicht einmal einen Platz angeboten. Hoffentlich musste sie nicht Barnowskis Schilderungen über Pielkötters Launen als reine Untertreibung werten. Am liebsten hätte sie das Büro verlassen, aber dann setzte sie sich einfach auf einen der beiden Stühle vor den nicht gerade aufgeräumten Schreibtisch. Kollege Barnowski nahm, ebenso unaufgefordert, an ihrer linken Seite Platz.

»Um auf Ihre konkrete Frage zurückzukommen«, sagte sie in leicht ironischem Ton, »laut der Beschreibung des Opfers muss ein unglaublicher Hass auf Frauen den Täter antreiben.«

»Das werten Sie also als Parallele zu unserem Fall.« Pielkötter runzelte die Stirn und schien eine Weile zu überlegen, ob er der Polizistin Unmut oder eher Mitleid entgegenbringen sollte. »Im Grunde treibt doch jeden Vergewaltiger auch dieses Motiv an«, erwiderte er schließlich halbwegs sachlich. »Zudem wurden die umgebrachten Frauen nicht einmal vergewaltigt.«

»Ich habe auch gar nicht von einem Vergewaltiger gesprochen! Da der Täter seinen Angriff nicht zu Ende geführt hat, können wir nur vermuten, was er mit Marion Karsting, dem Opfer von heute Morgen, angestellt hätte. Mit offener Hose hat er sich ihr jedenfalls nicht präsentiert.«

»Aber wohl auch nicht mit einem Messer oder Dolch«, entgegnete Pielkötter spitz. »Genau das jedoch würde mich von Ihrer Theorie überzeugen. Und nicht diese diffuse weibliche Intuition.«

»Das geht zu weit«, stellte sich nun Barnowski gegen seinen Vorgesetzten. »Frau Schlomberger bietet uns Informationen aus erster Hand an, und Sie schleudern ihr Unverschämtheiten entgegen. Dabei legt man uns immer eine bessere Zusammenarbeit ans Herz.«

»Wenn hier einer unverschämt wird, dann sind Sie das«, brüllte Pielkötter mit hochrotem Kopf. »Und jetzt verlassen Sie sofort mein Büro. Ich werde mit Frau Schlomberger allein weiterreden.«

Während sich Barnowski mit wütendem Blick auf seinen Chef erhob, überlegte Ilona, ob sie gleich mit dem Kollegen hinausgehen und Pielkötter einfach sitzen lassen sollte. Noch ehe Barnowski die Tür erreicht hatte, verwarf sie jedoch diesen Gedanken. Pielkötter würde das als Feigheit werten, dabei traute sie sich durchaus zu, allein mit Mister Mürrisch fertig zu werden.

»Kaffee?«, fragte er plötzlich, als hätte er sich Barnowskis Worte doch zu Herzen genommen.

»Gern.«

Schwerfällig stand Pielkötter auf und trottete zu einem Sideboard, auf dem eine Kaffeemaschine mit einer gut gefüllten Kanne stand. Hoffentlich ist der Kaffee noch heiß, überlegte Ilona Schlomberger. In letzter Zeit konnte ihr Magen lauwarmen Kaffee immer schlechter vertragen.

»Milch und Zucker?«

»Schwarz, bitte.«

Mit einem riesigen Kaffeepott und versöhnlichem Lächeln kehrte Pielkötter an den Schreibtisch zurück. Na also, dachte sie, selbst Chefs sind also nicht vollkommen erziehungsresistent. Jedenfalls hatte sie die richtige Entscheidung getroffen, indem sie nicht mit Barnowski hinausgegangen war.

»Wir waren bei den Parallelen stehen geblieben, die ich nicht ganz nachvollziehen kann«, fuhr Pielkötter mit der Unterredung fort.

»Sofern wir nur vom Täter ausgehen, verstehe ich Ihren Einwand«, erwiderte Ilona Schlomberger und nahm einen großen Schluck aus dem dampfenden Kaffeepott. »Das Opfer jedoch passt genau ins Bild.«

Das Gebräu schmeckte weitaus besser als sie erwartet hatte. Zudem spürte sie, wie die Anspannung langsam nachließ, unter der sie offensichtlich die ganze Zeit gelitten hatte. Auch wenn sie schon länger im Polizeidienst stand und ihr kaum eine Art von Verbrechen fremd war, erschütterte es sie immer wieder, wenn wehrlose Frauen die erlittenen Qualen schilderten. Zweifellos war das heutige Opfer glimpflich davongekommen, doch an den psychischen Auswirkungen würde die Frau noch lange zu leiden haben, das wusste sie nur zu gut. Hautnah hatte sie in ihrer Kindheit miterlebt, wie sich ihre Mutter nach einer Vergewaltigung verändert hatte. Vielleicht hatte die Tochter sich gerade deshalb für den Beruf der Polizistin entschieden.

»Reden wir also über das Opfer«, unterbrach Pielkötter ihre Gedanken.

»Über vierzig, attraktiv und jetzt kommt es, lebt von ihrem Ehemann getrennt.«

»Natürlich trifft das auch auf die ermordeten Frauen zu. Aber sicher kennen Sie die Scheidungsraten in Deutschland, insbesondere in den Städten. Die liegen doch bei fünfzig Prozent. Daraus kann man doch nun wirklich keine Parallele zaubern.«

»Und das Alter«, wandte Ilona Schlomberger ein.

»Das könnte Zufall sein. Ich bin sicher, unser Täter von heute Morgen hätte sich auch über eine knackige Zwanzigjährige hergemacht.«

Die Polizistin bedachte Pielkötter mit einem strafenden Blick. In diesem Moment tat Barnowski ihr leid. Fast grenzte es an ein Wunder, dass er trotz der engen Zusammenarbeit mit Pielkötter immer gute Laune ausstrahlte.

»Nun machen Sie nicht so ein Gesicht«, sagte Pielkötter in möglichst versöhnlichem Ton. »Sie haben vollkommen richtig gehandelt, indem Sie sofort zu mir gekommen sind. Ich werde alles im Hinterkopf speichern. Nur im Moment sehe ich leider weitaus mehr Unterschiede als Parallelen. Beispielsweise wurden die ersten Opfer im Haus beziehungsweise in einer Garage ermordet und nicht in einem frei zugänglichen Waldstück. Die Frau von heute Morgen wurde nicht einmal mit einem Dolch bedroht.«

»Weil der Täter nicht mehr dazu gekommen ist«, beharrte Ilona Schlomberger. »Zudem ist mit Duisburg und Umgebung der Tatort gewaltig eingekreist. Egal ob Wohnung, Garage oder Wald.«

Seufzend kritzelte Pielkötter irgendwelche Marsmännchen, vielleicht auch nur von dem Maler Wassily Kandinsky entliehene Kreise und Linien auf seinen Notizblock. Während er wieder zu ihr hochsah, rammte er die Spitze seines Füllers in den Block, als wollte er diesen aufspießen. Ilona Schlomberger registrierte das mit einem innerlichen Lächeln. Gleich würde sie Pielkötter noch weitaus mehr Grund für eine symbolische Marterung liefern.

»Bei dem Opfer von heute Morgen handelt es sich übrigens um die Frau vom Staatsanwalt Karsting«, ließ sie die Bombe platzen.

»Ich denke, der wird an einer Ermittlung in allen Richtungen interessiert sein.«

Pielkötter klappte der Unterkiefer herunter. Das hatte ihm gerade noch gefehlt.

Das Büro von Staatsanwalt Klaus Eberhard Karsting zählte zur oberen Mittelklasse, die Aktenschränke nebst Schreibtisch erschienen Pielkötter relativ neu. Letzterer war sogar mit einer ausziehbaren Stellfläche für eine Computertastatur ausgestattet, wovon der Kriminalhauptkommissar nur träumen konnte. Als Eckzimmer besaß das Büro zwei Fensterfronten. Vor den drei kleineren Fenstern der seitlichen Front präsentierte sich eine teure, jedoch altmodische Sitzgruppe, die nicht richtig zu dem Rest der Einrichtung passte. Pielkötter hatte auf Karstings Anraten in einem der beiden wuchtigen Sessel mit Blick nach draußen Platz genommen. Karsting selbst saß ihm genau gegenüber auf einem zweisitzigen Sofa.

»Seltener Besuch, seit wir an anderen Fällen arbeiten«, begann Karsting das Gespräch, »und dann gleich am frühen Montagmorgen.«

Pielkötter hüstelte. Er wurde das Gefühl nicht los, diese Unterredung sei ebenso heikel wie unnütz. Offensichtlich hatte der Staatsanwalt ihn nicht einmal erwartet.

»Betrachten Sie unsere Unterhaltung als ein Gespräch von Mensch zu Mensch«, erklärte Pielkötter unsicher.

Neugierig runzelte Karsting die Stirn.

»Es geht um Ihre Frau. Genauer gesagt um den Überfall auf Ihre Frau.«

»Welcher Überfall?«, fragte Karsting erstaunt und legte die Stirn noch weiter in Falten als zuvor.

Irritiert blickte Pielkötter an seinem Gegenüber vorbei aus dem Fenster. »Wissen Sie denn nichts davon?«

»Bisher hat mich jedenfalls niemand informiert. Marion und ich leben getrennt. Gemeinsame Bekannte gibt es nicht. Momentan besteht unsere einzige Verbindung in monatlichen Unterhaltszahlungen.«

»So, so!«

Natürlich wusste Pielkötter von der Trennung, aber die distanzierte Art, mit der Karsting über die Beziehung sprach, vereinfachte seine Mission nicht gerade. Zu oft verbargen sich hinter einer zur Schau gestellten Distanz Hassgefühle.

»Zumindest hat die Presse darüber berichtet.«

»Sie meinen den Überfall im Wald? Im Duisburger Süden?«

»Genau.«

»In den Presseberichten wurde der Name des Opfers nicht genannt, allenfalls als Marion K. Woher sollte ich wissen, wer dahintersteckt?«

Betroffen schaute Pielkötter auf seine Schuhspitzen. Die Art, wie Karsting über seine zukünftige Exfrau sprach, gefiel ihm nicht. Anscheinend verspürte er nicht den geringsten Funken Mitleid. Dabei hatten die beiden über zwanzig Jahre miteinander verbracht. Pielkötter dachte an seine eigene Ehe. Marianne würde ihm niemals so gleichgültig werden, dessen war er sicher.

»Wollen Sie nicht wissen, was genau passiert ist?«

»Wissen Sie denn mehr als die Sensationsreporter?«, fragte Karsting fast spöttisch.

»Immerhin haben wir Ihre Frau, ich darf sie wohl noch so nennen, direkt nach dem Überfall verhört. Wir konnten uns also ein genaues Bild von ihrer körperlichen wie seelischen Verfassung machen.«

»Na, dann schießen Sie mal los.«

Pielkötter schwieg. Irgendwie hatte er diese Wendung nicht erwartet.

»Sie wundern sich wohl, weil ich nicht mehr Mitgefühl zeige«, sagte Karsting während er aufstand und zu einem kleinen Hängeschrank ging, der Pielkötter bisher nicht aufgefallen war.

Mit undurchdringlicher Miene, einer Cognacflasche und zwei Schwenkern kehrte er zur Sitzgruppe zurück.

»Danke, für mich nicht«, wehrte Pielkötter ab. Auch wenn er nicht im Dienst gewesen wäre, hätte er um diese Uhrzeit nichts Hochprozentiges trinken mögen.

Karsting füllte sein Glas fast bis zum Rand und nahm wieder Pielkötter gegenüber Platz.

»Die Trennung ist nicht auf meinem Mist gewachsen«, erklärte er, nachdem er sein Glas fast zur Hälfte geleert hatte. »Sie wollte ihr schützendes Zuhause verlassen. Und wie heißt es so schön? Wer sich in Gefahr begibt, der kommt darin um. Zum Glück ist ihr ja nicht viel passiert. Oder haben die Zeitungsfritzen das etwa falsch dargestellt?«

»Zumindest ist sie körperlich nicht zu Schaden gekommen«, erwiderte Pielkötter, immer noch verwundert über Karstings Kälte. Seltsamerweise hatte er dessen Persönlichkeit ganz anders in Erinnerung, sachlich, professionell zwar, aber niemals unbarmherzig und kalt. »Wie Menschen einen solchen Überfall seelisch verkraften, weiß man natürlich nie«, fuhr er fort.

»Von dem Täter fehlt aber jede Spur. Oder haben Sie schon einen Verdacht? Da ihn meine Frau offensichtlich nicht identifizieren konnte, kann ich es ja wohl nicht gewesen sein, mich hätte sie erkannt. Oder soll ich Ihnen mein Alibi vorlegen?«

»Nein, deshalb habe ich Sie wirklich nicht aufgesucht«, seufzte Pielkötter. »Ich wollte eher mein Mitgefühl ausdrücken. Natürlich nach möglichen Feinden Ihrer Frau fragen. Aber eigentlich gehen wir von einer zufälligen Begegnung von Opfer und Täter aus.«

Während sich Pielkötter erhob, stürzte Karsting den restlichen Cognac in einem Zug hinunter. Eilig begleitete er den Kriminalhauptkommissar hinaus.

Auch das noch. Mark Milton musste scharf bremsen, um nicht in das Stauende zu rasen, das sich plötzlich vor ihm aufgetan hatte. Genervt schaltete er das Autoradio ein. Hagebaumarkt, mach dein Ding, sang Mike Krüger. Normalerweise fand Mark diese Werbung sehr witzig, aber heute hatte er dafür keinen Sinn. Immerhin befand er sich auf dem Weg zu seinen Schwiegereltern. Leider nicht einmal, um seine Familie von dort abzuholen. Susanne war inzwischen mit den Kindern zurückgekehrt und hatte sich wenig später zu einer ehemaligen Kommilitonin nach Bremen aufgemacht.

Als der Verkehrsfunk einen Stau zwischen Duisburg und Essen-Fronhausen meldete, stand er gerade im sogenannten Spaghettiknoten am Kreuz Kaiserberg, diesem Knäuel aus über- und untereinander verlaufenden Autobahnauf- und abfahrten. Warum ausgerechnet heute, fragte Mark stumm, obwohl er genau wusste, wie unsinnig diese Frage war. Die A 40 war um diese Uhrzeit so gut wie immer dicht. Eine Art Probe für die Aktion »Still-Leben-Ruhrschnellweg«, dachte Mark in einem Anflug von Sarkasmus. Dabei würde der Verkehr wegen der Riesentafel nur von Dortmund in Richtung Duisburg stillstehen. Die Gegenrichtung wollte man zur Mobilitätsspur erklären, allerdings nur für Fahrbares ohne Motor.

Am liebsten hätte Milton die nächste Ausfahrt genommen und wäre in den Wäldern rund um den Kaiserberg spazieren gegangen, doch das wäre ihm wie eine Flucht vorgekommen.

Die Autos vor ihm hatten sich seit Minuten nicht einen Zentimeter vorwärts bewegt, und es sah nicht so aus, als ob sich daran in der nächsten Zeit etwas ändern würde. Susannes Eltern würden nicht gerade begeistert sein, wenn er verspätet bei ihnen eintraf. Sicherlich hatten die Herrschaften Wichtigeres zu erledigen, als auf den ungeliebten Schwiegersohn zu warten. Schließlich spielten sie sowohl Tennis als auch Golf. Außerdem waren sie Mitglied in unzähligen Organisationen, zumindest seit sich Hartmut Henkelmann teilweise aus seinem Schrottgroßhandel zurückgezogen und einem tatkräftigen Geschäftsführer die Zügel überlassen hatte. Nur zu gern hätten sie Susanne an dessen Stelle gesehen oder wenigstens einen geeigneten Schwiegersohn.

Auch wenn man Susannes Eltern kaum mit seinen eigenen vergleichen konnte, so ähnelten sie sich doch hinsichtlich einer genauen Erwartungshaltung, was den Werdegang ihrer Kinder betraf. Warum durften sich Kinder nicht einfach frei entfalten? Er selbst nahm sich fest vor, für Lena und Jens keinerlei berufliche Schablonen zu entwickeln. Nun, die Generation vor ihm war jedenfalls an ihren Vorstellungen gescheitert. Er selbst hatte in den Augen seiner Eltern einen völlig überflüssigen Beruf gewählt, und Susanne befähigte das Studium der Kunsthistorik auch nicht gerade dazu, das Schrottimperium ihrer Erzeuger zu leiten.

Mitten in seine Gedanken hinein ertönte eine Hupe. Erschrocken sah Mark hoch. Die Autos vor ihm hatten sich tatsächlich um einige

Meter weiterbewegt. Wie durch ein Wunder zog der Verkehr plötzlich an, als hätte es niemals ein Hindernis gegeben. Falls er etwas mehr Gas gab, konnte er fast noch pünktlich in der Höhle des Löwen erscheinen.

Tatsächlich fühlte er sich in einer schlechten Position. Offensichtlich war er nicht in der Lage, Susanne dauerhaft glücklich zu machen, genau wie seine Schwiegereltern es immer prophezeit hatten. Er hatte versagt, genau wie bei Lea. Nein, nur jetzt nicht an das schreckliche Ende dieser Ehe denken.

Bei der Ausfahrt Essen-Zentrum verließ er die Autobahn und hielt sich in Richtung Süden. Es dauerte noch eine ganze Weile, bis er sich durch den Feierabendverkehr bis Bredeney durchgekämpft hatte, aber diesen Zeitaufwand hatte er wenigsten einkalkuliert. Als er endlich vor der Villa seiner Schwiegereltern parkte, atmete er hörbar aus. Zu seinem Erstaunen war er fast pünktlich. Eilig lief er die mit grauen Granitsteinen gepflasterte Auffahrt hoch, die schnurgerade zu dem Eingangsportal mit zwei protzigen Säulen führte. Hoffentlich empfängt mich jetzt nicht ein Dienstmädchen, dachte er. Aber dann öffnete sich die Tür plötzlich, ohne dass er geläutet hatte, und er stand seinem breitschultrigen, noch recht rüstigen Schwiegervater Hartmut Henkelmann gegenüber.

»Seltener Besuch«, begrüßte er Mark mit einem leichten Anflug von Ironie in der Stimme.

Immer schön ruhig bleiben, erinnerte sich Mark an die eigens für diese Unterredung ausgearbeitete Strategie. Dabei hatte er das Gefühl, einem seiner Patienten bei dem Versuch über die Schulter zu sehen, seine gut gemeinten Ratschläge in die Tat umzusetzen. Ohne sich den leichten Ärger anmerken zu lassen, lief er neben Hartmut her ins Wohnzimmer, das eher an eine Art Ballsaal erinnerte als an einen Raum zum Wohnen. Mark steuerte direkt die gegenüberliegende Sitzgruppe an. Sie bestand aus zwei wuchtigen Sofas und drei nicht minder wuchtigen Sesseln mit einem gelblichen Stoffbezug. Mark mochte diese Klubgarnitur weniger wegen des Aussehens, sondern eher wegen einer gewissen Vertrautheit. Immerhin hatte er an dieser Stelle vor vielen Jahren zusammen mit Susanne um das Einverständnis ihrer Eltern zu ihrer Hochzeit gebeten. Nicht dass sie sich hätten aufhalten lassen, wenn sie es nicht bekommen hätten, aber damals hatte er sich noch um Einvernehmen bemüht und hatte sie daher nicht übergehen wollen.

»Was darf ich dir zu trinken anbieten?«, fragte Hartmut Henkelmann in einer Art Befehlston.

Seine Stimme erinnerte Mark daran, dass Hartmut Henkelmann nicht gerade oft nach den Wünschen seiner Mitmenschen zu fragen pflegte, ausgenommen Frau und Tochter. Zumindest Susanne hatte er zu viele Wünsche von den Augen abgelesen, und Mark hätte viel darum gegeben, wenn er das hätte verhindern können.

»Ein Bier, bitte«, antwortete Mark, während er sich fragte, wo seine Schwiegermutter wohl blieb.

Jedenfalls hatte sie am Telefon behauptet, dieser Termin sei ihr recht. Während Hartmut Henkelmann das Wohnzimmer verließ, sah sich Mark in dem Raum um, den er seit jeher als ungemütlich empfunden hatte. Dabei konnte er nicht einmal sagen, ob das an den hellen Marmorfliesen des Fußbodens lag, den ausnahmslos weiß gestrichenen Wänden oder dem sicher sündhaft teuren, aber spärlichen Mobiliar.

»Da bist du ja schon«, durchbrach Hannah Evelyn Henkelmann plötzlich seine Gedanken.

Zusammen mit ihrem Mann war sie fast lautlos ins Zimmer getreten.

»Schade, dass du Susanne und die Kinder nicht mitgebracht hast.«

»Susanne ist übers Wochenende zu Annette gefahren«, erklärte Mark. »Nach Bremen. Ihr wisst schon, ihre ehemalige Kommilitonin. Aber ich wollte Euch sowieso lieber allein sprechen.«

Seine Schwiegermutter runzelte die Stirn, wie eine Oberlehrerin, die nicht verstehen konnte, warum ihr Schüler schon wieder irgendwelchen Schwachsinn von sich gab. Dabei war Hannah Evelyn niemals berufstätig gewesen. Direkt nach dem Abitur auf einem angesehenen Mädcheninternat hatte Hartmut sie geheiratet. Mark kannte niemanden, der seinen Unmut derart drastisch mit einer gerunzelten Stirn und hochgezogenen Augenbrauen ausdrücken konnte wie sie. Wenn Hannah Evelyn jedoch nicht ungehalten war, ähnelte sie Susanne ungemein. Selbst ihre Figur hatte sich in der Zeit, in der er sie kannte, kaum verändert. Sie war so schlank wie in jungen Jahren und von weitem hätte man sie glatt für Susannes Schwester halten können. Ihr Mann dagegen war im Laufe der Jahre ein wenig in die Breite gegangen, was seine Attraktivität allerdings kaum schmälerte. Er hatte immer noch volles Haar und seine stahlblauen Augen musterten die Welt so entschlossen wie eh und je. Sympathisch allerdings wirkte er nicht. Während er Mark das Bier einschenkte, nestelte Hannah Evelyn an dem breiten Gürtel ihres schicken Hosenanzuges herum.

»Ich möchte mit euch über unsere Ehe sprechen«, fuhr Mark fort, als er das Schweigen langsam als erdrückend empfand. »Sicher habt ihr selbst schon gemerkt, dass Susanne jede Gelegenheit nutzt, um die Zeit woanders zu verbringen. Wie oft war sie in der letzten Zeit bei euch? Meist auch über Nacht.«

»Jens und Lena sind unsere einzigen Enkelkinder«, wandte Hannah Evelyn ein und trommelte erregt mit dem Zeigefinger gegen ihre auffällige Gürtelschnalle.

»Aber darum geht es nicht. Susanne verbringt ihre Zeit einfach nicht gerne mit mir.«

»Wundert dich das?«, fragte Hartmut Henkelmann. »Susanne ist einfach zu schade für eine zweite Wahl.«

Diese Anschuldigung traf Mark ebenso unerwartet wie heftig. »Sie hat versprochen, in guten und schlechten Tagen zu mir zu halten«, erwiderte er ohne auf diesen Vorwurf einzugehen.

»Ihr könntet es so gut haben«, erklärte Hannah Evelyn. »Aber du willst ja keine Hilfe annehmen.« Um ihre Worte noch zu unterstreichen, nahm sie die Hände von ihrer Gürtelschnalle und trommelte nun mit den Fingern auf den Tisch.

»Hilfe schon. Aber ihr meint ja nicht Hilfe, sondern Geld.«

»Nicht nur«, erklärte Hartmut aufgebracht. »Meiner Meinung nach könntest du selbst psychologische Hilfe gebrauchen. Du wolltest unsere Tochter benutzen, um deine zweifelhafte Vergangenheit auszuradieren, aber das hat wohl nicht funktioniert. Nun stehst du vor einem Scherbenhaufen und redest dir ein, alle außer dir selbst trügen die Schuld.«

»Glaubst du Susanne hätte uns nicht erzählt, wie oft du nachts *Lea* schreist«, schaltete sich Hannah Evelyn ein. »Aber das willst du nicht wissen. Redest dir ein, alles läge an unserem Geld, von dem wir Susanne und den Kindern zu viel zukommen ließen, so dass sie unzufrieden mit dir würden. Aber sie wären auch ohne unser Geld nicht glücklich. So haben sie wenigstens das.«

Alle Farbe war aus Marks Gesicht gewichen. Seine Schwiegereltern kannten zum Glück nicht die ganze Wahrheit, dennoch zu viel. Sie wussten von seinen Alpträumen! Am liebsten wäre er im Erdboden versunken oder einfach wortlos aus dem Haus gestürmt, aber er musste das jetzt aushalten, wollte er es sich mit ihnen nicht ganz verscherzen. Susanne, seine Patienten und zusätzlich dieser Kommissar Pielkötter bereiteten ihm genug Sorgen. Es war nur eine Frage der Zeit, bis Pielkötter mehr über Leas unnatürlichen Tod herausfinden würde.

»Du glaubst natürlich, wir hätten Susanne falsch erzogen«, platzte Hannah Evelyn in seine Gedanken. In ihrem Dekolleté bildeten sich hektische, rote Flecken.

»Zumindest für diese Welt«, erklärte Mark mit einer gewissen Resignation in der Stimme. »Einer Welt, in der viele arbeitslos sind und noch mehr Menschen hart arbeiten, ohne sich jemals euren Luxus leisten zu können.«

»Dafür kannst du uns kaum verantwortlich machen. Zudem unterstützen wir wahrlich genug Wohltätigkeitsorganisationen.« An Hartmut Henkelmanns Hals trat eine dicke, hässliche Ader hervor. »Wie immer redest du über allgemeine soziale Probleme und lenkst dabei von deinen eigenen ab. Wahrlich ein schöner Psychologe.«

»Warum kannst du nicht endlich unserer Tochter zuliebe über die Schatten aus deiner Vergangenheit springen?«, kam Hannah Evelyn ihrem Mann zu Hilfe.

»Manchmal denkt man, da muss mehr sein, als du zugeben willst.«

Mark wusste darauf nichts zu erwidern. Mit drei hastigen Schlucken trank er sein Bier aus und stand auf. Schweigend brachten seine Schwiegereltern ihn zur Tür.

»Falls du bereit bist, offen mit deiner Vergangenheit umzugehen, sind wir für dich da«, sagte Hartmut zum Abschied.

Hannah Evelyn nickte nur. Zumindest schloss Mark aus ihrer betretenen Miene, dass auch sie sich unwohl fühlte. Ohne sich noch einmal umzudrehen, lief er die Auffahrt zu seinem Wagen hinunter. Aufgewühlt setzte er sich hinter das Lenkrad und startete den Wagen, indem er, ganz ungewohnt, das Gaspedal durchtrat.

Während er nach Duisburg zurückfuhr, verspürte er ungeheuren Hass auf seine Schwiegereltern. Dabei hatte er sich früher einmal eingebildet, niemanden hassen zu können. Wie sollte er jedoch friedlich bleiben, wenn ihre Finger gierig in seiner größten Wunde herumbohrten. Ja, er hasste sie dafür, seine Verletzlichkeit bloßzulegen. Er hasste sich für diese Verletzlichkeit. Vor allem aber hasste er sich dafür, sich in manchen Momenten selbst nicht mehr zu kennen.

»Bis ganz nach oben?«, fragte Pielkötter mit hochgezogenen Augenbrauen.

»Ich denk, alle Polizisten sind sportlich«, erwiderte Jan Hendrik. »Selbst so'n alter Hauptkommissar wie du.«

Pielkötters Blick wanderte unzählige Stufen hinauf, bis er ein Stückchen Himmel sehen konnte. Dabei erinnerte er sich an ein interessantes Bild, das er neulich in einer Zeitung gesehen hatte. Das Foto war aus dem Weltraum aufgenommen worden und zeigte das Ruhrgebiet neben London und Paris als drittgrößten Ballungsraum Europas.

»Lohnt sich wirklich«, erklärte sein Sohn. »Die Aussicht ist einfach fantastisch.«

Pielkötter dachte an die Leute, die früher an diesem Hochofen gearbeitet hatten. Eine schwerere Arbeit konnte er sich kaum vorstellen, allein schon wegen der Hitze. Wenn das flüssige Roheisen abgestochen wurde, musste es unerträglich gewesen sein. Automatisch sah er die Arbeiter in Schutzanzügen samt Gesichtsmaske vor sich. Dabei kannte er sie nur aus einer Reportage, die er vor etlichen Jahren gesehen hatte. Die Arbeit gab es allerdings immer noch. Zwar hatte man diesen »Hochofen 5« im Landschaftspark Duisburg-Nord, dem ehemaligen Meidericher Hüttenwerk, stillgelegt, aber in der Stadt waren weitere Hochöfen in Betrieb. Die Montanindustrie würde hier sicher noch eine Weile erhalten bleiben.

Pielkötter riss sich zusammen und versuchte mit dem Tempo seines Sohnes Schritt zu halten. Anscheinend wollte der den Hochofen in rekordverdächtiger Zeit besteigen. Als Pielkötter endlich lange nach ihm die oberste Stufe erreicht hatte, musste er zugeben, dass Jan Hendrik nicht zu viel versprochen hatte. Er fühlte sich wie auf dem Dach des Reviers. Duisburg lag unter ihnen, und der Blick reichte in Ost-West Richtung bis nach Essen und zum Niederrhein.

»Na?«, fragte sein Sohn. Er stand neben ihm, schaute hinunter, seine Kamera hatte er allerdings nicht in Stellung gebracht.

»Ich denk, du bist wegen der Fotos hier«, erwiderte Pielkötter ausweichend.

Jan Hendrik lächelte vielsagend, als hätte er seinen Vater durchschaut.

»Hier oben bin ich nur wegen der Weitsicht. Die ganze Anlage hier ist das Motiv. Zudem mache ich die Fotosession erst, wenn du weg bist. Soweit ich dich verstanden habe, hast du nur wenig Zeit. Eigentlich hast du niemals Zeit.«

»Ist das der Grund?«, erkundigte Pielkötter sich ernst.

»Dass ich schwul bin?«

Stumm blickte Pielkötter auf die Industrielandschaft zu seinen Füßen.

»Ne, dein Beruf hat damit wirklich nichts zu tun.«

»Warum dann?«, fragte Pielkötter mit einer Stimme, die ihm missraten vorkam.

»Ehrlich gesagt, ich weiß es nicht. Außerdem ist das nicht wichtig.«

»Seit wann?«, Pielkötter räusperte sich, »ich meine, wann hast du zum ersten Mal gespürt, dass du anders bist?«

»Schon recht früh. Nur deuten konnte ich das zunächst nicht. Erst beim Abiball ist es mir wirklich klar geworden. Während meine Kameraden in Jennifers Ausschnitt schielten, fand ich den Typen an ihrer Seite einfach unwiderstehlich. Dabei war Jennifer wirklich der heißeste Feger der ganzen Schule.«

Pielkötter stöhnte unwillkürlich. Er konnte nur hoffen, dass Jan Hendrik diese Reaktion nicht mitbekommen hatte. Auf keinen Fall war ihm daran gelegen, die zaghafte Annäherung zwischen ihnen zu stören.

»Ganz schön zugig hier oben«, erklärte er, weil er auf Jan Hendriks Geständnis nichts zu erwidern wusste.

»Okay, seilen wir uns ab«, stimmte sein Sohn zu. »Die besten Fotos schieße ich sowieso von unten. Neben dem Hochofen muss ich noch zur Gießhalle und dem Gebläsehallenkomplex. Wusstest du, dass Götz George, alias Schimanski, dort eine Filmpremiere gefeiert hat?«

»Ne, interessiert mich auch nicht. So ne Art Schimanski bin ich selbst.«

Fast hätte Pielkötter eine Treppenstufe verfehlt.

»Hast du eigentlich schon Abnehmer für die Bilder?«

»Klar«, erwiderte Jan Hendrik sichtlich stolz. »Schließlich gehören wir zur Kulturhauptstadt Ruhr 2010. Ohne direkten Auftrag bin ich nur noch selten unterwegs. Die Bilder bereichern einen Bericht über den Strukturwandel im Ruhrgebiet. Die künstliche Trennung von Wirtschaft, Wissenschaft und Kultur ist out. Architektur, kulturelle Vielfalt, Stadtplanung, Bildung, das alles sind Mosaiksteinchen des Gesamtkunstwerks.«

»Und du schießt die Bilder dazu«, unterbrach ihn Pielkötter, um das Gespräch von einer abstrakten Ebene wieder auf etwas Konkretes zu lenken.

»Vielleicht komme ich heute Abend noch einmal her, wenn alles beleuchtet ist«, ließ sich Jan Hendrik darauf ein.

»Das muss wirklich spektakulär sein. Ich habe es leider noch nicht geschafft, mir die Lichtinstallationen aus der Nähe anzuschauen, kenne sie nur aus der Ferne, vom Vorbeifahren auf der A 42.«

»Noch besser sieht das morgens bei Sonnenaufgang aus. Morgenrot wie Glut hinter dem ehemaligen Meidericher Hüttenwerk. Der Spruch passt irgendwie zum Hochofen, findest du nicht?«

Pielkötter brummte.

»Im letzten Jahr war ich hier in der Nacht der Industriekultur«, fuhr Jan Hendrik fort. »Zur Extraschicht. Schöner Name für das Großevent, findest du nicht auch? Da ging hier vielleicht die Post ab, besonders in der alten Gebläsehalle. Eigentlich wollte ich mit Sebastian noch zur Zeche Zollverein, also mindestens bis zum Duisburger Innenhafen. Aber wir sind hier hängengeblieben.«

»Ich kann jetzt leider nicht hier hängenbleiben, ich muss los«, entgegnete Pielkötter mit Blick auf seine Uhr. »Lass dich mal wieder zu Hause blicken.«

»Mit Sebastian?«

Pielkötter brummte irgendetwas Unverständliches, zuckte hilflos mit den Schultern und verschwand.

Die Luft in der Tiefgarage stank nach Abgasen und erinnerte ihn an kalten Rauch. Seit zwei Abenden wartete er vergeblich darauf, seine Mission endlich voranzubringen. Marion Karsting hatte ihren Wagen entweder draußen abgestellt oder sie hatte sich hier unten zu einer Zeit blicken lassen, in der jeden Moment missliche Zeugen auftauchen konnten. Natürlich hatte er erwogen, seinen Plan umzustellen und sie in ihrer Wohnung zu überwältigen, aber er hatte nicht mit ihrer Vorsicht gerechnet. Direkt nach dem Überfall hatte sie ein Sicherheitsschloss einbauen lassen. Jedenfalls nahm er das an, weil es sehr neu aussah. Der Einstieg durch ein Fenster aber war unmöglich, denn ihre Wohnung lag in der dritten Etage.

Einmal hatte er es sogar mit einem Trick versucht. Als Hausmeister verkleidet hatte er um Einlass gebeten. Angeblich um die Heizungen zu kontrollieren. Marion Karsting hatte die Wohnungstür nur einen Spalt breit geöffnet, nicht einmal halb so weit, wie die von innen angebrachte Sicherheitskette dies erlaubte. Während sie ihm erklärt hatte, dass die Heizkörper vollkommen in Ordnung seien und sie sich an die Hausverwaltung wenden würde, sollte mal ein Problem auftreten, hatte er sich schnellstens aus ihrem Blickfeld zurückgezogen. Zwar hatte er eine andere Perücke auf und die Schirmmütze tief ins Gesicht gezogen, aber er wollte lieber auf Nummer sicher gehen. Auch jetzt noch grübelte er darüber nach, ob sie ihn aus reiner Vorsicht nicht in ihre Wohnung gelassen hatte. Oder hatte er einfach einen ungünstigen Zeitpunkt erwischt? Jedenfalls hatte er nicht vor, es noch einmal auf diese Art und Weise zu versuchen. Mit etwas Glück würde das Warten sogar heute ein Ende finden.

Mittlerweile war es kurz vor dreiundzwanzig Uhr und der Fiat Panda von Marion Karsting stand immer noch nicht in der entsprechenden Parkbucht. Er rauchte selten, zählte sich selbst zu den nicht süchtigen Genussrauchern, aber jetzt verspürte er den unwiderstehlichen Drang nach einer Zigarette. Vergeblich versuchte er, eine der leichten Filterzigaretten anzuzünden, die er heute zur Beruhigung in der Brusttasche trug. Seine Finger zitterten. Dieses untätige Warten bekam ihm nicht. Als die Flamme endlich aufglühte, sog er das Nikotin gierig in seine Lungen. Während er abwechselnd den aufsteigenden Rauch und die Zufahrt zur Tiefgarage beobachtete, überdachte er noch einmal die Details seines Plans.

Die abwaschbare Gummischürze, die er in einem Plastikbeutel mit sich führte, würde er überziehen, sobald Marion Karstings Wagen die Schranke passierte und nach unten rollte. Von seiner Position aus konnte er die Einfahrt gut überblicken. Allerdings musste er von dort eine gewisse Strecke bis zu ihrer Parkbucht zurücklegen. Dabei war die Gummischürze ein wenig hinderlich, aber er mochte weder auf diesen Schutz verzichten, noch würde er später Gelegenheit haben, sie überzuziehen. Plötzlich fesselten Motorengeräusche seine Aufmerksamkeit. Eilig warf er die Zigarette auf den Boden, danach trat er sie mit dem Fuß aus. Zur Sicherheit hob er die Kippe auf und ließ sie in seiner Jackentasche verschwinden. Als er einen dunkelblauen Fiat erblickte, zitterte er vor Erregung. Zeit für die letzten Vorbereitungen, dachte er und öffnete die Plastiktüte.

Gewohnt sachlich beendete der Sprecher die 23-Uhr-Nachrichten. Als Tina Turner aus den Boxen dröhnte, stellte Marion Karsting das Autoradio lauter. »Simply the best« war ihr Lieblingslied, auch wenn sie mit dem Text nicht viel anfangen konnte. Ihr Mann Klaus Eberhard jedenfalls konnte damit nicht gemeint sein. Seit der Trennung hatte sie ihm wirklich keine Träne nachgeweint. Zwar hatte es lange gedauert, bis sie bereit war, sich von ihm zu lösen, zu lange, wie sie im Nachhinein fand, aber dafür wusste sie nun genau, dass dieser Schritt unumgänglich war. Zumindest, wenn sie jeden Morgen beruhigt in den Spiegel blicken wollte. Natürlich war ihr die Umstellung zunächst nicht ganz leichtgefallen, aber inzwischen hatte sie sich in dem kleinen Appartement in Duisburg-Mündelheim recht gut eingelebt und freute sich jedes Mal, wenn sie ihr eigenes Reich betrat, in dem ihr niemand mehr wehtun konnte. Zudem hatte sie ihren Teilzeitjob in einer Buchhandlung angetreten und sich einen kleinen Bekanntenkreis geschaffen, sogar ein, zwei Freundinnen gefunden. Heute Abend hatte eine der Kolleginnen sie zu sich nach Hause eingeladen, und Marion Karsting war stolz darauf. Klaus Eberhard hätte solche Freundschaften niemals geduldet. Sofern sie es gewagt hätte, sich mit anderen Menschen zu treffen, hätte er sie ganz sicher mit Schlägen bestraft.

Tina Turners Song war ausgeklungen, der Radiosprecher gab eine witzige Begebenheit zum Besten, als Marion Karsting in die Tiefgarage ihrer Wohnanlage fuhr. Eigentlich hatte sie sich an die um diese Uhrzeit unbelebte Tiefgarage gewöhnt. Nun jedoch hasste sie den Widerhall ihrer Absätze auf dem harten Betonboden als einziges Lebenszeichen, nun, da dieser Mann sie im Wald bedroht hatte. Natürlich hätte sie auch die Verabredung ausschlagen können, aber sie wollte nicht, dass die Angst gewann. Schließlich hatte sie sich nicht von Klaus Eberhard getrennt, um ihre Freiheit aus demselben Grund wieder einzubüßen, nämlich aus Angst vor Gewalt.

Vorsichtig schlängelte sie sich an den fast ausnahmslos besetzten Parkbuchten entlang. Anscheinend saßen ihre Nachbarn vor ihren Flimmerkisten oder hielten sogar schon Nachtruhe. Sie kam selten um diese Uhrzeit nach Hause. Sie hoffte, dass ihr deshalb die Atmosphäre heute anders erschien, irgendwie unheimlich. Vielleicht war die spärliche Beleuchtung schuld. Niemals hatte sie die Tiefgarage als so dunkel empfunden. Wahrscheinlich schaltete sich die Beleuchtung um dreiundzwanzig Uhr auf eine Art Sparschaltung um. Nun, von solchen Kleinigkeiten wollte sie sich nicht die Laune verderben lassen. Immerhin hatte sie seit dem Überfall im Wald den ersten netten Abend verlebt. Der erfreuliche Besuch schrie förmlich nach einer Fortsetzung.

Sie erreichte die Parkbucht, stellte den Motor ab und blieb noch eine Weile in dem Wagen sitzen. Plötzlich stellte sie sich vor, dass Klaus Eberhard hier unten auf sie wartete und über ihre geheimen Ängste lachte. Entschlossen öffnete sie die Wagentür und stieg aus. Sie wollte gerade den Wagen abschließen, als sie ein leises Geräusch hörte, kaum mehr als das Klicken eines Feuerzeuges in der Ferne. Beunruhigt blieb sie stehen und lauschte. Auf einmal sah sie es wieder vor sich, dieses vermummte Gesicht des Mannes, dessen hasserfüllter Blick sie bis in ihre Träume verfolgte.

Ein weiteres Geräusch schreckte sie aus ihren schrecklichen Erinnerungen auf. Am liebsten wäre sie zum Aufzug gerannt, aber die Angst hielt sie zurück. Merkwürdigerweise fühlte sie sich in der Nähe ihres Wagens sicherer. Immerhin könnte sie jederzeit wieder in ihren Fiat steigen, die Türen verriegeln und wegfahren. Für einen kurzen Moment geriet sie in Versuchung, dies wirklich in die Tat umzusetzen, doch dann entschied sie sich anders. Sie wollte nicht für immer ihren Ängsten und Problemen davonlaufen. Was hatte der Psychologe Mark Milton ihr noch gleich mit auf den Weg gegeben. In jeder Überwindung steckt ein Sieg. Das war vielleicht nicht von ihm, aber es gefiel ihr. Ihre Angst war wirklich irrational, genauso wie das Gefühl, nicht allein in dieser Tiefgarage zu sein.

Die Chance, zweimal hintereinander überfallen zu werden, konnte sie getrost mit einem Sechser im Lotto vergleichen. Ein gurrender Laut, der an ein missglücktes Lachen erinnerte, entfuhr ihrer Kehle. Kurz danach hörte sie wieder ein Geräusch, so als hätte etwas Weiches wie Gummi gegen Metall geschlagen. Das Geräusch kam aus der Wagenreihe, die ihrer Parkbucht gegenüberlag. Sie musste jetzt schnell eine Entscheidung treffen, aber welche war die richtige? Lähmende Angst überfiel sie. Dann hatte sie sich entschieden. Sie rannte so schnell sie konnte zum Aufzug, der sich genau am Ende ihrer Parkreihe befand. Ihre hohen Absätze klapperten auf dem harten Betonboden und übertönten jeden anderen Laut.

Natürlich stand der Aufzug nicht unten bereit. Sie drückte auf den Knopf, der ihn holen würde, dann sah sie nach hinten. Zwar konnte sie niemanden entdecken, doch sie war jetzt sicher, nicht allein hier unten zu sein. Das leise Rattern des nahenden Aufzuges überlagerte nicht alle Geräusche. Ganz sicher hatte sie noch etwas anderes vernommen. Plötzlich verspürte sie einen Luftzug und dann sah sie den Mann. Sie erkannte die Maske, die hasserfüllten Augen und schrie. Abrupt ging der Schrei unter. Genau wie bei dem Überfall im Wald presste der Mann seine große Hand auf ihren Mund. Auch jetzt roch sie nach Desinfektionsmittel. Sie wusste nicht, ob ihr der stechende Geruch oder die Furcht fast den Atem raubte.

Als die Aufzugtür zur Seite glitt, stieß er sie in die Kabine. Dabei presste er die linke Hand weiter auf ihren Mund. Mit der rechten schlug er hart gegen ihren Kopf. Für einen kurzen Moment verlor sie das Bewusstsein und stürzte zu Boden. Als sie wieder zu sich kam, waren ihre Hände auf dem Rücken gefesselt, ihr Mund mit einem Knebel zugestopft. Einige Haarsträhnen hingen ihr wild ins Gesicht. Sie schielte darunter hervor zur geschlossenen Aufzugtür. Eine der Tasten daneben war mit einem kleinen Holzkeil blockiert. Der Mann betrachtete sie. Dabei neigte sein Kopf sich leicht zur rechten Seite, was ihr seltsam vertraut vorkam. Während sie sich aufzurichten versuchte, starrte sie auf seine helle Gummischürze. Sie bedeckte fast den ganzen Körper des Mannes. Diese Maskerade flößte ihr zusätzlich Angst ein. Trotzdem durfte sie nicht aufgeben. Nachdem sie sich mühevoll aufgerappelt hatte, überlegte sie fieberhaft, wie sie den Mann in Schach halten konnte, der ihr nun bedrohlich nahe stand. Mit aller Kraft wollte sie ihr Knie gegen sein Geschlechtsteil rammen. Als hätte er ihr Vorhaben erraten, drehte er sich im entscheidenden Moment zur Seite. Ihr Knie traf nur seinen Oberschenkel, vielleicht auch die Hüfte.

»Dir werde ich es zeigen, du Hure«, zischte er. Plötzlich blitzte eine spitze Klinge in seiner Rechten.

»Bitte nicht«, flehte sie, obwohl sie wusste, dass ihr Flehen wenig nutzen würde.

Am liebsten hätte sie die Augen geschlossen. Stattdessen starrte sie auf die Waffe in seiner Hand, die sie jetzt als Dolch erkannte. Mit einem Mal erinnerte sie sich auch, wo sie eine solche Gummischürze gesehen hatte. Im Operationsraum der städtischen Kliniken. Der Mann musste verrückt sein, aber was nutzte ihr diese Erkenntnis? Er würde sie niedermetzeln, und sie wusste nicht einmal warum.

Noch stach er nicht zu, weidete sich ausschließlich an ihrer Angst. Sie konnte nicht einmal in seine Hand beißen wie im Wald, saß wie die Maus in der Falle, zur Untätigkeit verdammt. In dem engen Raum fühlte sie sich doppelt gefangen. Trotzdem musste sie ihn hinhalten. In ihrem Kopf rotierten die Gedanken. Wie ging man am besten mit einem Verrückten um? Reden, immer weiterreden, doch genau das konnte sie mit dem Knebel nicht. Vielleicht würde sie nie erfahren, warum er gerade sie ausgesucht hatte. Für einen kurzen Moment hatte sie ihren Mann Klaus Eberhard in Verdacht, aber dieser Gedanke war einfach lächerlich. Dann fiel ihr dieser Frauenmörder ein, von dem sie gelesen hatte. In ihr krampfte sich alles zusammen. Die Zeitungen hatten ausführlich darüber berichtet, wie dieser Wahnsinnige die Frauen zugerichtet hatte.

Sie hatte keine Chance. Trotzdem wollte sie nicht kampflos aufgeben und trat nach ihm. In diesem Moment schlitzte der Dolch ihren leichten Mantel auf. Blut sickerte durch den dünnen, hellen Stoff und hinterließ hässliche Flecken. Merkwürdigerweise verspürte sie keinen Schmerz. Erst als der Dolch in seinen Händen ihren Pullover und die Haut darunter zerfetzte.

»Genau das hast du verdient«, erklärte er höhnisch, während er den Dolch hob und mit aller Wucht in ihren Bauch rammte.

Ihr Schrei drang nicht an die Oberfläche. Jetzt wünschte sie nur noch einen schnellen Tod. Doch der Mann wollte sie leiden lassen und versetzte ihr keine tödlichen Stiche. Nur der Schmerz kam ihr zu Hilfe, ließ sie ohnmächtig werden. Erst nachdem sie das Bewusstsein verloren hatte, ritzte er ein Herz in ihre Brust, dann durchstach er es.

Augenblicklich erlosch der Hass in seinen Augen. Ein Gefühl von Frieden durchströmte ihn, ließ ihn freier atmen, auch wenn er wusste, dass dieser Frieden nicht von Dauer sein würde. Noch war sein Werk nicht vollendet. Nicht eher, als er zum letzten Schlag ausgeholt hatte, dem genialen Coup, der nicht nur den sündigen Frauen eine Lehre erteilen würde. Berauscht von diesem Gedanken warf er noch einen Blick auf die Leiche. Die zerfetzte Kleidung war blutdurchtränkt, aber dafür entdeckte er nur wenige Spritzer an den Aufzugswänden. Selbst die Gummischürze war fast unbefleckt. So rein wie die toten Frauen.

»Bis dass der Tod euch scheidet«, murmelte er immer wieder vor sich hin, während er seine Handschuhe an einem feuchten Tuch abwischte.

Mit einem letzten Blick auf die Tote band er die Schürze ab und stopfte sie samt Tuch in den Beutel. Anschließend zog er den kleinen Holzkeil aus der Taste und verließ den Aufzug, sobald sich die Tür einen Spalt geöffnet hatte.

Pielkötter wohnte in einem kleinen Reihenhaus aus den sechziger Jahren. Als er von Münster in den Duisburger Norden gezogen war, hatte er die Immobilie günstig erstanden. Die Besitzer hatten mehr Energie in den Scheidungskrieg investiert als in eine vernünftige Verkaufsstrategie. Zwar war der kleine Garten ziemlich verwildert gewesen, aber dafür war die Bausubstanz recht solide. Nach der ersten Umgewöhnungsphase hatten sich die Pielkötters hier immer sehr wohl gefühlt, auch wenn ein paar Quadratmeter Wohnfläche mehr nicht geschadet hätten. Allerdings hatte sich dieses Problem durch Jan Hendriks Auszug von allein gelöst, wenn auch nicht auf die Art und Weise, wie seine Eltern sich das erträumt hatten.

»Riecht lecker«, brummte Pielkötter, als er an diesem Abend die Küche betrat.

»Sauerbraten mit Rotkohl und hausgemachten Kartoffelklößen«, erwiderte Marianne. »Ich hoffe nur, Sebastian mag das.«

»Das hoffe ich für ihn mit. Ne Extrawurst gibt es für den Herrn Doktor jedenfalls nicht.«

»Willibald«, entgegnete Marianne vorwurfsvoll, während sie mit einem Kochlöffel in einem riesigen Topf herumrührte. »Das Thema hatten wir doch schon. Ich denke, du bist auf dem Weg, dich mit der Sache abzufinden. Zudem hast du sogar zugegeben, dass du Sebastian nicht unsympathisch findest.«

»Ja, ja, ich weiß. Aber denk an die Nachbarn. So neugierig wie die sind. Die kriegen doch mit, dass unser Sohn statt mit einem hübschen Mädchen mit einem Freund nach Hause kommt.«

»Auf einmal denkst du also an die Nachbarn«, sagte Marianne ironisch und sah ihn über den Rand ihrer Brille an. »Sonst ist dir deren Meinung doch auch mehr als egal. Und auf die Koslowskis bist du sowieso dauernd sauer, weil deren Hund immer in unseren Vorgarten scheißt.«

»Womit ich ja wohl Recht habe.«

»Hilf mir lieber beim Tischdecken«, seufzte Marianne.

Pielkötter brummte irgendetwas Unverständliches und trottete ins Wohnzimmer. Inzwischen konnte er sich kaum noch vorstellen, aus welchem Grund er diesem inoffiziellen Versöhnungsessen zugestimmt hatte. Als er nervös nacheinander fast alle Türen des Wohnzimmerschranks öffnete, fiel ihm die volle Cognacflasche ins Auge. Zu gerne hätte er sich ein kleines Gläschen genehmigt. Leider hatte er Bereitschaft.

»Das gute Geschirr?«, schrie er. »Oder das von Tante Annegret?«

»Natürlich das Gute«, tönte es genervt aus der Küche. »Muss man sich immer selber um alles kümmern?«

Missmutig deckte Pielkötter den Tisch.

»Auch Servietten?«

»Ja, doch!«

»Die mit der Kaffeekanne drauf oder die einfachen gelben.«

»Aber die mit der Kaffeekanne passen doch nicht.«

Warum mussten Frauen nur immer alles so kompliziert machen? Er als Mann würde niemals darauf achten, ob das Dekor der Serviette zum Essen passte. Auch bei Jan Hendrik war ihm ein solches Gehabe bisher nicht aufgefallen. Als er den Tisch fertig gedeckt hatte, lief er wieder in die Küche zurück. Marianne hielt ihm einen Löffel mit dampfendem Rotkohl vor die Nase.

»Probier mal«, forderte sie ihn auf. »Ich denke, da fehlt etwas Salz.«

»Ne, kein Salz mehr. Schmeckt genau richtig.«

»Dann könntest du schon den Wein aus dem Keller holen. Wenn die Jungs erst da sind, bleibt dafür kaum Zeit.«

Mit missbilligendem Blick stiefelte Pielkötter die Kellerstufen hinunter. Welchen Aufwand Marianne wieder betrieb, wie für einen Staatsbesuch. Obendrein durfte er von dem guten Wein kaum etwas trinken. Am meisten aber wurmte ihn, dass Marianne Jan Hendrik und seinen Freund als die »Jungs« bezeichnet hatte, ganz so, als gehöre dieser Fremde schon zur Familie. Irgendwie glaubte er sowieso, dass Marianne insgeheim viel früher von der Beziehung ihres Sohnes zu einem Mann gewusst hatte, als sie zugeben wollte. Wahrscheinlich kannte sie diesen Doktor schon so gut, wie er sich das kaum vorstellen konnte. Mitten in diese Überlegung hinein ertönte die Türglocke. Er hatte das obere Ende der Kellertreppe fast erreicht, blieb aber noch für einen Moment stehen. Er wusste selbst nicht warum. Seufzend öffnete er dann die Haustür. Zuerst sah er Sebastian mit einem riesigen Baguette im Arm. Dahinter stand Jan Hendrik.

»Hallo«, grüßte Sebastian und wollte ihm die Hand reichen.

»Kommt rein«, erwiderte Pielkötter und hielt demonstrativ beide Arme mit jeweils einer Weinflasche hoch.

Während sie die Garderobe ablegten, tauchte Marianne in der Küchentür auf. Ohne Berührungsängste lief Sebastian auf sie zu und umarmte sie. Mit gemischten Gefühlen beobachtete Pielkötter die Szene. Diese intime Begrüßung bestätigte nur seine Vermutung. Offensichtlich funktionierte sein kriminalistischer Spürsinn auch im privaten Bereich. Von Sebastians Arm wechselte Marianne direkt an Jan Hendriks Brust. Pielkötter musste daran denken, dass sein Sohn schon immer ein besseres Verhältnis zu seiner Mutter gehabt hatte als zu ihm. Er hielt weiter die Flaschen in den Händen, mit denen er momentan sowieso nichts anzufangen wusste. Seltsamerweise fühlte er sich in seinem eigenen Reich wie eine Art Zaungast. Seine Anspannung löste sich jedoch teilweise, als sich der Trupp in Richtung Esstisch in Bewegung setzte. Während die beiden jungen Männer Platz nahmen und Marianne wieder in der Küche verschwand, suchte Pielkötter einen Korkenzieher.

»Rot oder weiß?«, fragte er immer noch unsicher.

»Rot, wegen der Phenole«, antwortete Sebastian.

»Und für mich ein Bier«, ergänzte Jan Hendrik. »Aber mach dir keine Umstände. Ich weiß ja noch, wo es steht.«

Pielkötter beschäftigte sich nur zu gern eine Weile mit dem Entkorken der Weinflasche, auch wenn er sonst selten Berührungsängste kannte. Im Beruf fiel ihm jeder Kontakt leicht, aber das war natürlich etwas ganz anderes. Jedenfalls war er froh, als sein Sohn mit einer Fasche Bier zurückkehrte.

»Kinder, das Essen ist fertig«, tönte Marianne.

Erst die Jungs, jetzt Kinder, das wird ja immer doller, dachte Pielkötter, während die beiden wie auf Kommando aufsprangen, um in der Küche zu helfen. Immerhin wohlerzogene, große Kinder, doch das besserte seine Laune auch nicht gerade. Fast geriet er in Versuchung, sich einen kleinen Anruf von der Dienststelle zu wünschen, dann brauchte er sich wenigstens nicht um Smalltalk bemühen. Unwillkürlich schüttelte er den Kopf. Jetzt ärgerten ihn sogar schon die eigenen Gedanken. Immerhin war Jan Hendrik sein einziger Sohn, und er sollte froh sein, dass er sich wieder zu Hause blicken ließ. Während er sich einen Schluck Rotwein zum Probieren einschenkte, spazierte die Dreierbande mit dampfenden Schüsseln und Platten aus der Küche ins Wohnzimmer.

»Na, dann lasst es euch gut schmecken«, eröffnete Marianne das Mahl. Dabei strahlte sie wie schon lange nicht mehr. Pielkötter fühlte sich verpflichtet, wenigstens gute Miene zum bösen Spiel zu machen. Seltsamerweise hatte er sich diesen Besuch einfacher vorgestellt.

»Wie läuft es bei Ihnen in der Klinik?«, fragte er, um seinen guten Willen zu zeigen. »Die Stelle haben Sie doch erst neulich bekommen. Haben Sie sich schon eingelebt?«

»Nettes Betriebsklima«, antwortete Sebastian und tupfte sich den Mund mit der Serviette ab. »Allerdings viele Überstunden. Janik beschwert sich schon, dass er mich kaum noch sieht.«

Merkwürdig, sinnierte Pielkötter, genau wie in meiner Ehe.

»Überstunden kennen Sie bei der Polizei doch sicher auch.«

»Davon kann ich wirklich ein Lied singen«, schaltete sich nun Marianne ein. »Übrigens, Willibald, willst du uns nicht den Wein einschenken?«

Erstaunt schaute Pielkötter auf sein leeres Glas. Er hatte gar nicht registriert, dass er den Wein ausgetrunken hatte. Immerhin schmeckte er vorzüglich, sofern er das als passionierter Biertrinker überhaupt beurteilen konnte. Eilig besann er sich nun auf seine Pflichten als Gastgeber und schenkte sowohl Sebastian als auch seiner Frau ein. Er selbst gönnte sich noch ein kleines Gläschen. Falls er bis zum Nachtisch nicht zum Dienst gerufen würde, durfte er sich noch etwas nachschenken.

Allmählich begann er, sich in der Runde wohl zu fühlen. Vielleicht lag das an dem liebevollen Blick, mit dem Marianne ihn an diesem Abend bedachte, vielleicht auch an Sebastians Tischmanieren, die zu seiner Erleichterung etwas zu wünschen übrig ließen. Jedenfalls redete er schon Mal mit vollem Mund, was Pielkötter sichtlich zufriedenstellte. Der Doktor verhielt sich also durchaus wie ein Durchschnittsmensch.

»Das Essen schmeckt vorzüglich«, lobte Sebastian, wieder mit mindestens einem achtel Kloß zwischen den Zähnen.

Marianne lächelte selig. »Ich koche es gerne wieder einmal für euch.«

Pielkötter schenkte noch einmal Wein aus der zweiten Flasche nach, nur sein eigenes Glas ließ er aus, obwohl sie den Nachtisch schon lange verzehrt hatten. Irgendwie beschlich ihn so ein ungutes Gefühl.

»Also Arzt möchte ich nicht sein«, setzte er das Gespräch mit Sebastian fort.

»Ich finde es sehr befriedigend, Menschen zu helfen«, erwiderte der Angesprochene.

»Ja schon, aber manchmal kann man nicht helfen. Zudem kann ich nicht gut Blut sehen.«

Irritiert schaute Sebastian zu Jan Hendrik. Er konnte sich kaum vorstellen, dass Janiks Vater dieses Geständnis ernst gemeint hatte.

»Ja, das stimmt«, erklärte Marianne, »Blut ist nichts für ihn.«

»Bei der Mordkommission haben Sie doch auch mit Blut zu tun.«

»Das schon«, erklärte Pielkötter und schenkte sich jetzt doch noch etwas von dem Rotwein ein. »Aber die Menschen leben nicht mehr. Wenn ich auftauche, ist das Blut meist schon getrocknet.«

Als Pielkötter sein Glas zum Mund führte, klingelte sein Handy. Seufzend nahm er den Anruf entgegen. Wahrscheinlich rächten sich jetzt seine Gedanken. Während er schweigend zuhörte, beobachtete ihn die Runde. Marianne bemerkte zuerst, dass er eine Spur blasser wurde.

»Schlechte Neuigkeiten?«, fragte sie, nachdem er aufgelegt hatte.

»Äußerst schlechte«, antwortete er sichtlich erregt. »Es hätte kaum schlimmer kommen können. Dieser wahnsinnige Frauenmörder hat wieder zugeschlagen.«

Marianne unterdrückte einen spitzen Schrei. Gleichzeitig mit ihrem Mann sprang sie auf. »Musst du sofort los?«

»Vielleicht ist das Blut dann noch nicht getrocknet«, erwiderte er in einem Anflug von Sarkasmus.

Eilig stürzte er in die Diele. Wenige Sekunden später tauchte er noch einmal im Türrahmen auf.

»Tut mir wirklich leid«, erklärte er. »Vielleicht können wir das zu einem besseren Zeitpunkt wiederholen.«

Seltsamerweise ließ er die familiäre Runde wirklich nicht gerne allein zurück, aber das war jetzt seine geringste Sorge. Staatsanwaltschaft, Vorgesetzte und die Öffentlichkeit saßen ihm ohnehin spätestens seit dem Mord an Eva Maria Garden verstärkt im Nacken. Dieser dritte Fall hatte ihm gerade noch gefehlt. Wenn er nicht bald mit einer heißen Spur aufwartete, würde man ihn in der Luft zerreißen.

Als er auf die sogenannte »Achse« fuhr, diese Stadtautobahn, die den Duisburger Norden mit dem Süden verband, wäre er um ein Haar auf einen roten VW Golf aufgefahren, der auf der Beschleunigungsspur plötzlich bremste. Entweder ein Kleintierschützer oder besoffen, folgerte Pielkötter. Sobald beide Fahrzeuge die Beschleunigungsspur hinter sich gelassen hatten, überholte Pielkötter den Wagen. Mehrere Blicke in den Rückspiegel überzeugten ihn davon, dass der Fahrer nicht in Schlangenlinien fuhr. Ansonsten herrschte um diese Zeit kaum Verkehr.

Mit deutlich überhöhter Geschwindigkeit rauschte Pielkötter an den Ruhrorter Schiffsladeplätzen, dem neu herausgeputzten Innenhafen nahe der City und dem Hauptbahnhof vorbei. Nachdem er die Stadtautobahn verlassen hatte, lauschte er konzentriert der Stimme aus seinem Navigationsgerät, die ihn nach Mündelheim durchlotste. Soweit er sich erinnern konnte, war er noch niemals hier gewesen. Friedlicher Ort, dachte er voller Sarkasmus.

Als er vor dem Gebäudekomplex anhielt, in dem das Opfer wohnte, standen bereits zwei Polizeiwagen dort. Wahrscheinlich waren die Männer von der Spurensicherung auch schon am Werk. Die Haustür stand offen, so dass er mühelos eintreten konnte. Er war kurz versucht, den Aufzug zu nehmen, aber dann fiel ihm ein, dass der Beamte am Telefon diesen als Tatort angegeben hatte.

Wie vom Donner gerührt blieb er plötzlich stehen. Der Polizist hatte ihm auch den Namen der Toten genannt, doch erst jetzt brachte er ihn in einen Zusammenhang. Marion Karsting. Das war doch die Frau des Staatsanwalts, die im Wald überfallen worden war. Sollte Ilona Schlomberger tatsächlich Recht behalten? Ausgerechnet Marion Karsting, dieses Opfer hatte ihm gerade noch gefehlt. Dabei hatte er weniger die Schlomberger im Blick als ihren Ehemann. Der würde jetzt sicher den trauernden Hinterbliebenen mimen und bei der Ermittlung zusätzlichen Druck erzeugen.

Während er die Treppen in die Tiefgarage hinunterstieg, kam ihm ein jüngerer, ihm unbekannter Streifenpolizist entgegen. »Handelt es sich bei dem Opfer wirklich um Marion Karsting?«, fragte Pielkötter, als wollte er einen letzten Rettungsanker auswerfen.

»Tut mir leid«, erwiderte der junge Beamte. »Ich darf keine Auskunft erteilen.«

Anscheinend kannte ihn der junge Mann nicht, dafür aber die Dienstvorschrift. Für einen Moment war Pielkötter versucht, seine Dienstmarke zu zücken, aber dann lief er einfach weiter, bis ihn jemand am Arm zurückhielt.

»Halt, da dürfen Sie jetzt nicht rein.«

Übereifriges Bürschchen, dachte Pielkötter und drehte sich um. »Auch nicht, wenn ich die Ermittlungen leite?«

»Doch, natürlich«, stotterte der junge Polizist. »Ich konnte ja nicht wissen, dass Sie von der Mordkommission sind.«

Pielkötter ließ ihn einfach stehen. Eilig nahm er die letzten Stufen und stieß die Tür zur Tiefgarage auf. Unten herrschte ein reges Treiben, das nicht recht zu einem Mord zu passen schien. Mit einem stummen Kopfnicken begrüßte Pielkötter die beschäftigten Leute.

»Marion Karsting also«, sagte er wie zu sich selbst, allerdings so laut, dass es alle Anwesenden verstehen konnten.

Leider protestierte niemand, wie er im Stillen erhofft hatte. Ärgerlich wandte er sich dem unmittelbaren Tatort zu. Der Aufzug befand sich direkt neben dem Treppenaufgang und erstrahlte in dem hellen Licht der Lampen, die der Fotograf aufgestellt hatte. Pielkötter schluckte. Der bizarre Anblick der blutüberströmten Frauenleiche überbot das Grauen, das er normalerweise zu sehen bekam. Teilweise verdeckten lange, braune Haarsträhnen Marion Karstings Gesicht. Trotzdem wirkten ihre Züge angstverzerrt, soweit er das aus dieser Entfernung erkennen konnte. Welche Qualen musste die Frau ausgestanden haben? Natürlich hatte Pielkötter sich diese Frage auch schon bei den anderen beiden Opfern gestellt, aber sie hatte in ihm nicht diese Betroffenheit ausgelöst. Falls er Ilona Schlomberger sofort geglaubt und Marion Karsting hätte überwachen lassen, wäre dieser Mord nicht passiert.

»Wer hat sie gefunden?«, fragte er einen der Beamten, den er recht gut kannte.

»Ein Thomas Gutenberg«, antwortete dieser. »Der wohnt hier im Haus. Direkt gegenüber von Marion Karstings Appartement. In der dritten Etage. War wohl ein ganz schöner Schock für ihn.«

»Aber ärztlich versorgt worden ist er nicht?«

»Ne, der hat was gegen Ärzte. Wollte sich auf den Schreck lieber einen doppelten Schnaps genehmigen.«

»Ich glaube, so würde ich auch reagieren«, brummte Pielkötter.

»Falls wir noch Fragen haben, dürfen wir gerne noch bei ihm anklingeln«, fuhr der Beamte fort. »Der Mann meinte, er könne heute Nacht sowieso kein Auge zutun.«

Dieser Zeuge wurde Pielkötter immer sympathischer. Auf jeden Fall hatte er vor, das Angebot anzunehmen. Ein zeitlicher Abstand konnte die Erinnerung nur negativ beeinflussen. Während er dem Beamten zunickte, klappte der Rechtsmediziner sein abgewetztes Lederköfferchen zusammen, das auch schon bessere Tage erlebt hatte. Pielkötter trat näher an ihn heran.

»Dasselbe Muster«, erklärte Ernst August Kowalski und stellte den Lederkoffer wieder ab. »Mehrere, nicht tödliche Einstiche und oberflächliche Verletzungen, dann das obligatorische, eingeritzte Herz mit dem offensichtlichen Todesstoß.« Normalerweise drückte sich Kowalski etwas fachmännischer und präziser aus, aber diese Mordserie schien auch ihn etwas aus dem Konzept zu bringen.

Unbewusst wertete Pielkötter das als Zeichen der Solidarität und klopfte Kowalski kameradschaftlich auf die Schulter, eine bisher einmalige Geste, normalerweise hatte er lieber mit Karl-Heinz zu tun.

»Irgendwas gefunden?«, fragte er Leonard Neubert von der Spurensicherung.

»Zwei Zigarettenkippen hier im Aufzug«, antwortete Neubert sichtlich frustriert. »Unterschiedliche Marken. Aber wenn eine davon tatsächlich von dem Mörder stammt, spiele ich auf der nächsten Beförderungsfete freiwillig das Schneewittchen. Dazu ist der Typ einfach zu clever.«

»Fingerabdrücke?«

»Jede Menge. Aber unser Mann hat mit Sicherheit Handschuhe getragen. Wie schon gesagt, cleveres Bürschchen.«

»Irgendwelche Blutspuren?«

»Fast alle in Tatortnähe.«

Ungeniert kratzte sich Leonard Neubert den schon recht kahlen Kopf. »Ich glaube, der zieht sich direkt an Ort und Stelle um. Jedenfalls kann ich mir kaum vorstellen, dass der riskiert, dem nächstbesten Passanten im Schlachterlook zu begegnen. Wie schon gesagt …«

»Cleveres Bürschchen«, fiel Pielkötter ihm ärgerlich ins Wort.

»Sie sagen es«, erwiderte Neubert ohne Ironie. »Also, ich bin überzeugt, der Mann hat mindestens Abitur. Ich tippe sogar eher auf ein abgeschlossenes Studium. Wenn ich ein Täterprofil erstellen müsste …«

»Müssen Sie aber nicht. Konzentrieren sie sich einfach auf Ihre Aufgabe. Damit sind Sie wahrlich beschäftigt. Der Täter ist sicher nicht mit dem Aufzug nach unten gefahren, um Marion Karsting dort zusteigen zu lassen. Höchstwahrscheinlich hat er hier unten auf sie gewartet und hat mit ihr zusammen den Fahrstuhl betreten. Vielleicht hat er sie auch hineingestoßen. Der Kopf der Leiche liegt jedenfalls hinten.« Erst jetzt fiel Pielkötter auf, dass der Aufzug für ein Wohnhaus relativ große Ausmaße besaß. Vielleicht damit ein Sarg hineinpasste?

»Sie brauchen mich nicht daran zu erinnern, dass ich hier den ganzen Bau umpflügen muss«, erwiderte Neubert inzwischen empört.

Sobald Pielkötter den Tatort Tiefgarage endlich verlassen hätte, würde der Kriminalhauptkommissar Opfer einer kleinen Hetzkampagne werden, die Neubert zusammen mit seinem Assistenten zu starten gedachte. Neugierig beobachtete er Pielkötter, der leider noch nicht ans Gehen dachte.

»Darf ich die Leiche kurz selbst untersuchen?«, fragte Pielkötter nun den Rechtsmediziner. Der nickte nur. Auch der Fotograf gab sein Einverständnis. Trotz eines gewissen Unbehagens, das er auch nach so vielen Dienstjahren noch nicht ganz abgelegt hatte, trat er ganz nah an das Opfer heran, beugte sich zu der Leiche hinunter und strich ihr einige Haarsträhnen aus dem Gesicht. Entsetzt zuckte er zurück. Das Gesicht kam ihm bekannt vor. Irgendwo war er dieser Frau schon einmal begegnet. Zunächst dachte er an das Präsidium. Schließlich hatte sie dort erst vor kurzem ihre Anzeige aufgegeben. Dennoch glaubte er nicht, sie dort gesehen zu haben. Ilona Schlomberger war jedenfalls erst zu ihm geeilt, nachdem Marion Karsting das Gebäude bereits verlassen hatte.

Er zwang sich, noch einmal genau in das Gesicht der Toten zu schauen, und erinnerte sich plötzlich. Endlich stieß er die Luft aus, die er unwillkürlich angehalten hatte. Sein Puls raste. Ganz sicher hatte er die Frau im Treppenhaus dieses Psychologen gesehen. Sie war die Treppe hinunter an ihm vorbeigeeilt. Für den Bruchteil einer Sekunde hatten sich ihre Blicke getroffen. Zwar starrte ihn Marion Karsting jetzt mit dem Blick einer Toten an, aber die Augen waren dennoch dieselben.

Mark Milton also, dachte er, auch wenn er seine Mitarbeiter immer vor schnellen Schlüssen warnte. Damit gehörten inzwischen zwei der ermordeten Frauen zu seinen Patientinnen. Sein kriminalistischer Instinkt sagte ihm, dass dies auch für das dritte Opfer galt. Wahrscheinlich hatte Barnowski es nur versäumt, genauer zu recherchieren. Soweit er sich erinnerte, hatte der Mann von Eva-Marie Garden ausgesagt, seine Frau sei nicht in psychologischer Behandlung gewesen. Was aber wussten Ehemänner schon von den heimlichen Kontakten ihrer besseren Hälften? Insbesondere getrennt lebende Ehemänner. Automatisch musste Pielkötter an die intime Begrüßungsszene zwischen Marianne und Sebastian denken. – Sofern Mark Milton die Garden wirklich gekannt hatte, wovon er einfach ausging, würden dem Psychologen nicht mehr viele ruhige Minuten vergönnt sein.

Nach einem letzten Blick auf die Tote wandte er sich ab. Am liebsten hätte er Marion Karsting die Augen geschlossen, aber das gehörte nicht zu seinen Aufgaben.

»Falls mich jemand suchen sollte, ich bin in der dritten Etage bei diesem Gutenberg«, erklärte Pielkötter.

Seufzend schaute er auf seine Armbanduhr. Inzwischen war es fast drei Uhr nachts oder besser in der Frühe. Keine gute Zeit für eine Befragung. Er zögerte kurz, entschied sich dann aber doch, auf das Angebot von Marion Karstings Nachbarn einzugehen. Seltsamerweise ohne Anzeichen von Müdigkeit verließ er den Tatort. Erst als er die Treppenstufen bis in die dritte Etage hinaufstieg, schien ihm die Luft auszugehen. Halt durch alter Knabe, dachte er, demnächst gibt es die Rente erst mit siebenundsechzig.

Und dann fiel ihm der Spruch irgendeines Polizeigewerkschafters ein: Opa fährt Streife, und Enkel lungert arbeitslos auf der Straße herum. Verkehrte Welt. Was konnte man auch schon von einer Gesellschaft erwarten, in der so grauenvolle Morde passierten?

Als er die dritte Etage erreicht hatte, hielt er sich noch eine Weile am Geländer fest. Interessiert schaute er sich um. Der linke Eingang war schon versiegelt. Geradeaus wohnte laut Türschild eine Katrin Mittag und direkt gegenüber dem Appartement des Opfers Thomas Gutenberg. Ohne Eile drückte Pielkötter auf die Klingel. Er musste noch eine Weile warten, ehe ein blonder Wuschelkopf im Türspalt erschien. Pielkötter hatte jedoch nichts anderes erwartet, vielleicht hatte sich der Mann entgegen seiner Absicht ja doch hingelegt. So freundlich wie möglich stellte sich Pielkötter vor und zeigte ausnahmsweise sogar seine Dienstmarke, die ihn immer an alte Hundemarken erinnerte.

Mit glasigen Augen öffnete Thomas Gutenberg die Tür und führte ihn durch eine schmale Diele in einen gemütlichen, wenn auch ziemlich unaufgeräumten Wohnraum. Pielkötter registrierte sofort, dass der Telefonhörer neben dem Apparat auf einem länglichen Glastischchen lag.

»Ich habe gerade mit meinem Bruder telefoniert«, erklärte Gutenberg. »Nach diesem schrecklichen Anblick musste ich einfach mit jemandem reden. Am liebsten wäre ich zu ihm gefahren. Aber ich wusste ja, dass Sie vorbeikommen wollten.«

Während er zu dem Glastischchen lief, schwankte er etwas. »Benno, ich muss Schluss machen, die Polizei ist jetzt hier.«

Nach zwei erfolglosen Anläufen schaffte es Gutenberg endlich, den Hörer korrekt auf die Gabel zu legen. Während er in einem Sessel genau gegenüber Pielkötter Platz nahm, schaute sich dieser neugierig in dem Raum um. Für einen alleinstehenden Mann empfand er das Zimmer als auffallend wohnlich eingerichtet. An den Wänden hingen einige interessante Fotografien und auf dem Sofa stapelten sich zahlreiche, bunte Kissen. Nur die halbleere Flasche Scotch, die auf dem Tisch stand, passte eher zu einem Junggesellen. Oder einem, der gerade eine ermordete Frau gefunden hat.

»Möchten Sie auch einen?«, fragte Gutenberg mit glasigen Augen. Offensichtlich hatte er die Flasche heute Abend frisch angebrochen.

»Danke, nicht im Dienst«, brummte Pielkötter.

»Flüssige Nervennahrung«, erklärte Gutenberg, während er sich einen weiteren Whisky einschüttete und direkt hinunterstürzte.

Am liebsten hätte Pielkötter protestiert. Welchen Wert hatte die Aussage eines Besoffenen? Trotzdem konnte er den Mann verstehen. Für Otto Normalverbraucher musste der Anblick der übel zugerichteten Leiche wahrlich schockierend wirken.

»Na, dann erzählen Sie einfach, wie Ihr Abend so abgelaufen ist«, forderte Pielkötter sein Gegenüber auf, ehe der auf die Idee kam, sich noch einen Scotch einzuschenken.

»Schon bevor ich Frau Karsting gefunden habe?«

»Den ganzen Abend.«

Pielkötter konnte förmlich sehen, wie es hinter Gutenbergs Stirn arbeitete. Wahrscheinlich hinderten ihn einige Promille daran, die Ereignisse möglichst schnell in der richtigen Reihenfolge zu präsentieren.

»Also, so gegen sieben bin ich unter die Dusche. Nicht lange. Ich dusche nie lange. Wasser ist ja ein kostbarer Rohstoff. Sagt man doch.«

Pielkötter verdrehte im Geiste die Augen, wollte ihn aber nicht unterbrechen.

»Um halb acht etwa bin ich dann aus dem Haus«, erklärte Gutenberg. »Da habe ich Marion Karsting übrigens das letzte Mal gesehen. Ich meine lebend. Wir sind uns im Treppenhaus begegnet. Sie sah so fröhlich aus.«

Ohne Vorwarnung schlug Gutenberg die Hände vor sein Gesicht und schluchzte. Das hatte Pielkötter gerade noch gefehlt. Immerhin war er feinfühlig genug, um in Ruhe abzuwarten, bis der Mann sich wieder etwas gefangen hatte.

»Ich habe sie noch gefragt, warum sie so gute Laune hätte. Sie hat mir erzählt, dass sie bei einer Arbeitskollegin eingeladen sei. Furchtbar, nicht wahr? Da freut sich die Frau auf einen netten Abend und wenige Stunden später ist sie tot.«

»Quasi haben Sie mit ihr zusammen das Haus verlassen«, stellte Pielkötter fest. »So gegen halb acht.«

»Genau. Ich habe gesehen, wie sie in ihren Wagen gestiegen ist. Habe ihr noch zugewinkt.«

Gutenberg zog ein nicht mehr ganz frisches Herrentaschentuch aus seiner Hosentasche und wischte sich über die Augen. Er hätte wirklich nicht so viel trinken dürfen, überlegte Pielkötter. Manche Menschen reagierten dann wehleidig.

»Und wo haben Sie den Abend verbracht?«, fragte Pielkötter, um das Gespräch wieder auf eine sachliche Ebene zu leiten.

»Ich war in einer Kneipe in Neudorf«, antwortete Gutenberg wieder gefasst. »Habe mich mit meinen Kumpels getroffen. Wir spielen jeden Mittwoch Skat.«

»Wann sind Sie dort aufgebrochen?«

»Ich schätze gegen halb zwölf. Kurz vor zwölf habe ich sie dann gefunden. Als ich in die Garage fuhr, war noch alles wie sonst. Ich bin ausgestiegen und zum Aufzug gelaufen. Die Tür war geschlossen. Ich habe auf den Knopf gedrückt und mich noch gewundert, weil sie sofort aufging.«

»Wieso haben Sie sich gewundert?«, fragte Pielkötter sichtlich interessiert.

»Na, ja, um diese Uhrzeit ist der Aufzug eigentlich immer irgendwo oben. Gegen Mitternacht kehren die Leute eher zurück und steigen oben aus.«

»Einleuchtend«,sagte Pielkötter. »Die Aufzugtür ging also auf.«

»Ja, und da habe ich sie dort liegen sehen«, erklärte Gutenberg sichtlich erschüttert. »Das viele Blut, die Haare im Gesicht. Ich wusste sofort, dass sie tot ist. Vielleicht habe ich um Hilfe geschrien, aber das weiß ich nicht mehr. Jedenfalls bin ich wie von Sinnen die Treppe hochgehetzt. Der Mörder hätte ja da unten noch rumlungern können. Erst in meiner Wohnung bin ich wieder zu mir gekommen. Ich habe mich hier in den Sessel gesetzt und die Polizei angerufen.«

»Ich kann verstehen, wie schrecklich Ihnen zumute war«, brummte Pielkötter selten verständnisvoll. »Und das nach dem netten Skatabend.«

»Die Namen meiner Skatfreunde wollen Sie bestimmt auch wissen«, erwiderte Gurtenberg. »Thorsten Scholz und Stefan König. Ich kann Ihnen auch gleich die Telefonnummern geben.«

»Nun lassen Sie mal. Leider muss ich Sie sowieso noch zum Präsidium bitten. Dann erledigen wir das alles auf einmal. Aber jetzt legen Sie sich erst einmal aufs Ohr. Notfalls nach einem kleinen Schlummertrunk.«

Während Pielkötter sich verabschiedete, lächelte Gutenberg müde. Mit unsicherem Gang brachte er den Kriminalkommissar zur Tür. Im Treppenhaus atmete Pielkötter dreimal tief durch. Gutenberg kam als Mörder nicht in Frage, darauf würde er Gift nehmen. Auch wenn die Tatzeit noch nicht genau feststand, konnte sich Pielkötter nicht vorstellen, dass er die muntere Skatrunde verlassen und anschließend die zufällig anwesende Marion Karsting ermordet hatte. Zudem deutete nichts auf eine Tat im Affekt hin. Pielkötter trug in Gedanken weitere Argumente gegen Gutenberg zusammen, nur um nicht zugeben zu müssen, dass der Mörder für ihn bereits so gut wie feststand. Immerhin hasste er voreingenommene Menschen, ganz besonders wenn sie im Polizeidienst standen.

Ein prüfender Blick auf seine Uhr zeigte ihm, dass es noch zu früh war, um Klaus Eberhard Karsting über den Tod seiner Frau zu informieren. Als sein Blick auf die versiegelte Tür fiel, entschied er, sich schon einmal in der Wohnung des Opfers umzusehen. Da er keine Lust hatte, die Stufen noch einmal runter- und wieder hochzulaufen, klingelte er einen der Polizisten an, die sich noch in der Tiefgarage befanden, und ließ sich den Schlüssel nach oben bringen.

»Harte Nacht, was«, sagte der Beamte, als er Pielkötter die Wohnung aufschloss.

Pielkötter brummte nur etwas Unverständliches. Er hatte nun keine Lust mehr auf Konversation. Auf ein Handzeichen hin verzog sich der Beamte wieder nach unten.

Diele und Wohnzimmer waren genauso geschnitten wie in Gutenbergs Appartement, nur wirkte hier alles ein wenig unordentlicher. In der Luft hing der Duft eines schweren Parfüms. Pielkötter sah zunächst in jedes Zimmer, dann nahm er sich den kleinen Sekretär vor, auf dem das Telefon stand. Mit Genugtuung entdeckte er gleich mehrmals den Namen Mark Milton. Der Psychologe stand sowohl im Telefonverzeichnis als auch in einem gut geführten Terminkalender. Seine Erinnerung hatte ihn also nicht getrogen. Nebenbei fand er noch die Nummer ihres Arbeitgebers, eine weibliche und eine männliche Person nur mit Vornamen, wahrscheinlich Verwandte oder enge Freunde. Marion Karsting hatte sogar die heutige Verabredung notiert, doch wirklich interessierte ihn das nicht. Wenig motiviert durchsuchte er noch die beiden Schubladen. In der linken entdeckte er ein Kästchen mit losen Fotos. Eilig ließ er die Bilder durch seine Finger gleiten. Seltsamerweise konnte er Staatsanwalt Karsting, ihren Ehemann, auf keinem der Fotos entdecken.

Mehr aus Gewohnheit als aus echtem Interesse lief er noch einmal ins Schlafzimmer und durchwühlte die Kommode. Er fand nichts außer Damenslips, Büstenhalter und Strümpfen. Aus dem schmalen Bett schloss er, dass der Trennungsgrund von ihrem Mann kaum ein heimlicher Liebhaber gewesen sein konnte. Der gute Staatsanwalt konnte sicher mehr dazu preisgeben. Ein kurzer Blick auf seine Uhr versicherte ihm, dass er Karsting nun durchaus aus dem Schlaf reißen konnte. Und vor allem auch Barnowski, selbst wenn dieser keinen Bereitschaftsdienst hatte. Im Wohnzimmer steckte er noch pflichtbewusst Telefonverzeichnis und Terminkalender ein, dann knipste er das Licht aus und verließ die Wohnung. Da die Spurensicherung gleich hier weitermachen würde, verzichtete er darauf, die Wohnung erneut zu versiegeln.

Dass so kurz geschnittenes, volles Haar derart verwuscheln kann, dachte Pielkötter, als Barnowski aus der Haustür trat. »Na endlich«, begrüßte er ihn mürrisch. »Haben Sie sich die Nacht um die Ohren geschlagen, oder ich?«

Barnowski lächelte versonnen, was die Laune seines Vorgesetzten auch nicht gerade hob. Während Pielkötter den Wagen startete, ließ Barnowski die letzten Stunden Revue passieren. Viel geschlafen hatte er wirklich nicht gerade. Bis Mitternacht hatte er mit Gabriela in der neuen Wohnung die Wände gestrichen, dann hatten sie über seine Mutter gestritten und sich schließlich ausgiebig geliebt. Jedenfalls konnte man Gabriela nicht gerade vorwerfen, das Leben an ihrer Seite wäre in irgendeiner Form langweilig.

»Unser Mörder hat also wieder zugeschlagen«, sagte Barnowski, um Pielkötter aus der Reserve zu locken. Wenn der Miesepeter nicht bald redete, lief er Gefahr, auf dem Beifahrersitz einzuschlafen.

»Ich bin genauso müde, wie Sie aussehen«, erwiderte Pielkötter zu Bernhard Barnowskis Erstaunen. »Schlage vor, wir ziehen uns erst einen starken Kaffee rein. Dabei gebe ich Ihnen die neuesten Informationen.«

Barnowski stutzte. Normalerweise benutzte Pielkötter kaum das Wörtchen »wir«, er schlug auch nichts vor und redete erst recht keinen Ruhrpottslang, wobei Barnowski nicht wusste, ob »reinziehen« wirklich aus dem Revier stammte. Jedenfalls schien sein Chef die Lage dramatisch zu bewerten, anders konnte sich Barnowski die verbalen Entgleisungen nicht erklären.

»Wir könnten bei Elli reinschauen, die hat schon um sechs Uhr auf.«

Pielkötter nickte. Anscheinend kannte er Elli, die Imbissstube für Insider und Ausgeflippte. Schweigend lenkte Pielkötter den Wagen Richtung Innenstadt und hielt dann im absoluten Halteverbot direkt vor Ellis hell erleuchteter Fensterfront. Bis auf zwei Jugendliche mit mehrfarbigem Irokesenschnitt, die den Flipperautomaten traktierten, war der Laden leer. Während Pielkötter und Barnowski die Imbissstube betraten, drehten sich die beiden jungen Burschen kurz um. Desinteressiert schauten sie den Neuankömmlingen entgegen, dann wandten sie sich wieder dem Spiel zu. Die hochgradig mit Wasserstoffperoxid blondierte Elli stand mitten zwischen Friteuse und Tresen und lächelte vor sich hin. Wie konnte diese Frau schon um diese Uhrzeit so gute Laune haben?

»Wat darf et denn sein?«, fragte Elli, als die Männer vor ihrer Theke standen. »Nachem Aussehen sicher nen Kaffee.«

»Erraten«, erwiderte Pielkötter. »Für mich schön schwarz ohne Milch, ohne Zucker. Und irgendwas für den leeren Magen.«

»Dat Fett is noch nich heiß«, erwiderte Elli, »aber ne kalte Friko mit Senf können Se haben.«

Skeptisch blickte Pielkötter auf den Teller mit den Frikadellen. Die beiden Buletten lagen dort womöglich noch von gestern Abend.

»Bei Elli gehen die weg wie warme Semmeln«, erklärte Barnowski, der den Blick seines Chefs richtig gedeutet hatte. »Hier gibt's die besten Frikos aus dem ganzen Ruhrpott. Nicht Elli?«

»Dat will ich meinen. Da werden Se garantiert süchtig nach.«

»Für mich auch eine«, sagte Barnowski, als hätte sich Pielkötter schon entschieden.

»Also, zwei starke schwarze Kaffees, zwei Frikos mit Senf. Se können sich schonma setzen. Ich bring die Sachen am Tisch.«

Vor der Fensterfront standen mehrere quadratische Tische mit abwaschbaren, dezent gemusterten Resopalplatten. Dafür besaßen die einfachen Stühle auffallend rot und weiß gestreifte Sitzflächen. Barnowski und Pielkötter nahmen an einem Tisch möglichst weit entfernt von den Spielautomaten Platz. Kurz darauf erschien Elli mit einem Tablett und nicht mehr ganz sauberer Kittelschürze.

»Krich gleich frische Brötchen rein. Wenn Se wollen, schmier ich Ihnen wat.«

»Für mich eins mit Leberwurst«, erwiderte Barnowski kurz entschlossen. Zu seinem Leidwesen war diese Sorte Wurst radikal von seinem Speiseplan gestrichen, seit Gabriela einen Bericht über die Inhaltsstoffe sowie den hohen Fettgehalt von Leberwurst gelesen hatte.

»Und für mich eins mit Käse, am besten Gouda. Mittelalt, wenn möglich.«

»Ham wa allet.«

»Sie sind übrigens eingeladen«, erklärte Pielkötter seinem sichtlich verdutzten Mitarbeiter.

Geübt balancierte Elli die heißen Tassen vom Tablett.

»Woher kennen Sie diesen Laden eigentlich?«, fragte Barnowski, nachdem Elli wieder hinter dem Tresen verschwunden war.

In Pielkötters Miene zeigte sich der Ansatz eines Schmunzelns, was selten genug vorkam. »Ich erinnere mich noch gut, als ich zum ersten Mal hier war«, erklärte er. »Kurz nach der Versetzung von Münster nach Duisburg. Karl-Heinz Tiefenbach hat mich hierher geschleift. Proppevoll war der Laden. Die Leute stehen in einer Traube um die Theke, und Elli ruft in die Menge: Wo kommt die Pommes? Und einer aus der Menge ruft zurück: Ich! Seltsamerweise war ich wohl der Einzige, der das komisch fand. Selbst Tiefenbach hat keine Miene verzogen.«

»Is schon ne Welt für sich, der Pott«, grinste Barnowski.

Urplötzlich verfinsterte sich Pielkötters Miene wieder. »Leider eine, in der kurz hintereinander drei grauenvolle Morde passieren konnten.«

»Eindeutig derselbe Täter?«

Pielkötter schwieg, was nach Barnowskis Erfahrung einer Bestätigung gleichkam. Während er den heißen Kaffee trank und gelegentlich in die dick mit Senf bestrichene Bulette biss, informierte er seinen Mitarbeiter über die Einzelheiten. Nur zwei Details sparte er sich für den Schluss auf.

Plötzlich schrie einer der beiden Jugendlichen auf. Offensichtlich aus Freude, er hatte wohl gewonnen. Während die Männer sich umsahen, näherte sich Elli mit den belegten Brötchen.

»Noch nen Tässken Kaffee dazu?«

»Gute Idee«, erwiderte Barnowski.

Pielkötter nickte. Er überlegte, mit welcher Neuigkeit er zuerst auftrumpfen sollte. Aber war es wirklich ein Trumpf, dass ihre dritte Tote das Opfer des Überfalls im Wald war?

Voller Genuss biss Barnowski in sein Leberwurstbrötchen. Nur gut, dass Gabriela nicht alles mitbekam. Auf einen Vortrag über gesunde Lebensweise konnte er um diese Stunde wahrlich verzichten.

»Übrigens handelt es sich bei dem Opfer um Marion Karsting.«

Barnowski verschluckte sich fast an dem letzten Bissen. »Das ist ein Hammer. Dann ist sie auf ihrem Sonntagsspaziergang also doch ganz gezielt angegriffen worden.«

»Vorsicht«, warnte Pielkötter. »Immerhin könnte es sich auch um einen dummen Zufall handeln.«

»Sehr unwahrscheinlich.«

Pielkötter ging nicht weiter darauf ein. Während er seinem Mitarbeiter geradewegs in die Augen sah, zuckten seine buschigen Augenbrauen. Jetzt kommt's, dachte Barnowski, der diese Geste bestens zu deuten wusste.

»Sie werden es kaum glauben, aber Marion Karsting war genauso in psychologischer Behandlung wie Barbara Winkler, das erste Opfer. Und genau einmal dürfen Sie raten, bei wem?«

»Mark Milton«, entfuhr es Barnowski ebenso automatisch wie ungläubig. Er starrte auf Pielkötters Finger, die nun heftig auf die leicht mit Senf beschmierte Tischplatte klopften. Immerhin konnte er sich jetzt einen Reim auf Pielkötters relativ freundliches Gehabe machen. Mit diesem dritten Mord rückte erstmalig ein möglicher Täter ins polizeiliche Visier. Sein Chef machte sich also durchaus berechtigte Hoffnung auf einen Ermittlungserfolg. Keine voreiligen Schlüsse, hätte er seinem Vorgesetzten am liebsten erklärt, wollte ihm jedoch nicht die gute Laune verderben, von der letztendlich er und alle anderen Mitarbeiter profitierten.

»Wir müssen so schnell wie möglich herausfinden, ob auch Eva Maria Garden Miltons Patientin war«, erklärte Pielkötter ungeduldig. »Am besten kümmern Sie sich gleich heute Morgen darum. Diesen sauberen Psychologen würde ich mir zu gerne sofort vorknöpfen, aber vorher will ich wissen, ob er die Garden kannte. Außerdem werden wir uns etwas näher mit seiner Vergangenheit beschäftigen. Ich muss alles über ihn wissen. Alles. Selbst ein Strafzettel für falsches Parken darf uns nicht verborgen bleiben!«

»Wenn die Garden aber gar nicht zu seinen Patienten gehörte?«, wandte Barnowski ein und leckte sich den letzten Rest Leberwurst aus dem rechten Mundwinkel.

»Dann wäre das sehr unlogisch. Und wenn ich mich auf eines verlasse, dann auf die Logik.«

»Na, dann werde ich wohl rauskriegen müssen, was Sie ohnehin schon wissen.«

»Was ist eigentlich bei dem Gespräch mit Miltons Frau herausgekommen?«, fragte Pielkötter, während er Barnowski mit einem missbilligenden Blick bedachte. »Oder haben Sie sie gestern Abend wieder nicht erreicht?«

»Doch, schon, aber irgendwie ist das jetzt durch den dritten Mord etwas in Vergessenheit geraten. Ich hätte Ihnen schon noch davon erzählt.«

»Und?«

»Die Dame war im Moment nicht gerade gut auf ihren Mann zu sprechen. Wenn Sie mich fragen, stehen die kurz vor der Trennung, auch wenn sie das nicht so direkt gesagt hat. Seltsamerweise hat sie gelästert und gelästert und dann plötzlich mitten im Satz abgebrochen.«

»Was für ein Satz?«

»Genau weiß ich das nicht mehr. Hatte aber was mit einer Lea zu tun. Und dann das mit Lea, oder so was in der Art. Natürlich habe ich nachgefragt, aber die wollte nicht raus mit der Sprache. Wahrscheinlich hat Milton eine Geliebte.«

»Ich werde mich höchstpersönlich darum kümmern«, erwiderte Pielkötter ohne den von Barnowski erwarteten Vorwurf in der Stimme. »Und während Sie dafür sorgen, dass wir schnellstens Zugang zu Miltons Akten bekommen, verständige ich Staatsanwalt Karsting über den Tod seiner Frau. Natürlich können wir auch die Arbeit tauschen, und Sie übernehmen diese Aufgabe.«

Eilig schüttelte Barnowski den Kopf. Es wurde höchste Zeit, aus der Reichweite seines Vorgesetzten zu verschwinden. Dessen relativ gute Laune hatte schon erstaunlich lange angehalten. Nachher überlegte sich Pielkötter die Aufgabenteilung wirklich noch. Staatsanwalt Karsting konnte Barnowski jedenfalls noch nie ausstehen, und die Überbringung von unerwarteten Todesnachrichten erst recht nicht.

»Soll ich Sie nicht fahren?«, fragte Pielkötter verdutzt, als Barnowski sich zum Gehen wandte.

»Nicht nötig. Ein kleiner Fußmarsch in der morgendlichen Kälte ist gut für den klaren Kopf.«

Seufzend beglich Pielkötter die Rechnung.

Endlich kommen die Ermittlungen voran, dachte Pielkötter, nur schade, dass dafür ein drittes Opfer nötig war. Ein Blick auf seine Armbanduhr versicherte ihm, dass er Klaus Eberhard Karsting noch zu Hause antreffen würde. Es war allgemein bekannt, dass der Staatsanwalt selten vor neun Uhr in seinem Büro erschien. Zudem war es Pielkötter sowieso lieber, ihm die traurige Nachricht in häuslicher Atmosphäre zu überbringen. Sicherlich würde Karsting, auch wenn er über den Angriff auf seine Frau nicht gerade schockiert gewirkt hatte, dann gar nicht erst auf seiner Dienststelle erscheinen. Wer könnte ihm das verdenken? Mord gehörte schließlich doch zu einer anderen Kategorie.

Bestimmt hatte Marion Karsting in ihren letzten Minuten Schreckliches durchgemacht. Zumal sie sicher noch angeschlagen war von dem brutalen Überfall im Wald. Den hatte sie ja noch nicht einmal mit psychologischer Hilfe verarbeiten können. Der letzte Gedanke machte ihn wütend. Was aber, wenn der Psychologe selbst zum Mörder seiner Patienten wurde? Einfach pervers, dachte Pielkötter, passt jedoch genau zum Täterprofil. Übergriffe auf Hilfebedürftige hatten ihn schon immer empört, besonders wenn der angebliche Helfer zum Täter mutierte.

Plötzlich fiel ihm ein, dass er die genaue Privatadresse von Karsting gar nicht kannte. »Lässt schwer nach, alter Junge«, brummte er in sich hinein, doch sofort hielten einige graue Zellen in seinem Kopf dagegen. Schließlich hatte er die ganze Nacht durchgearbeitet, sogar erstmalig mit einem gewissen Erfolg. Seufzend rief er im Präsidium an und erkundigte sich, wo Karsting wohnte. Moselstraße. Das war doch im Viertel unmittelbar hinter dem Duisburger Theater, aber nach seiner Erinnerung lebte der Mann irgendwo in der Nähe der Universität. Vielleicht vor der Trennung, überlegte Pielkötter, während er in seinen Wagen stieg.

Wie erwartet brauchte er im morgendlichen Berufsverkehr für den kurzen Weg fast fünfzehn Minuten. Barnowskis Entscheidung für einen kleinen Fußmarsch war offensichtlich keine schlechte Idee gewesen. Dafür fand Pielkötter einen Parkplatz fast direkt vor Karstings Haustür. Während er auf Einlass wartete, verschlechterte sich seine Laune. Schließlich überbrachte er denkbar schreckliche Neuigkeiten, sofern Karsting noch einen Funken Gefühl für seine getrennt lebende Frau hegte. Endlich ertönte der Summer, und Pielkötter stieg in die erste Etage hinauf.

»Ich dachte, Sie besäßen ein Haus«, wählte er nicht gerade die am besten geeignete Begrüßung.

»Das war vor der Trennung«, entgegnete Karsting und gähnte. Immerhin war er schon angezogen. »Wegen meiner Wohnverhältnisse suchen Sie mich jedoch nicht auf?«

»Nein«, antwortete Pielkötter ernst. »Es tut mir sehr leid, aber ich habe eine schlechte Nachricht für Sie. Ihre Frau ist in der Nacht ermordet worden.«

Erst jetzt wurde ihm bewusst, dass er immer noch an der Tür stand, ebenso wie Karsting, der nun doch eine Spur blasser zu werden schien. Warum hatte er nicht mit der Information gewartet, bis Karsting irgendwo Platz genommen hatte? Wie in Trance setzte sich der Staatsanwalt in Bewegung und führte ihn in die Küche. Pielkötter hatte ihn offensichtlich beim Frühstück gestört. Auf dem Tisch standen eine halbleere Tasse Tee und ein Teller mit einer angebissenen Brotschnitte mit Quark und Marmelade.

»Darf ich Ihnen auch etwas anbieten?«, fragte Karsting, nachdem er sich wieder ein wenig gefangen hatte.

»Nein danke, ich war schon bei Elli.« Missmutig nahm Pielkötter am Tisch Platz. Irgendwie machte er heute Morgen alles falsch. Wahrscheinlich kannte Karsting Elli gar nicht und dachte jetzt wer weiß was von ihm. »Ich meine die Elli von der Imbissstube«, stellte er klar. »Barnowski und ich haben dort schon Kaffee getrunken.«

Schweigend starrte Karsting auf seinen Teller. Ellis Funktion schien ihm relativ egal zu sein.

»Wie ... ich meine, wie ist es passiert?«, fragte er dann doch, wenn auch mit stockender Stimme. Entweder gehörte er zu der Kategorie bühnenreifer Schauspieler, von denen Pielkötter im Laufe der vielen Dienstjahre schon einige über den Weg gelaufen waren, oder Karsting ging der Mord wirklich näher, als es zu erwarten war.

»Ihre Frau wurde im Aufzug ihres Wohnhauses ermordet. Wahrscheinlich wurde sie erstochen.« Weitere Details wollte Pielkötter ihm in diesem Moment lieber ersparen.

»Gibt es einen Zusammenhang zu diesem Überfall im Wald?«

»Möglicherweise. Aber natürlich können wir das zu diesem Zeitpunkt noch nicht mit Sicherheit sagen. So gut wie fest steht allerdings, dass Ihre Frau das Opfer unseres stadtbekannten Serienmörders geworden ist.«

»Nein«, flüsterte Karsting entsetzt. »Dieses Ende habe ich ihr wirklich nicht gewünscht.«

»Was dann?«, hätte Pielkötter am liebsten gefragt, aber jetzt war nicht der richtige Zeitpunkt dafür. Betroffen sah er zu Karsting hinüber, der nun stumpfsinnig vor sich hin starrte. Er selbst fühlte sich überfordert, wie immer, wenn er die Angehörigen leiden sah. Dass er in diesem Fall den Hinterbliebenen persönlich kannte, machte die Sache noch schlimmer. Hier war noch mehr Fingerspitzengefühl gefragt, das man vielleicht eher von einer Frau erwarten könnte. Ilona Schlomberger wäre sicher besser dafür geeignet gewesen als er.

»Bei unserer letzten Begegnung in meinem Büro habe ich, wie sagt man noch, sehr cool reagiert«, begann Karsting von selbst. »Das hat Sie sicher verwundert, nicht wahr?«

Pielkötter nickte.

»Natürlich habe ich ihr den Überfall nicht gegönnt«, fuhr Karsting fort. »Aber ich war zu diesem Zeitpunkt sehr wütend auf Marion. Vielleicht habe ich auch gehofft, die Sache würde sie zur Vernunft bringen. Ich dachte, sie müsste jetzt doch erkennen, wie sehr sie mich braucht. Oder welche Gefahren einer alleinstehenden Frau drohen.«

Scheinbar mitfühlend hörte Pielkötter zu. Inzwischen hatte jedoch wachsames Interesse sein Mitleid verdrängt. Er schloss keinesfalls aus, dass Karsting für den Überfall verantwortlich sein könnte, während der Mord selbstverständlich auf das Konto des Serienmörders ging.

Karsting stand auf, öffnete eine Schranktür und kehrte mit einer Packung Zigaretten samt Feuerzeug zurück. Ein Aschenbecher stand bereits auf dem Tisch.

»Ich dachte, Sie rauchen nicht«, sagte Pielkötter erstaunt.

»Immer wieder mal nicht«, verbesserte Karsting. »Heute sind es genau drei Wochen.« Mit zittrigen Fingern zündete er die Zigarette an. Während Pielkötter ihn nicht aus den Augen ließ, quoll der Rauch stoßweise aus seinem Mund.

»Ich wollte Marion zurückgewinnen«, erklärte Karsting plötzlich zwischen zwei gierigen Zügen. »Würde es immer noch wollen. Doch dafür ist es jetzt leider zu spät.«

Pielkötter wertete dies, im Hinblick auf den Überfall, fast als Schuldeingeständnis. Als er Karsting direkt ansah, befürchtete er, dieser würde nun in Tränen ausbrechen. Wider Erwarten beherrschte er sich jedoch und starrte stattdessen versonnen aus dem Fenster in den immer noch trüben Himmel. Pielkötter zog es vor zu schweigen.

»Sicher wollen Sie jetzt von mir wissen, wo ich gestern Abend gewesen bin«, sagte Karsting nach einer Weile, die Pielkötter wie eine kleine Ewigkeit vorkam. »Oder geschah es in der Nacht?«

»Kurz vor Mitternacht wahrscheinlich. Jedenfalls wurde sie zu diesem Zeitpunkt von einem Nachbarn gefunden. Wir werden die Zeit ziemlich genau einkreisen können, weil sie zuvor bei einer Arbeitskollegin gefeiert hat.«

»Zum Glück war ich gestern Abend auch nicht allein. Sonst würden Sie mich womöglich für den Serienmörder halten.« Karsting lachte kurz auf. Sein Lachen klang irgendwie hysterisch.

»Nun lassen Sie mal gut sein«, versuchte Pielkötter zu beschwichtigen. Eine Eskalation wollte er unbedingt verhindern. »Ich bin nicht hier, um Sie zu vernehmen. Ich wollte Ihnen die schreckliche Nachricht einfach selbst überbringen und mein Beileid ausdrücken.«

»Ich kann immer noch nicht ganz fassen, dass Marion wirklich tot sein soll. Wissen Sie, was das Schreckliche daran ist? Sie würde mit Sicherheit noch leben, wenn sie mich nicht verlassen hätte. Verstehen Sie mich nicht falsch. Ich meine, weil sie sich niemals am Tatort herumgetrieben hätte.«

»Herumtreiben ist sicher das falsche Wort«, wandte Pielkötter ein und trommelte mit seinen Fingern auf die Tischplatte.

»Schließlich hat sie in diesem Haus gewohnt. Aber natürlich verstehe ich, was Sie meinen. Und ich glaube sogar, Sie haben Recht damit. Der Mörder hat Ihre Frau gezielt ausgesucht, weil sie sich von Ihnen getrennt hat.«

»Wieso sind Sie da so sicher?«, fragte Karsting erstaunt.

Pielkötter schwieg jedoch. Er hatte nicht einmal zugehört. Erregt sprang er plötzlich auf und lief zum geöffneten Fenster, als bekäme er sonst keine Luft mehr. Hastig sog er die kühle Luft ein, die durch den kleinen Fensterspalt drang. Trotz seiner Erregung fühlte er sich seltsam klar im Kopf. Bei aller gebotenen Vorsicht stand Mark Milton für ihn mit einem Mal als Mörder fest. Nach dem, was Barnowski ihm über Miltons scheiternde Ehe berichtet hatte, brauchten sie nicht einmal mehr nach einem Motiv zu suchen. Plötzlich ergaben alle Morde einen Sinn, ebenso die Auswahl der Opfer. Obwohl er noch nicht wusste, ob Eva Maria Garden tatsächlich Miltons Patientin war. Es stimmte zwar, dass er Barnowski immer vor solchen voreiligen Schlussfolgerungen warnte, aber der junge Schnösel besaß eben keinen kriminalistischen Instinkt.

»Ich war gestern den ganzen Abend in der Ratssitzung«, unterbrach Karsting seine Gedanken. »Da zerbrechen wir uns die Köpfe über Duisburgs Zukunft, und ich ahne nicht einmal, dass meine persönliche Hoffnung selbst keinerlei Zukunft mehr hat.«

Mit einer fahrigen Bewegung zündete er sich eine neue Zigarette an.

»Nach der Sitzung war ich übrigens noch mit einigen Ratsherren im Webster. Sie wissen schon, die Brauerei am Dellplatz. Wir haben dort bis nach Mitternacht weiter debattiert. Ich kann Ihnen gerne die Namen geben.«

»Jetzt kommen Sie erst einmal zur Ruhe«, erwiderte Pielkötter nachsichtig.

»Was ist mit Ihnen los? Sonst sind Sie doch auch nicht gerade zimperlich. Haben Sie etwa schon einen anderen als Mörder im Visier?«

Ohne Alibi würde der jetzt nicht so auftrumpfen, dachte Pielkötter verärgert. »Zumindest verfolgen wir inzwischen eine heiße

Spur. Und damit die nicht kalt wird, muss ich mich jetzt verabschieden.«

Karsting zerquetschte den Rest seiner Zigarette im Aschenbecher, als handele es sich dabei um den Mörder seiner Frau höchstpersönlich. Schwerfällig erhob er sich und führte Pielkötter hinaus.

»Halten Sie mich mit Ihren Ermittlungen auf dem Laufenden. Und wegen der Aussage komme ich natürlich ins Präsidium.«

»Wussten Sie eigentlich, dass Ihre Frau in psychologischer Behandlung war?«, fragte Pielkötter, obwohl von der Antwort nicht viel abhing.

»Was heißt Behandlung? Sie hat ein paar Mal einen Psychologen aufgesucht, aber nichts von Bedeutung.«

»Sie wissen nicht zufällig, aus welchem Grund?«

»Irgendwelche Frauenprobleme.«

»Nun gut, das können wir vielleicht von diesem Psychologen selbst erfahren«, erwiderte Pielkötter. »Dann will ich Sie nicht länger stören. Nochmals herzliches Beileid.«

Frauenprobleme also, dachte er und stieg kopfschüttelnd in seinen Wagen. Dabei fiel ihm wieder die von Miltons Frau erwähnte Lea ein. Er musste unbedingt nachforschen, ob auch sie Probleme in die Arme des Psychologen getrieben hatten.

»Fassen wir die Fakten noch einmal zusammen«, sagte Pielkötter und zog seine Augenbrauen hoch und runter, und zwar im selben Rhythmus, in dem seine Finger nun auf der Schreibtischplatte herumtrommelten. »Dabei beschränke ich mich auf unsere drei Opfer und lasse erst einmal außen vor, was ich heute über Miltons Vergangenheit erfahren habe.«

Skeptisch beobachtete Barnowski seinen Vorgesetzten. Pielkötter wirkte fast ein wenig euphorisch, was Barnowski in Alarmbereitschaft versetzte. Niemals hatte er seinen Chef in diesem Zustand erlebt und irgendwie fürchtete er einen krassen Wechsel von Pielkötters Stimmung.

»Also alle drei ermordeten Frauen haben sich innerhalb einer Zeitspanne von zwei Jahren vor der Tat von ihren Ehemännern getrennt«, fuhr Pielkötter fort. »Zudem wissen wir definitiv, dass

Opfer Nummer eins und Opfer Nummer drei von Mark Milton behandelt wurden. Bei Eva Maria Garden besitzen wir darüber zwar keine Information, aber mein Instinkt sagt mir, dass auch Opfer Nummer zwei Miltons Patientin war. Ich werde ihn einfach damit konfrontieren, dass wir diese Tatsache herausgefunden haben.«

»Aber das ist doch noch gar keine Tatsache«, wandte Barnowski ein. Am liebsten hätte er Pielkötter nun die eigenen klugen Ratschläge um die Ohren gehauen, aber das wollte er lieber doch nicht riskieren, jedenfalls nicht in dieser ungewohnt euphorischen Stimmung, die jeden Moment auch wieder umschlagen könnte.

»Nun, wenn diese Behauptung nicht den Tatsachen entspricht, wird Milton lautstark protestieren. Nur wird das nicht der Fall sein. Vertrauen Sie auf mein Gespür.«

Wenig überzeugt nippte Barnowski an seinem Kaffee. Das Gebräu war für seinen Geschmack viel zu stark und vor allen Dingen lauwarm. Schädlich für den Magen, dachte er, wahrscheinlich genauso schädlich wie diese leidige Diskussion.

»Jetzt frage ich Sie«, hob Pielkötter wieder Augenbrauen und Stimme, »wer wusste von dem gemeinsamen Schicksal der drei Frauen? Ich meine, vor ihrer Ermordung. Immerhin konnten wir keinerlei Verbindungen untereinander nachweisen. Nur ihr Psychologe kannte ihre Geschichte.«

»Stimmt schon«, brummte Barnowski. »Die Theorie hat was. Dennoch müssen wir erst einmal beweisen, dass Eva Maria Garden auch bei ihm in Behandlung war. Und dann sein Motiv. Warum sollte er seine Patientinnen ermorden?«

»Liegt auf der Hand. Seine Frau hat Ihnen gegenüber doch eine bevorstehende Trennung angedeutet.«

»Warum hat er dann nicht direkt seine eigene Frau umgebracht?«, wagte Barnowski einen erneuten Einwand.

»Aber genau das hat er höchstwahrscheinlich.«

Barnowski musterte Pielkötter mit einem Blick, den man mit bestem Willen nicht gerade als intelligent bezeichnen konnte. »Wie? Wieso? Seine Frau lebt doch noch?«

»Jedenfalls seine zweite«, korrigierte Pielkötter. »Soweit ich aber herausgefunden habe, ist seine erste nicht gerade unblutig ums Leben gekommen. Man hat ihm nur nichts nachweisen können. Hier im Haus gibt es sogar eine Akte über den Fall. Das hätte Ihnen eigentlich bei Ihren Recherchen auffallen müssen.«

»So weit war ich noch nicht, ich habe erst einmal im Terrain ermittelt«, gab Barnowski kleinlaut zu.

Pielkötter stieß hörbar die Luft aus. Ihm war bekannt, dass sein Mitarbeiter vom Aktenstudium nicht viel hielt.

Barnowski war viel zu gefesselt vom Fortschritt der Ermittlungen, als dass er sich lange mit seinem Schnitzer aufgehalten hätte. »Jetzt verstehe ich nur eines noch nicht. Warum hat Marion Karsting Milton im Wald nicht erkannt?«

»Immerhin war der Täter mit einem schwarzen Strumpf maskiert« erwiderte Pielkötter ärgerlich. »Zudem glaube ich einfach nicht, dass der Überfall auf das Konto des Mörders geht. Für mich sind das zwei Paar Schuhe. Dieser Überfall passt doch überhaupt nicht ins Profil. Denken Sie nur an den Tatort.«

»Wurde Miltons erste Frau eigentlich auch erstochen?«

»Nicht direkt.«

Bevor Barnowski genauer nachfragen konnte, wie man indirekt erstochen werden konnte, wurden sie durch ein zaghaftes Klopfen unterbrochen. Wie auf Kommando sahen er und Pielkötter zur Tür.

»Ich bin etwas zu früh«, erklärte Mark Milton statt einer Begrüßung.

»Kein Problem«, erwiderte Barnowski. »Am besten setzen Sie sich an den runden Tisch dort in der Ecke.«

Unsicher blickte Mark Milton zu dem schlichten Holztisch, der direkt vor einem Fenster mit halb verdorrten Topfblumen stand. Er fühlte sich alles andere als wohl. Schon bei der ersten Befragung in seiner Praxis hatte ihn Pielkötter hart rangenommen und bei dem letzten Telefonat hatte der Kriminalhauptkommissar kaum Zweifel daran gelassen, wen er für den Täter hielt. Ein anderer hätte die ruppige Art vielleicht Pielkötters Charakter zugeschrieben, aber immerhin war Mark nicht umsonst Psychologe. Nachdenklich setzte er sich auf einen Stuhl. Von dieser Position aus konnte er aus dem Fenster sehen. Normalerweise platzierte er sich immer so, dass er in den Raum hineinblickte. Diese Situation war jedoch nicht normal. Wie abgesprochen belegten die Polizisten die beiden Stühle ihm gegenüber.

»Sind Sie damit einverstanden, dass wir das Gespräch aufzeichnen?«, fragte Barnowski.

Gespräch, stöhnte Mark innerlich, schöne Formulierung. Warum nannten sie die Angelegenheit nicht gleich Vernehmung? Nachdem er sein Einverständnis bekundet und alle möglichen Personalien angegeben hatte, geriet die vermeintliche Unterhaltung ins Stocken. Während Pielkötter ihn mit durchdringendem Blick musterte, fühlte sich Mark Milton zunehmend unwohl. Was trieb der Kriminalhauptkommissar für ein Spielchen? Nur zu deutlich spürte er, dass sie in ihm den Gegner sahen. Er versuchte, sich zu entspannen, aber damit hatte er keinen Erfolg. Alle gelernten Techniken versagten.

»Warum betrachten Sie mich automatisch als Gegner?«, wagte er plötzlich die Flucht nach vorne. »Schließlich waren die Opfer meine Patientinnen. Ich hatte eine Beziehung zu ihnen. Nicht wie Sie vielleicht denken. Aber die Probleme der Menschen, die zu mir kommen, betreffen auch mich. Und genau deshalb habe ich ein starkes Interesse daran, dass diese brutalen Morde aufgeklärt werden.«

Unauffällig gab Pielkötter seinem Mitarbeiter ein Zeichen.

»Merkwürdig«, legte der Kriminalhauptkommissar seinen Köder aus, »alle drei Opfer haben Ihnen sozusagen ihr Herz ausgeschüttet. Barbara Winkler, Eva Maria Garden, ebenso Marion Karsting.«

Unwillkürlich hielt Barnowski den Atem an. Während Mark Milton betroffen zu Boden blickte, grinste Pielkötter siegessicher.

»Ein höchst seltsamer Zufall«, frohlockte er. »Haben Sie irgendeine Erklärung dafür?«

Mark sah hoch und schüttelte den Kopf. »Kann ich bitte ein Glas Wasser bekommen?«

Barnowski stand auf. Der alte Fuchs hat tatsächlich den richtigen Riecher gehabt, dachte er. Eva Maria Garden war tatsächlich

Miltons Patientin. Barnowski musste zugeben, dass nun nicht mehr viel gegen diesen Psychologen als möglichen Täter sprach. Während er mit dem Glas Wasser zurückkehrte, stierte Milton vor sich hin.

»Ich warte immer noch auf eine Erklärung«, drängte Pielkötter ungeduldig.

»Danke«, sagte Milton nur und nahm das Glas entgegen. Als stünde er kurz vor dem Verdursten, leerte er es in einem Zug.

»Dann liefere ich Ihnen eben eine plausible Erklärung«, fuhr Pielkötter fort. »Sie haben die drei Frauen ermordet.«

»Nein!«, schrie Milton, wobei er von seinem Stuhl aufsprang.

»Setzen Sie sich!«

Mark folgte dieser Aufforderung und nahm sich vor, nicht mehr so impulsiv zu reagieren. Letztendlich waren das alles Vermutungen, sie hatten nichts gegen ihn in der Hand.

»Keiner außer Ihnen kannte alle drei Frauen.«

»Aber ich habe doch kein Motiv«, wandte Milton ein. »Warum sollte ich meine eigenen Patienten umbringen? Das wäre doch wahnwitzig.«

»Jeder Mord ist doch irgendwie wahnwitzig«, schaltete sich nun Barnowski ein.

»Kommen wir auf das Motiv zurück. Wie wir erfahren haben, steht es mit Ihrer Ehe nicht gerade zum Besten. Ihre Frau überlegt, sich von Ihnen zu trennen.«

»Woher wissen Sie das?«

»Das tut nichts zur Sache.«

Milton wirkte in diesem Moment so unglücklich, dass Barnowski Mitleid verspürte. Zudem konnte er sich diesen Mann einfach nicht als Mörder vorstellen, auch wenn einige Tatsachen gegen ihn sprachen und Mörder in der Regel wie normale Menschen aussahen.

»Noch ein Glas Wasser?«

»Nein danke«, lehnte Mark ab. »Sie glauben also wirklich, ich hätte die Frauen umgebracht, weil sie ihre Männer verlassen haben. Beziehungsweise meine eigene Frau ihnen nacheifern will?«

»Ausgerechnet Ihnen brauche ich doch jetzt nichts über Projektion zu erzählen, Sie sind doch der Psychologe. Sie haben Ihre Wut einfach an den anderen Frauen ausgelassen, anstatt sich mit der eigenen Frau auseinanderzusetzen.«

Betroffen starrte Mark aus dem Fenster. Leider konnte er dieser Argumentation eine gewisse Logik nicht absprechen.

»Ich besitze aber nicht diese kriminelle Energie«, sagte er plötzlich mit fester Stimme, nachdem er eine Weile geschwiegen hatte. »Zudem kommt auch jeder der Ehemänner der getöteten Frauen als Mörder in Frage. Auch er könnte doch einen Hass auf getrennt lebende Frauen entwickelt haben. Vielleicht hat er die anderen beiden ermordet, um von sich abzulenken.«

»Wie sollte besagter Ehemann denn wissen, wen er noch umbringen muss?«, erwiderte Pielkötter mit ironischer Stimme. »Sie sind der Einzige, der über alle drei Frauen Bescheid wusste. Genau das ist doch der Punkt.«

»Aber ich war es nicht. Deshalb werden Sie von mir auch nichts an irgendeinem der drei Tatorte finden.«

»Das lassen Sie unsere Sorge sein.«

»Kann ich jetzt gehen?«, fragte Mark Milton. »Oder haben Sie noch weitere Fragen?«

»Die haben wir in der Tat«, antwortete Pielkötter. »Warum haben Sie mir nicht gleich von dem mysteriösen Tod Ihrer ersten Frau erzählt?«

Augenblicklich driftete Marks Gesichtsfarbe in Richtung aschfahl. Lag es daran, dass Pielkötter offensichtlich in seiner Vergangenheit herumgewühlt hatte, oder daran, dass er das Bild der toten Lea plötzlich so real vor Augen sah?

»Es war Selbstmord«, erklärte Mark, nachdem alle eine Weile geschwiegen hatten.

»Zumindest konnte man einen Selbstmord nicht ausschließen«, entgegnete Pielkötter mit vielsagendem Blick. »Nach meiner Information hat dieser sogenannte Selbstmord die Ermittler eine ganze Weile beschäftigt. Die Schnittwunden an den Handgelenken waren ungewöhnlich tief. Zudem wurde eine beträchtliche Dosis an Schlafmitteln in Lea Miltons Blut nachgewiesen.«

»Ich weiß. Trotzdem war es Selbstmord.«

»Und warum haben Sie uns den dann verschwiegen?«

»Wahrscheinlich habe ich einfach keinen Zusammenhang zu dem Mord an Barbara Winkler gesehen.«

»So, so, drei Ihrer Patientinnen werden erstochen, Ihre erste Frau verblutet mit aufgeschnittenen Pulsadern, aber Sie sehen einfach keinerlei Zusammenhang. Im Übrigen war Lea auch eine Patientin von Ihnen.«

»Leider stimmt das«, gab Mark kleinlaut zu. »Vielleicht wäre sie heute noch am Leben, wenn ich nicht mit diesem ungeschriebenen Gesetz gebrochen hätte. Patientinnen sind tabu, absolut. Unsere Beziehung begann zwar erst, nachdem Lea nicht mehr zu meinen Patienten gehörte, aber sie hat trotzdem ein schreckliches Ende gefunden.«

»Wie haben Sie Lea genau kennengelernt?«, fragte Pielkötter.

»Nach dem Studium habe ich zunächst in einer Duisburger Klinik in der Psychiatrie gearbeitet. Lea war für mich zunächst nichts weiter als eine Patientin. Nun gut, vielleicht eine, an der mir besonders viel lag. Ohne Hintergedanken natürlich. Einige Zeit nachdem sie entlassen worden war, habe ich übrigens auch in der Klinik aufgehört.«

»Und dann haben Sie sich zum Essen verabredet«, platzte es aus Barnowski heraus, womit er sich einen strafenden Blick von Pielkötter einfing.

»Nein, nein«, wehrte Mark Milton ab. »Ich habe sie erst ein Jahr später zufällig getroffen. Inzwischen hatte ich eine eigene Praxis. Sie kam auch nicht als Patientin zu mir. Wir sind uns an der Volkshochschule begegnet. Ich habe dort einen Vortrag über Therapieformen bei psychischen Erkrankungen gegeben. Sie war eine der Teilnehmerinnen. Nach dem Vortrag ist sie zu mir gekommen. Hat sich für meine Hilfe bedankt und vorgeschlagen, noch irgendwo etwas zu trinken. An dem Abend sind wir in der Bar am Theater gelandet. Inzwischen weiß ich, wie groß dieser Fehler war.«

Während Barnowski ihn in gewisser Weise verstehen konnte, drückte Pielkötters Miene nichts als Abscheu aus. Tabus waren nun einmal nicht dazu da, gebrochen zu werden.

»Lea erschien mir wirklich vollkommen geheilt«, fuhr Mark Milton fort. »Natürlich weiß ich, dass Depressionen in Schüben verlaufen können, aber in diesem Moment habe ich das ganz einfach ausgeblendet.«

»Und als die Depressionen zurückkehrten, waren Sie bereits mit ihr liiert.«

»Das wissen Sie doch schon alles«, schrie Mark erregt und geriet in Versuchung, einfach aufzuspringen und davonzulaufen. Dabei schmerzte die Erinnerung weitaus mehr, als Pielkötters offensichtlicher Verdacht.

»Sie haben Ihrer Frau professionelle Hilfe vorenthalten. Allein das werte ich als schwerwiegenden Tatbestand.«

»Lea hat einen anderen Therapeuten abgelehnt, zu dem ich ihr geraten habe. Und ich konnte sie nun nicht mehr behandeln«, verteidigte sich Mark.

»Möglicherweise kam Ihnen das ganz gelegen«, entgegnete Pielkötter. »Immerhin besaß Ihre Frau ein beträchtliches Vermögen. Soviel ich erfahren habe, waren Sie der einzige Erbe.«

»Dann wissen Sie sicher auch, dass ich keinen Cent davon für mich behalten habe. Ich habe unter Leas Namen eine Stiftung zur Unterstützung psychisch kranker Menschen gegründet.«

»Nach den unerwarteten Ermittlungen und der Schuld, die Sie auf sich geladen haben, hätte ich das an Ihrer Stelle auch getan.«

Die Art, in der Pielkötter Mark dabei ansah, ließ keinerlei Zweifel aufkommen, welche Schuld er meinte.

»Jetzt dürfen Sie gehen«, erklärte Pielkötter plötzlich.

Mark erhob sich und lief wie ein gebrochener Mann zur Tür.

»Dem haben Sie ja ganz schön eingeheizt«, sagte Barnowski, nachdem Mark das Büro verlassen hatte. »Spätestens jetzt ist dem klar geworden, in welch misslicher Lage er steckt.«

»Dabei ist das erst der Anfang. Seine Lage wird sich noch einmal drastisch verschlechtern, sobald der Staatsanwalt davon weiß.«

»Jedenfalls hat er Recht, was die fehlenden Beweise am Tatort betrifft«, wandte Barnowski ein.

»Trotzdem haben wir nun genug für einen Hausdurchsuchungsbefehl«, entgegnete Pielkötter und griff entschlossen zum Telefon.

Unruhig wartete der Mann in seinem Wagen und starrte auf die Haustür des gegenüberliegenden Wohnhauses. Nach dem, was er bisher über den Tagesablauf seines nächsten Opfers herausgefunden hatte, sollte die Frau das Haus schon längst verlassen haben. Am Anfang seiner Mission hatte ihn keine Eile angetrieben, aber jetzt kurz vor der Vollendung, saß ihm die Zeit im Nacken. Er musste seinen Rachefeldzug endlich zum Abschluss bringen, allein schon wegen der Polizei. Zweifellos hinterließ jeder neue Mord Spuren, die zu ihm führen würden. Eigentlich kannte er weder Angst vor der Polizei, noch vor einer Strafe. Nur vor einer frühzeitigen Verhaftung fürchtete er sich. Man durfte ihn auf keinen Fall überführen, ehe das Blut auch die letzten Sünden jungfräulich reingewaschen hatte.

Plötzlich fesselte die sich langsam öffnende Haustür seine Aufmerksamkeit. Ein älterer Herr mit Hut trat heraus. Enttäuscht wollte er sich schon abwenden, aber der Mann hielt die Tür weiter auf und schien mit einer Person im Inneren des Flures zu plaudern. Endlich kam eine junge Frau in sein Blickfeld. Sie lief zu einem roten Mazda, der wenige Meter vor seinem Wagen parkte. Als sie losfuhr, folgte er ihr. Sie bog einige Male ab, ohne Duisburg-Neudorf jedoch zu verlassen. Schließlich hielt sie vor einer Reinigung.

Erleichtert atmete er auf. Sein Vorhaben lief also nach Plan. Er brauchte nicht lange zu warten, bis sie zurückkehrte. Sobald sie in ihrem Wagen saß, wollte er einen kleinen Unfall inszenieren. Gleichzeitig mit ihr startete er den Motor, doch als sie vom Parkplatz auf die Fahrbahn wechselte, rauschte von hinten ein Sportwagen mit erhöhter Geschwindigkeit heran. Der Fahrer musste stark bremsen, um nicht auf den Mazda aufzufahren. Das hätte ihm gerade noch gefehlt. Er hasste es, spontan reagieren zu müssen. Missmutig fuhr er hinter dem Sportwagen her. Jetzt lief er Gefahr, die Frau im Verkehr zu verlieren. Zum Glück bog sein Vordermann an der zweiten Querstraße ab und er war wieder direkt hinter der Frau.

An der Mülheimer Straße hielt sie sich in Richtung Innenstadt. Er hoffte, dass sie nur einkaufen wollte und keine größere Fahrt eingeplant hatte. Soweit er in Erfahrung gebracht hatte, hatte sie in der letzten Zeit öfter mehrere Tage außer Haus verbracht, womöglich um einen entfernt wohnenden Liebhaber zu besuchen. Nervös riskierte er einen Blick auf seine Tankuhr, die nichts Gutes verhieß.

Plötzlich scherte die Frau auf die linke Spur und bog am Averdunk- Zentrum zum unterirdischen Parkhaus ab. Sein Puls raste. Während er ihr über die inzwischen rote Ampel folgte, bereitete er sich auf seinen Angriff vor. Als die Frau anhielt, um eine Parkkarte zu ziehen, fuhr er auf ihren Mazda auf. Aufgeregt lief sie um ihren Wagen herum und besah sich den Schaden. Nun stieg auch er aus.

»Tut mir schrecklich leid«, erklärte er. »Selbstverständlich komme ich für die Reparaturkosten auf. Auch für die Unannehmlichkeiten. Wenn wir die Angelegenheit ohne Polizei regeln könnten.«

Zu seinem Erstaunen erwiderte sie nichts. Schweigend starrte sie auf die Stoßstange ihres Mazdas, die leicht verbeult war. Soviel er erkennen konnte, hatte der Lack der Karosserie nicht einen einzigen Kratzer abbekommen.

»Ich stehe noch ganz unter Schock«, erklärte sie schließlich. »Vorhin wäre mir nämlich fast schon jemand in den Wagen gefahren. Das wäre dann nicht so glimpflich ausgegangen.« Mit einer fahrigen Bewegung strich sie sich eine Haarsträhne aus dem Gesicht. An ihrem Hals hatten sich hektische rote Flecken gebildet.

»Nur die Stoßstange hat es erwischt«, versuchte er, sie zu beruhigen.

Sie nickte.

»Am besten zahle ich den Schaden hier in bar. Falls Sie möchten, gebe ich Ihnen direkt dreihundert Euro oder auch mehr.«

»Dreihundert Euro reichen mit Sicherheit aus«, erklärte sie, »auch wenn ich keine Ahnung von Ersatzteilen habe.«

Während ein Autofahrer hinter ihnen hupte, zog er seine Brieftasche aus seiner Jacke und überreichte ihr sechs Fünfzig-Euro-Scheine.

»Wir treffen uns gleich am Eingang vor dem Kaufhaus«, schlug er vor. »Bis dahin habe ich auch meine Visitenkarte gefunden.«

»Okay«, erwiderte sie und stieg in den Mazda, ehe die ungeduldigen Fahrer hinter ihnen ein Hupkonzert anstimmen konnten.

Zufrieden fuhr er hinter ihr ins Parkhaus. Die Sache lief besser an, als er erwartet hatte. Bestimmt würde er sie zu einem gemeinsamen Kaffee überreden können. Immerhin hatte sie nichts von einem Termin erzählt, den sie zu verpassen fürchtete.

Langsam fuhr die Frau an der ersten leeren Parklücke vorbei. Wahrscheinlich zu eng für sie, dachte er, während er seinen Wagen in einem großen Bogen in die Lücke fuhr, ohne noch einmal zurückzusetzen. Eilig stieg er aus und spähte in die Richtung, in die sie weitergefahren war. Offensichtlich hatte sie einen Frauenparkplatz direkt gegenüber dem Ausgang ergattert. Während er auf sie zulief, gestand er sich ein, dass diese Frau ein wenig aus dem Rahmen fiel. Natürlich war sie jünger als seine bisherigen Opfer und sie hatte noch nicht alle Voraussetzungen geschaffen. Trotzdem war er sicher, dass sie ihren Weg konsequent verfolgen würde. Leider einen Weg der Sünde, der zwangsläufig die Sühne nach sich zog. Dennoch war sie anders als die anderen Frauen, ohne dass er sagen könnte, inwiefern eigentlich. Als er auf sie zukam, lächelte sie, und zum ersten Mal bedauerte er seine blutige Pflicht.

»Darf ich Sie zu einem Kaffee einladen?«, fragte er so liebenswürdig wie möglich. »Sie sehen so aus, als könnten Ihnen ein Platz zum Sitzen und ein heißes Getränk nicht schaden.«

»Gerne«, erwiderte sie. »Gute Gelegenheit, alles in Ruhe zu besprechen. Dreihundert Euro sind wahrscheinlich viel zu viel.«

»Darüber zerbrechen Sie sich mal nicht den Kopf«, erwiderte er und führte sie nach oben.

Obwohl der Himmel am frühen Morgen vollkommen bedeckt gewesen war, empfing sie auf der Königstraße strahlender Sonnenschein. Sein Blick fiel direkt auf das Café Dobbelstein unweit des Gerichts. Wie passend, dachte er mit einer gewissen Genugtuung. Er zeigte darauf und erklärte: »Nur ein paar Schritte.«

»Ich war schon öfter dort«, erwiderte sie. »Gediegene Atmosphäre und unübertroffener Kuchen.«

Das finden andere wohl auch, dachte er, als sie den gut besetzten Gastraum betraten. Dennoch hatten sie Glück und bekamen einen Tisch am Fenster, der gerade frei geworden war. Sie hatten kaum Zeit, die Karte zu studieren, als auch schon die Bedienung erschien. Die Frau bestellte Apfelkuchen und ein Kännchen Kaffee, und er schloss sich dieser Bestellung an.

»Dreihundert sind wirklich zu viel«, erklärte sie, als hätte sie, vielleicht auch wegen des Kuchens, ein schlechtes Gewissen.

Lächelnd zog er seine Brieftasche aus der Jackentasche und suchte darin herum. Offensichtlich hatte er die Visitenkarte noch nicht gefunden. Als sie neugierig auf seinen Ausweis starrte, klappte er die Ledermappe schnell wieder zu. Sie hatte nur einen kurzen Blick auf sein Passfoto erhascht, aber sie hatte doch erkennen können, dass er mit dem Bild nicht viel Ähnlichkeit besaß. Allerdings traf das wohl auf die meisten Menschen zu. Seine kurze, verärgerte Reaktion, als sie einen Blick auf seinen Ausweis erhascht hatte, verunsicherte sie jedoch. Eilig strich sie eine Haarsträhne nach hinten, als könnte sie damit auch ihre merkwürdigen Gedanken beiseiteschieben. Dieser kleine Unfall und die Schrecksekunde, als der Sportwagen sie fast gerammt hätte, brachten sie offensichtlich ganz durcheinander. Der Mann hatte ihr mehr als genug Geld gegeben und sie hatte keinen Grund, misstrauisch zu sein.

»Endlich habe ich sie gefunden«, sagte der Mann plötzlich und überreichte ihr eine kleine, weiße Karte.

Thorsten Grundstein, las sie, Rechtsanwalt, Spezialgebiet Scheidungsverfahren.

»Falls Sie mit dem Geld nicht auskommen sollten. Unten steht meine Handynummer.«

Die Visitenkarte hatte er extra für sie anfertigen lassen. Obwohl weder Beruf noch Name stimmten, ging er mit diesem Köder ein hohes Risiko ein. Falls sie Verdacht schöpfen und die Polizei einschalten würde, könnte diese ihn anhand der Handynummer identifizieren. Vielleicht war die Herausgabe der Karte genauso ein Fehler gewesen wie das Öffnen der Brieftasche vor ihren Augen. Leider konnte er beides nicht mehr ungeschehen machen. Jetzt musste er versuchen, das Risiko zu minimieren, indem er möglichst schnell handelte.

»Oh, Sie sind Scheidungsanwalt«, sagte sie erstaunt. »Sicher ein interessanter Beruf.«

»Leider auch ein trauriger«, entgegnete er mit ernster Miene. »Hinter jeder Scheidung steckt ein tragisches Schicksal, nicht wahr?«

»Ja, natürlich, aber manchmal ist es wohl die bessere Alternative. Ich meine, wenn man sich auseinandergelebt hat.«

Als die Bedienung Kaffee und Kuchen servierte, unterbrachen sie kurz das Gespräch.

»Aber haben nicht alle Paare geschworen zusammenzubleiben, bis der Tod sie scheidet«, fuhr er fort, während sie den Kuchen probierte.

»Zumindest die kirchlich Getrauten«, entgegnete sie nach einem ersten Schluck Kaffee.

»Haben Sie denn nicht kirchlich geheiratet?«

»Doch, schon. Aber heutzutage machen das nicht mehr alle.«

Heutzutage, allein dieses Wort löste extreme Verärgerung in ihm aus, die er jedoch auf keinen Fall zeigen durfte. Schließlich wollte er ihr Vertrauen gewinnen, und das möglichst schnell. Hastig trank er nun von dem Kaffee, als könnte er damit den Ärger hinunterspülen. »Könnten Sie sich eine Scheidung für sich persönlich vorstellen?«, fragte er nun ganz gezielt.

Gedankenverloren starrte sie aus dem Fenster auf die vorbeieilenden Menschen auf der Königstraße. Er sah ihren Kopf nur im Profil, doch selbst aus dieser seitlichen Position konnte er aus ihrer Miene eine gewisse Betroffenheit ablesen.

»Da haben Sie wohl meinen wunden Punkt getroffen«, erklärte sie, als sie sich ihm nach einer Weile des Schweigens wieder zuwandte.

»Falls ich Sie recht verstehe, steht Ihre Ehe kurz vor dem Scheitern.«

»Nun, wenn Sie es denn so nennen wollen. Ich finde für diesen Zustand einfach noch nicht die richtigen Worte. Manchmal hege ich trotz allem zaghafte Hoffnung, aber eigentlich ist es vorbei. Ich habe nur noch nicht den Mut gefunden, klare Verhältnisse zu schaffen. – Aber was schütte ich Sie mit meinen Problemen zu?«

Ärgerlich stieß sie ihre Gabel in den Apfelkuchen. Während sie das Stück in sich hineinschaufelte, als hätte sie seit langer Zeit nichts mehr gegessen, beobachtete er sie diskret. Die Phasen ihrer häuslichen Abwesenheit hatte er also richtig gedeutet. Eigentlich sollte er darüber eine gewisse Genugtuung verspüren, aber er hatte doch etwas anderes erhofft. Nun hatte die Frau mit ihrem Bekenntnis ihr eigenes Todesurteil gesprochen, und er musste sich nur noch Gedanken über den Zeitpunkt der Vollstreckung machen. Je eher, desto besser. Er jedenfalls war bereit.

»Falls Sie Beratung wünschen, stehe ich Ihnen gerne zur Verfügung«, erklärte er mit einschmeichelnder Stimme. »Selbstverständlich kostenlos.« Mitleidig sah er ihr in die Augen.

»Das Angebot ist wirklich sehr nett von Ihnen«, erwiderte sie. »Vielleicht bin ich jedoch noch nicht soweit. Irgendwie schrecke ich noch davor zurück, mit meinem Mann zu reden. Natürlich hat der jede Menge Fehler gemacht, ich ja auch, aber er hat sich nichts Großartiges zuschulden kommen lassen. Nichts, was diesen Schritt unbedingt rechtfertigen würde. Er hat mich nie geschlagen, auch nicht die Kinder. Er ist nicht einmal fremdgegangen.«

»Trotzdem wollen Sie ihn verlassen?«

»Wir leben einfach in einer anderen Welt.« Nervös nippte sie an der Kaffeetasse und schaute auf ihre Uhr.

Nun musste er heucheln, aber es ging schließlich um ein höheres Interesse. »Ja, dann ist eine Scheidung vielleicht wirklich das Beste. Wenn Sie wollen, kommen Sie mit in meine Kanzlei, wir können da in aller Ruhe über die Möglichkeiten sprechen, die Sie jetzt haben. Zudem habe ich dort viel Informationsmaterial.«

Unentschlossen spielte sie mit der Kuchengabel, zerdrückte imaginäre Krümel und schob sie auf dem Teller herum. Dann schaute sie erneut auf die Uhr »Wirklich nett von Ihnen, aber heute passt es nicht«, erklärte sie plötzlich mit entschlossener Miene. »Ich muss meinen Sohn gleich vom Kindergarten abholen.«

Es bereitete ihm große Mühe, sich die Enttäuschung nicht anmerken zu lassen.

»Ein anderes Mal komme ich gern auf Ihr Angebot zurück«, fügte sie hinzu. »Ich rufe Sie an. Ihre Telefonnummer steht ja auf der Visitenkarte. Ich werde Sie sowieso anrufen, sobald ich weiß, was die Stoßstange kostet. Sicher bekommen Sie noch Geld zurück.«

Demonstrativ warf sie noch einen Blick auf die Visitenkarte, dann verstaute sie sie in ihrer Handtasche. »Auf Wiedersehen«, verabschiedete sie sich nun schnell und erhob sich. »Und danke für die Einladung.«

Während sie fast im Laufschritt das Café verließ, starrte er missmutig vor sich hin. Sein ungutes Gefühl würde erst verschwinden, nachdem auch diese Frau für ihre Schuld gezahlt hatte.

Mit wenig Freude studierte Mark die Speisekarte des Restaurants Maredo in der Duisburger Innenstadt. Er saß direkt an der Glastür, die im Sommer sicher geöffnet würde. Susanne hatte sich genau ihm gegenüber platziert. Eigentlich hatte er sie ganz feudal ausführen wollen, aber sie hatte das Maredo vorgeschlagen. Angeblich ließ ihr geringer Hunger nur einen kleinen Salat vom Buffet zu. Außerdem erklärte sie, das mexikanische Ambiente zu mögen, die bräunlichen Kacheln mit den originellen bunten Mustern, die Ventilatoren an der Decke. Mark jedoch vermutete ganz andere Gründe. Vielleicht wollte sie dieses Mahl nur nicht zu feierlich gestalten, weil es in ihrer Beziehung nichts mehr zu feiern gab.

Trotzdem wollte er sich nicht entmutigen lassen. Spätestens seit dieser Vernehmung im Polizeipräsidium wusste er, dass er in die Offensive gehen musste. Er wollte alles in Bewegung setzen, um sowohl seine Ehe zu retten als auch den Mörder zu finden. Falls er wirklich die einzige Verbindung zwischen den Frauen darstellte, konnte das Geheimnis nur in seiner Praxis liegen. Während er Susannes Profil betrachtete, geriet er in Versuchung, ihr von dem Verhör zu erzählen, aber irgendetwas hielt ihn zurück. Schließlich hatte sie ohnehin genug Schwierigkeiten mit ihm. Er wollte keine neuen Probleme zwischen ihnen auftürmen.

Susanne jedoch starrte gedankenverloren auf die Königstraße hinaus und erinnerte sich an den Cafébesuch mit Grundstein, nicht allzu weit von dieser Stelle entfernt. Die Karte des Anwalts steckte verborgen in ihrer Handtasche. Würde sie ihn anrufen? Sie war nicht sicher. Aus einem undefinierbaren Grund hatte sie Mark nicht einmal von dem Unfall erzählt. Ihre Lebenswege schienen immer weiter auseinanderzudriften. Die abnehmenden Berührungspunkte schmerzten dafür umso mehr. Genau wie dieses gemeinsame Essen, zu dem sie sich nicht hätte überreden lassen dürfen.

»Ich habe über uns nachgedacht«, fuhr Mark in ihre Gedanken.

Ruckartig wandte sie den Blick vom Fenster ab und starrte in sein ernstes Gesicht.

»Vielleicht sollten wir wirklich ins Grüne ziehen. Schon den Kindern zuliebe. Ich bin jetzt bereit, das Geld von deinen Eltern anzunehmen.«

»Wirklich?«, fragte sie ungläubig.

»Ich meine, wir könnten es später zurückzahlen, wenn es uns finanziell besser geht. Falls du darauf bestehst, behalten wir es auch. Ich möchte einfach, dass du wieder glücklich bist.«

»Und du glaubst ernsthaft, mit diesem Zugeständnis könntest du unsere Ehe retten?«

Susanne lachte kurz und trocken auf. Seine eigene Kehle fühlte sich an wie zugeschnürt. Kündigte dieses gekünstelte Lachen wirklich das Ende seiner Ehe an? Nein, das mochte er nicht glauben.

»Ich habe es satt, dass eine andere Frau zwischen uns steht. Habe genug davon, dich nachts ihren Namen schreien zu hören.«

Betroffen starrte ihr Mark ins Gesicht. »Wir können über alles reden«, flüsterte er, nachdem sie beide eine Weile geschwiegen hatten.

»Ich will nicht mehr reden. Ich will ein anderes Leben.«

Augenblicklich schnürte sich Marks Kehle ganz und gar zusammen. Er hätte sie gerne gefragt, ob er in diesem neuen Leben eine Rolle spielen würde. Die Frage schien sich durch seinen Körper hindurchzubrennen, aber er hatte Angst vor einer drastischen Antwort. Niemals zuvor hatte er die Macht der Worte so gefürchtet wie in diesem Augenblick.

»Ich weiß noch nicht, wie dieses andere Leben aussehen soll«, erklärte sie plötzlich, als hätte sie seine Gedanken erraten. »Lass mir noch etwas Zeit.«

Schweigend stocherte er in seinem Salat herum. Auch ihm war inzwischen der Appetit vergangen. Anscheinend hatte Susanne schon vorher gewusst, dass diese Aussprache nicht zu einem feudalen Mahl passte. Nur er hatte geglaubt, sein Friedensangebot könnte Susanne beeindrucken.

Unzufrieden stieg der Mann in seinen Wagen. Er wollte nicht mehr auf einen Anruf von Susanne Milton hoffen. Alles könnte einfach sein, wenn sie sich bei ihm melden würde. Dann fände er eine Möglichkeit, sie in sein Haus zu locken, um sein Werk endlich zu vollenden. So aber war er zur Untätigkeit verdammt und das hasste er. Wie so oft in letzter Zeit würde er vor Miltons Tür herumlungern, um einen günstigen Augenblick abzupassen, an sein letztes Opfer heranzukommen.

Allmählich steigerte sich seine Nervosität. Falls er noch länger warten müsste, würde er wahnsinnig. In Gedanken versunken lenkte er den Wagen durch den dichten Verkehr. Schräg gegenüber dem Wohnhaus, in dem die Miltons lebten, fand er einen Parkplatz. Mit mürrischer Miene beobachtete er den Hauseingang. Gerade als seine Konzentration nachzulassen drohte, stürmte ein kleiner Junge heraus, dessen Haarfarbe ihn an Mark Milton erinnerte. Er hielt ein kleines Köfferchen in der Hand und stellte sich an das Auto, das der Mann nur zu gut kannte. Er zögerte nur einen kurzen Moment, dann sprang er aus dem Wagen, hastete über die Straße und hielt erst kurz vor dem Kind inne.

»Na, fährst wohl in Urlaub«, sprach er den Jungen an.

»Nö, nur zu Oma und Opa Essen«, erwiderte dieser.

»Komischer Name.«

»Die heißen doch nicht so. Die wohnen da.«

»Und wie heißen die?«

»Meine Oma Hannah Evelyn und mein Opa Hartmut«, gab der Kleine bereitwillig Auskunft. »Außerdem heißen beide Henkelmann.« Nach einer kurzen Abschiedsfloskel drehte er sich eilig um und verschwand hinter vorbeieilenden Passanten.

Mit weichen Knien nutzte er die Deckung durch zwei korpulente Damen. Das war knapp, dachte er, fast hätte sie mich entdeckt. Plötzlich war Susanne mit einem Koffer in der Hand und einem kleinen Mädchen auf dem Arm aus dem Haus getreten. Glücklicherweise hatte sie zunächst in die andere Richtung geschaut. Als er sich weit genug entfernt hatte, lächelte er zufrieden.

Ohne große Mühe würde sich die Adresse der Henkelmanns aus dem Telefonbuch heraussuchen lassen. Wie er Susanne Milton einschätzte, würde sie ihre Eltern als Kindermädchen nutzen, um sich Freiräume zu schaffen. Freiräume, genau das war doch der Hauptwunsch der Frauen von heute, nicht ihrer Familie ein Heim zu schaffen. Dafür verachtete er Susanne und all die anderen. Nun, auch der letzten Sünderin auf seiner Liste würde der Freiheitsdrang zum Verhängnis werden.

Aus dem Koffer in ihrer Hand schloss er, dass auch Susanne einige Tage bei ihren Eltern verbringen wollte. Sicherlich würde sie in dieser Zeit die elterliche Wohnung allein verlassen. Genau dann wollte er zuschlagen. Möglichst bald, ehe jemand sein Geheimnis ergründen konnte. Dabei traute er dem Psychologen noch mehr Spürsinn zu als der Polizei. Milton brauchte sich nur an Luisa zu erinnern. Er musste sie nicht zwangsläufig aus seinem Gedächtnis gestrichen haben, nur weil er ihre Akte heimlich entfernt hatte.

Seufzend füllte Mark einen Cognacschwenker und schaltete dann den Fernseher ein. Er sah selten fern, aber heute hatte er zu nichts anderem Lust, nicht einmal zum Joggen. Eigentlich war ihm ziemlich egal, welche Sendung gerade lief, Hauptsache irgendwelche Leute würden reden. Die Stille in der Wohnung empfand er als unerträglich. Kaum waren sie aus dem Maredo nach Hause gekommen, hatte Susanne die Koffer gepackt, um mit den Kindern ein paar Tage bei ihren Eltern zu verbringen.

Sie läuft vor mir davon, dachte er bitter, vor mir und unserer Beziehung. Kein Wunder bei einem Mann, der unter Mordverdacht steht. Am schlimmsten empfand er, dass sie nicht einmal darüber geredet hatten. Susanne hatte ihm keine Gelegenheit zur Verteidigung gegeben. Dabei hatte die Polizei doch sicher mit ihr Kontakt aufgenommen. Jedenfalls war das während der Vernehmung klar herausgekommen. Betroffen von dieser Erkenntnis stürzte er die Hälfte des Cognacs auf einmal hinunter. Er durfte nicht wieder grübeln, das brachte nichts, er würde mit ihr reden müssen, vor allem über seine Vergangenheit.

Regungslos saß Mark auf seiner Couch und starrte auf den Bildschirm. Dabei dachte er an die Akten, die die Polizei zunächst beschlagnahmt und ihm heute Morgen zurückgebracht hatte. Seinen Laptop hatten sie auch gleich mitgenommen. Als es an der Tür seiner Praxis geklingelt hatte, war er sicher gewesen, verhaftet zu werden. Jedenfalls stand er kurz davor, da machte er sich nichts mehr vor.

Unwillkürlich griff er zum Cognacschwenker, doch dann schob er das Glas mit einem Ruck zur Seite. In seinem Hirn reifte ein Plan, mit dem er hoffentlich seinen Kopf aus der Schlinge ziehen konnte. Er musste dringend in seine Praxis fahren, weil genau dort der Schlüssel zu den grauenvollen Morden lag. Wenn die Polizei den Patientenakten und den Dateien auf seinem Laptop so viel Bedeutung beimaß, gab es sicher einen Grund dafür.

Auf der Fahrt in die Innenstadt kreisten seine Gedanken unaufhörlich um diese Dokumente. Irgendetwas Wichtiges musste er übersehen haben. Im Geiste ging er seine Patientenkartei durch.

Und dann kam auf einmal die Erinnerung zurück an den Morgen, als er die Kartei in einer ungewöhnlichen Ordnung vorgefunden hatte. Bevor er abends seine Praxis verließ, suchte er stets die Akten der ersten beiden Patienten des nächsten Tages heraus und stellte sie an den Anfang der Kartei. An jenem Morgen hatte er die Akten jedoch alphabetisch eingeordnet vorgefunden. Natürlich hätte er das Umsortieren einmal vergessen können, aber zusätzlich hatte ihn ein ungewöhnlich herber Geruch in seiner Praxis irritiert. Der ungewöhnliche Duft hatte ihn an das Rasierwasser seines einzigen, längst verstorbenen Onkels erinnert. Ein Patient jedoch, der dieses Rasierwasser benutzte, wollte ihm nicht einfallen. Seine Putzfrau konnte er für den herben Duft auch kaum verantwortlich machen. Natürlich hatte er an einen Einbruch gedacht. Aber diese Indizien hatten ihm damals für eine Anzeige nicht ausgereicht. Außerdem hatte er nichts vermisst. Bald schon hatte er die merkwürdige Angelegenheit so gut wie vergessen.

Nun aber erschienen ihm diese Ungereimtheiten in einem ganz neuen Licht. Womöglich waren sie der Schlüssel zu den grauenvollen Morden. Plötzlich konnte er seine Praxis nicht schnell genug erreichen. Allerdings schlich der Autofahrer vor ihm so langsam auf die grüne Ampel zu, dass Mark ihn am liebsten angeschoben hätte. Verärgert registrierte er, wie die Ampel umsprang und sein Vordermann gerade noch bei Gelb hinüberrauschte.

»Mist«, fluchte er.

Jetzt fehlte nur noch, dass er stundenlang nach einem Parkplatz suchen musste. Aber er hatte Glück. Eilig quetschte er sich in eine halbwegs akzeptable Parklücke, dann lief er die wenigen Schritte zu seiner Praxis.

Er begann damit, alle Namen aus seinem Gedächtnis zu notieren. Nachdem er etliche Patienten aufgelistet hatte, legte er den Füllfederhalter plötzlich zur Seite. Der Name, den er soeben aufgeschrieben hatte, lautete Katharina Burgmeister. Abgesehen von Lea, war sie die erste Patientin, die er durch Tod verloren hatte. Durch einen Autounfall, wie er gehört hatte. Seltsamerweise erinnerte die letzte Phase ihres Lebens auffallend dem Schicksal aller ermordeten Patientinnen.

Er konnte er sich noch gut an die Frau erinnern. Mit Anfang vierzig hatte sie noch einmal ein Studium begonnen und sich nach dem Abschluss wieder ins Berufsleben gestürzt. Ihrer traditionellen Ehe war diese Art von Emanzipation nicht gerade gut bekommen. Deshalb hatte sich Katharina Burgmeister gegenüber ihrem Mann schuldig gefühlt. Ihr Unterbewusstsein hatte die Spannungen in einem Waschzwang zu kompensieren versucht. Mark hatte ihr schließlich helfen können, indem er ihren Willen gestärkt hatte. Leider war ihre Ehe dabei auf der Strecke geblieben. Die Parallelen zu den ermordeten Frauen erschreckten ihn. Genaueres würde er aus ihrer Karteikarte erfahren.

Aber die Karteikarte von Katharina Burgmeister fehlte.

Mit zitternden Fingern ging er noch einmal die ganze Kartei durch. Er selbst hatte die Karte garantiert nicht ausgesondert, nur weil die Patientin verstorben war. Für das Fehlen konnte es nur eine Erklärung geben. Der Mörder war tatsächlich in seine Praxis eingebrochen, hatte die Fälle herausgesucht, in denen es um Trennung ging, sich die notwendigen Informationen über diese Patientinnen aus der Kartei beschafft und gleichzeitig die Spur zu Katharina Burgmeister beseitigt. Aufgewühlt klappte Mark seinen Laptop auf. Zum Glück hatte er alle Daten noch einmal gespeichert. Vor lauter Aufregung tippte er beim ersten Anlauf ein falsches Passwort ein. Endlich fand er die Akte von Katharina Burgmeister. Ihr Mann hieß Benedikt. Jetzt konnte Mark nur hoffen, dass seine Adresse noch stimmte. Eilig kritzelte er die Anschrift auf einen Notizzettel, dann verließ er sein Büro.

Während Mark das beige gestrichene Jugendstilhaus im Duisburger Südviertel musterte, überfiel ihn eine undefinierbare Unruhe. Hier also wohnte Benedikt Burgmeister, sofern er nicht in der letzten Zeit verzogen war. Jedenfalls brauchte ein alleinstehender Mann kaum so viel Platz. Mark ging davon aus, dass Herr Burgmeister keine neue Partnerin hatte, und er hätte darauf gewettet, dass er auch nicht nach einer solchen suchte. So wie Katharina ihn geschildert hatte, würde er die Trennung niemals verwinden. Bei diesem Gedanken krampfte sich Marks Magen zusammen. Irgendwie passte dieser Charakterzug genau in das erstellte Täterprofil.

Mit einem gewissen Unbehagen lief er die Eingangstreppe hoch und schaute auf das Namensschildchen neben der Klingel. Hier wohnte also sein Mann. Obwohl Mark sich noch keine Rede zurechtgelegt hatte, läutete er einfach. Während er wartete, beschloss er, sich direkt als Psychologe seiner verstorbenen Frau vorzustellen und Burgmeister sein verspätetes Beileid auszusprechen. Niemand öffnete jedoch. Einen kurzen Moment erwog er, die Polizei einzuschalten, aber dann dachte er an Kriminalhauptkommissar Pielkötter und hielt es kaum noch für eine gute Idee.

Als er die wenigen Treppenstufen wieder hinunterstieg, fiel sein Blick in den Vorgarten. Blumen und Büsche wuchsen in Reih und Glied, was auf extreme Ordnungsliebe schließen ließ. Für Marks Geschmack wirkte der Garten zu steril. Besonders auffällig fand er jedoch die seltsamen Löcher, die Burgmeister in die Mitte der Lebensbäume geschnitten hatte. Das ist nicht normal, dachte Mark, und erinnerte sich an einen ehemaligen Patienten. Aus lauter Hass hatte der Löcher in alle Gardinen gebrannt. Jedenfalls war Burgmeister sein Mann, das fühlte er nur zu deutlich. Um sich aber nicht auf ein Gefühl zu verlassen, musste er unbedingt ins Haus.

Neugierig sah er an der Häuserwand hoch. Alle Fenster waren verschlossen. Hier jedenfalls bot sich keine Einstiegsmöglichkeit. Deshalb wollte er es auf der Rückseite versuchen. Hinter der Häuserzeile, in der Burgmeister wohnte, existierte ein kleiner Wirtschaftsweg. Als Mark ihn entlanglief, erkannte er den gesuchten Garten hinter einem stählernen Tor. Es war der einzige, dessen Bepflanzung an eine Baumschule erinnerte.

Das von einem Zaun nebst dichter Lorbeerbuschhecke umgebene Stahltor reichte Mark etwa bis zur Brust und war verschlossen. Beherzt umklammerten seine Hände die obere Kante und zogen den Körper so weit wie möglich hoch. Oben schwang er die Beine über das Tor und landete mit einem kleinen Sprung nicht gerade sanft auf der anderen Seite. Ein kurzer, heftiger Stich durchfuhr seinen Fuß, aber dann ließ der Schmerz langsam nach.

Mark sah sich kurz um, konnte jedoch niemanden entdecken. Die mannshohe Lorbeerbuschhecke verlief ebenfalls zu beiden Seiten des Gartens und schirmte ihn regelrecht von den Nachbargrundstücken ab. Auch die Terrasse mit granitgrauen Pflastersteinen konnte allenfalls aus den oberen Stockwerken der umliegenden Häuser eingesehen werden. Die Terrassentür kam nicht als Einstieg in Frage, da Burgmeister die Rollos vor der Tür heruntergelassen hatte.

Während Mark nun auf das Haus zulief und alle Fenster taxierte, beschlich ihn das Gefühl, doch beobachtet zu werden. Reine Einbildung, versuchte er, dieses Gefühl zu erklären. Immerhin brach er nicht gerade jeden Tag in fremde Gärten ein, erst recht nicht in Domänen von vermutlich höchst gefährlichen Mördern. Hinter den

Fensterscheiben konnte er nichts Verdächtiges erkennen. Alle Fenster waren verschlossen, bis auf ein winziges im Erdgeschoss, das wahrscheinlich zur Toilette gehörte und einem Erwachsenen nur schwer Einlass bot. Aber hier lag seine einzige Chance. Ohne Hilfsmittel würde er das Fenster im Hochparterre jedoch nicht erreichen.

Suchend sah er sich um. Trotz des guten Wetters hatte Burgmeister nicht einmal ein paar Gartenstühle auf der Terrasse. Das Einzige, was Mark gebrauchen konnte, war eine blaue Regentonne. Eilig zog er sie unter dem Fallrohr der Dachrinne hervor, drehte sie um und stellte sie unter das kleine Fenster. Die Tonne wackelte bedrohlich, als er sie bestieg. Immerhin reichte sein Oberkörper nun bis an das Fenster.

Neugierig blickte er in einen kleinen Toilettenraum, steckte den Kopf weiter vor und schob seine Schultern über das Fensterbrett. Schon nach wenigen Zentimetern blieb er stecken, nicht gerade die beste Ausgangsposition für ein offenes Gespräch mit dem Hausherrn. Vorsichtig drehte Mark den Oberkörper, bis er eine diagonale Position einnahm. Die Schultern schrammten am Fensterrahmen entlang, aber nun kam er wenigstens voran.

Der Abstieg jedoch stellte ihn vor weitere Probleme. Er konnte sich nicht einfach fallenlassen. Die Aussicht, verletzt und hilflos vor der Kloschüssel eines Mörders zu liegen, gehörte mit zu den schlimmsten Szenarien, die er sich im Moment vorstellen konnte. Schweiß tropfte von seiner Stirn und durchnässte seine Kleidung. Während er sich weiter ins Innere schob, streckte er die Arme ganz nach vorn, bis seine Hände den Klodeckel erreichten. Jetzt konnte er die Füße einzeln nach innen ziehen. Doch dann rutschten ihm die Hände ab, das rechte Schienbein krachte auf die Kloschüssel und sein Körper landete auf dem harten Boden.

Regungslos blieb er auf den schwarzen Kacheln liegen. Nachdem er sich wieder gefangen hatte, tastete er das Schienbein ab. Am liebsten hätte er vor Schmerz aufgeschrien, aber zumindest fühlte er keinen Bruch, nur ein wenig warmes Blut sickerte durch die Hose.

Plötzlich hörte er Geräusche, wahrscheinlich Schritte. In aufkommender Panik schielte Mark zu dem Schlüssel in der Toilettentür, aber er war unfähig, sich zu rühren. Er wusste ja nicht einmal, ob er überhaupt stehen konnte. Sicher würde Burgmeister das einfache Schloss nicht gerade daran hintern, in die Toilette vorzudringen, wenn er sie zugesperrt vorfand und doch wissen musste, dass er sie nicht verriegelt hatte. Also entschied Mark, sich ruhig zu verhalten und darauf zu vertrauen, dass der Hausherr nicht gerade jetzt einen gewissen Drang verspürte.

Mit einem leisen Plopp schlug eine Tür zu. Wenig später dasselbe Geräusch noch einmal. Wahrscheinlich hatte Burgmeister sich etwas aus dem Kühlschrank geholt. Während Mark überlegte, wie lange der Mann sich nun wohl in dem Haus aufhalten würde, sah er sich nach einem Gegenstand um, den er notfalls als Waffe benutzen konnte. Abgesehen von dem Metallgriff der Klobürste konnte er jedoch nichts entdecken. Er musste unbedingt aufstehen. Zumindest wollte er dem Feind Auge in Auge gegenübertreten, um ihm notfalls die Faust ins Gesicht zu rammen. Vorsichtig rappelte er sich hoch und versuchte, den Fuß mit dem verletzten Schienbein zu belasten, und stellte erleichtert fest, dass er stehen konnte. Nur eine schnelle Flucht konnte er mit der Verletzung vergessen.

Plötzlich hörte er wieder leise Schritte. Sie näherten sich, kamen so nah, dass Mark instinktiv von der Tür zurückwich. Burgmeister musste direkt davor stehen. Unwillkürlich hielt Mark die Luft an. Was ging in Burgmeister vor? Spürte er den Eindringling? Mark jedenfalls spürte die Nähe des Mörders. Als würde ihn diese Nähe zu geistigen Höhenflügen inspirieren, erkannte er plötzlich, dass Burgmeister auch ihn als Opfer ausgewählt hatte. Für Burgmeister trug er Mitschuld daran, dass sich Katharina von ihm getrennt hatte. Damit lag er nicht einmal so falsch, allein hätte sie den Absprung niemals geschafft.

Während Mark sich zitternd gegen die Wand lehnte, wurde ihm bewusst, dass Burgmeister von Anfang an beabsichtigt hatte, die Schlinge um seinen Hals immer enger zu ziehen. Deshalb hatte der Mörder den Verdacht auf ihn gelenkt, wobei ihm die Krise mit Susanne zusätzlich zu Hilfe kam. Er selbst aber hatte sich nun dem Mörder frei Haus ans Messer geliefert.

Links neben der Tür raschelte Papier. Las Burgmeister vielleicht in einer Zeitung? Mark konnte nur hoffen, dass er nicht die Absicht hatte, den Toilettenraum zu betreten. Als hätte Burgmeister seinen Wunsch erhört, schien er sich mit eiligen Schritten zu entfernen. Wenig später schlug eine Tür, dann herrschte Stille. Nachdem Mark noch einige Minuten abgewartet hatte, trat er vorsichtig in die Diele.

Das Gehen fiel ihm leichter als erwartet. Mit einem raschen Blick stellte er fest, dass er richtig vermutet hatte, Burgmeister hatte offensichtlich gelesen. Auf einem kleinen Sekretär lag ein aufgeschlagenes Telefonbuch der Stadt Essen. Was hatte Burgmeister vor? Jedenfalls schloss Mark aus Burgmeisters festem, schnellem Schritt auf einen Plan. Beunruhigt warf er einen Blick in das Telefonbuch. Offensichtlich hatte der Mann einen Namen mit dem Anfangsbuchstaben H gesucht. Leider ergaben sich für Mark daraus im Moment keinerlei Anhaltspunkte. Zumindest glaubte er nicht an eine schnelle Rückkehr des Hausherrn, so dass er sich in Ruhe umsehen konnte.

Als Erstes inspizierte er die Küche. Der Tisch war abgeräumt. Ein schmutziges Glas und ein benutzter Teller standen ordnungsgemäß in der Spüle. Zum ersten Mal peinlich berührt, weil er unerlaubt in die Intimsphäre eines Menschen eindrang, wandte er sich ab und verließ den Raum. In dem angrenzenden Wohnzimmer fielen ihm sofort die vielen Fotografien an den Wänden auf. Fast ausnahmslos zeigten sie Katharina. Katharina allein am Strand, Katharina bei der Gartenarbeit, Katharina mit Ehemann vor dem Traualtar. Nur auf einem vergilbten Foto fehlte sie. Es zeigte vier junge Männer in schwarzen Anzügen. Sicher war einer von ihnen der junge Burgmeister.

In diesem Zimmer herrschte genau die gleiche penible Ordnung wie in der Küche. Die Möbel empfand Mark als etwas altbacken, aber schließlich war er nicht hier, um sich Anregungen für die eigene Einrichtung zu holen. Fast automatisch wanderte sein Blick zu dem monströsen Eichenschreibtisch an der gegenüberliegenden Wand. Er ging näher heran und zog die oberste Schublade auf. Abgesehen von Füllfederhaltern in allen Variationen enthielt die Schublade ein rot verschnürtes Päckchen mit Briefen, daneben lag ein weißes Blatt Papier mit schwarzer Umrandung, ähnlich einem Totenbrief.

Am Absender erkannte Mark sofort, dass die Briefe von Katharina Kaspers stammten. Sie waren an Burgmeister, ihren zukünftigen Mann adressiert, der damals offensichtlich in Trier wohnte. Burgmeister musste diese Frau sehr geliebt haben. Nachdenklich legte Mark die Briefe in die Schublade zurück und zog das schwarz umrandete Blatt hervor. Tatsächlich handelte sich dabei um Katharinas Totenbrief.

Er hielt ihn eine Weile in der Hand und versuchte, sich zu konzentrieren. Genau in der Mitte erschien ihm das Papier irgendwie uneben, so als hätte jemand die Rückseite beschrieben und dabei den Füllfederhalter zu fest aufgedrückt. Neugierig wendete er das Blatt. Zuerst sah er ein handgemaltes, schwarzes Kreuz. Ungläubig starrte er auf die Namen, die Burgmeister neben das Kreuz gekritzelt hatte. Barbara Winkler, Eva Maria Garden und Marion Karsting. Burgmeister hatte die Namen seiner drei ermordeten Patientinnen mit einem dicken Filzstift durchgestrichen. Der vierte Name jedoch brachte Mark völlig aus der Fassung. Am unteren Ende des Kreuzes stand: Susanne Milton.

Während Burgmeister auf der Autobahn 40 in Richtung Essen fuhr, überschlugen sich seine Gedanken. Alles in ihm schrie Alarm. Zuerst hatte er nur dieses vage Gefühl verspürt, als habe jemand die Bannmeile um seine Person durchbrochen. Leider hatte sich diese Befürchtung recht schnell als Realität erwiesen. Obwohl der Kontakt zu seinen Nachbarn sich normalerweise auf einen kurzen Gruß beschränkte, hatte Herr Bierbaum von nebenan ihn vor seinem Wagen abgefangen. Aufgeregt hatte er ihm erzählt, dass sich ein Fremder auffallend für seine Haustür und den Vorgarten interessiert hätte. Nur mit Mühe hatte Burgmeister seine Erregung vor dem Nachbarn verbergen können. Er hatte ihm kurz gedankt und war dann in den Wagen gestiegen.

Sicherlich handelte es sich bei dem Fremden um Mark Milton oder einen Polizeibeamten in Zivil. Eigentlich machte es keinen

Unterschied, wer tatsächlich vor seiner Tür herumgeschnüffelt hatte. So oder so musste er diesen Besuch als ein Zeichen deuten. Die Häscher folgten seiner Spur, um die Vollendung der Sühne zu vereiteln. Deshalb musste er sein Werk noch heute vollenden. Er konnte es kaum erwarten, seinem letzten Opfer gegenüberzustehen. Während er von der Autobahn abfuhr und sich mit dem Wagen in Richtung Süden quälte, kannte er nur noch einen Gedanken. Susanne Milton musste ihm eine Gelegenheit bieten, ihr allein zu begegnen. Er wagte es sich gar nicht auszumalen, wenn er heute keine Chance bekommen würde.

An der nächsten roten Ampel schaltete er das Navigationsgerät ein. Nachdem ihn eine sympathische Stimme noch zweimal zum Abbiegen aufgefordert hatte, hielt er den Wagen an. Hektisch beugte er sich zur Beifahrerseite, öffnete dort das Handschuhfach und zog seine blonde Perücke heraus. Er zog sie eilig über sein kurz geschnittenes, schwarzes Haar, dann kramte er die eigens für diesen Zweck gekaufte Hornbrille hervor. Eigentlich jedoch war die Verkleidung unwichtig. Susanne würde ihn hinterher sowieso nicht beschreiben können, allenfalls ihre Eltern, sollte er ihnen nahe genug begegnen, aber das war ihm inzwischen egal. Sobald er seine Mission erfüllt hatte, wäre sein Leben sowieso sinnlos. Eigentlich ergab sein Leben schon seit Luisas tödlichem Unfall keinen Sinn mehr. Nur der Gedanke an seine Aufgabe ließ ihn weiterleben.

Während er jetzt im Autospiegel sein verändertes Äußeres betrachtete, fiel die Hektik plötzlich von ihm ab. Gefährliche Ruhe breitete sich in ihm aus, wie er sie schon kurz vor den anderen Sühneopfern verspürt hatte. Ohne Hast startete er nun den Motor und fuhr wenige hundert Meter bis vor die Villa der Familie Henkelmann. Er stieg langsam aus, nahm einen Aktenkoffer vom Rücksitz und lief dann mit festen Schritten bis zum Eingangsportal. Man würde ihn ins Haus hineinlassen, dessen war er sicher, er spürte es. Hoffnungsvoll drückte er auf den Knopf der Gegensprechanlage.

»Ja bitte«, ertönte kurz darauf eine Frauenstimme.

»Grundstein, ich möchte Frau Susanne Milton sprechen.«

»Die ist im Moment nicht hier.«

»Aber es ist dringend.«

»Moment«, erwiderte die Stimme.

Während er kurz wartete, spielte er gedanklich einige Möglichkeiten durch, wie er Susanne Milton von ihrer Familie isolieren könnte. Zweifellos würde sich der letzte Akt seines Plans am schwierigsten gestalten. Dafür jedoch winkte der größte Triumph. Durch seine Tat würde er sein Opfer vor der Sünde schützen. Die Frau, die plötzlich im Türrahmen auftauchte, durchbrach seine Gedanken. Fast glaubte er, Susanne Milton stünde unerwartet vor ihm, doch dann erkannte er, dass die Frau viel älter sein musste.

»Kommen Sie doch herein«, forderte sie ihn auf.

»Grundstein, Rechtsanwalt Grundstein«, erwiderte Burgmeister und ließ sie einen Blick auf seine Visitenkarte werfen, ohne sie jedoch aus der Hand zu geben.

»Wie schon gesagt, meine Tochter ist nicht da. Aber Sie können auf sie warten. Sie geht gerne in die Sauna, wenn wir die Kinder betreuen.«

»Leider habe ich wenig Zeit.«

»Es dauert nicht lange«, erklärte Frau Henkelmann. »Der Betrieb schließt bald. Susanne geht am liebsten um diese Zeit dorthin, weil es dann schön leer ist. Die meisten Frauen verlassen die Sauna, ehe ihre Männer von der Arbeit nach Hause kommen.«

»Ist das weit von hier?«, fragte Burgmeister mit unverhohlenem Interesse.

»Nur zwei Parallelstraßen«, gab Frau Henkelmann bereitwillig Auskunft. *Sauna und Wellness* steht draußen. Aber Sie können gerne im Wohnzimmer warten. Susanne ist sicher in wenigen Minuten hier.«

»Sehr freundlich, aber es geht wirklich um jede Sekunde«, entgegnete er und reichte ihr zum Abschied die Hand.

Kopfschüttelnd sah sie ihm nach, wie er die Einfahrt fast hinunterrannte. Obwohl er sich beeilen musste, war er innerlich immer noch ruhig. Während er den Wagen durch das Viertel fuhr und nach der Sauna Ausschau hielt, überlegte er, wie er am besten vorgehen sollte, und als er das gesuchte Schild gefunden hatte, stand sein Plan fest. Bevor er ausstieg, vergewisserte er sich, dass der Dolch in seiner Jackentasche steckte. Ein kurzer Kontrollgriff zur Perücke, dann nahm er den Aktenkoffer in die Hand und lief zum Eingang der Sauna. Während er dreimal tief durchatmete, schaute er neugierig durch die gläserne Eingangstür. Schließlich drückte er die Klinke hinunter und trat ein.

»Tut mir leid, wir schließen gleich«, erklärte eine brünette Frau knapp über dreißig, die hinter der Anmeldung stand.

»Aber die Tür war noch nicht verschlossen«, erwiderte Burgmeister und drehte den Schlüssel im Schloss herum.

Irritiert schaute die Frau in seine Richtung. Sie konnte gar nicht so schnell begreifen, was er da tat, doch als er sich zu ihr umwandte, schnürte sich ihre Kehle zu. Der Mann scherzte nicht, in seinen Augen loderte der Wahnsinn. Ehe sie schreien konnte, trat er neben sie und hielt eine spitze Waffe gegen ihre Brust.

»Tun Sie genau, was ich Ihnen sage, dann passiert Ihnen nichts.«

Seine Stimme klang nicht gerade vertrauenerweckend, dennoch blieb ihr keine andere Wahl. Ohne Gegenwehr ließ sie sich die Hände fesseln.

»Wie viele Kunden sind noch hier?«, fragte er plötzlich.

Für einen kurzen Moment geriet sie in Versuchung, die letzte Kundin zu verschweigen, aber sie hatte Angst. Was würde er mit ihr anstellen, wenn er merkte, dass sie ihn belogen hatte? »Nur eine Frau«, antwortete sie, wobei ihr Unterkiefer vibrierte. »Sitzt noch in Sauna eins.«

Der Mann nickte und klebte ihr den Mund mit einem breiten Band zu. Insgeheim hoffte sie, er würde endlich die Kasse mit den Tageseinnahmen an sich nehmen und verschwinden, doch sein Blick wanderte durch den hinteren Teil des Geschäftslokals. Er zerrte sie dorthin, zu einer kleinen Tür, hinter der sich eine Abstellkammer befand. Er schaute hinein, war offensichtlich zufrieden mit dem, was er gesehen hatte, und stieß sie in den telefonzellengroßen Raum. Dann ging der Mann weiter nach hinten. Er brauchte nicht lange zu suchen, bis er das Schild mit der Nummer eins fand.

Eilig öffnete er seine Aktentasche und holte die Gummischürze hervor. Noch einmal hielt er inne und blickte sich kontrollierend um. Von seiner Position aus konnte er den gläsernen Eingang nicht sehen. Also konnte er hier hinten sein Werk ungestört vollenden. Als er die Tür zur Sauna eins aufzog, lächelte er höhnisch. Trockene Hitze strömte ihm entgegen. Für einen Moment mussten sich seine Pupillen an die relative Dunkelheit in der Kabine gewöhnen, doch dann sah er Susanne Milton.

Erschrocken hielt sie ein Handtuch vor ihren eben noch nackten Körper. Sie wirkte überrascht, schien den tödlichen Ernst der Lage aber noch nicht zu erkennen. Nun, die Zeit würde er ihr mit Vergnügen gönnen.

»Herr Grundstein?«, fragte sie plötzlich. »Ich dachte, es wäre schon jemand vom Reinigungsdienst.«

Verwirrt starrte sie auf die Gummischürze, dann erkannte sie den Dolch in seiner Hand. Während sie um Hilfe rief, weidete er sich an ihrer einsetzenden Angst. Ihre geweiteten Augen erinnerten ihn an das Bild »Der Schrei« von Edvard Munch.

Er spürte förmlich, wie sich hinter ihrer Stirn die Ereignisse zu einem logischen Zusammenhang verknüpften. Schweiß tropfte nun aus allen seinen Poren, aber er spürte nichts als Triumph. Niemand konnte ihn jetzt noch aufhalten. Seine Mission war so gut wie vollendet.

Mit zwei Schritten stand er vor ihr und riss das Badetuch aus ihren Händen. Seltsamerweise erregte ihn ihr nackter Körper, anders als bei den anderen Frauen. Trotzdem durfte er sich jetzt keine sexuellen Gefühle gestatten. Als er den Dolch hob, schlug sie mit den Fäusten auf ihn ein, die Klinge drang in ihren Unterarm. Blut durchtränkte das weiße Badetuch, das neben ihr auf dem Boden lag. Plötzlich konnte er sie nicht mehr erkennen. Der Schweiß brannte in seinen Augen. Während er versuchte, ihn herauszureiben, stürmte Susanne an ihm vorbei zur Tür. Ehe sie jedoch die Klinke berühren konnte, zog er sie an den nassen Haaren zurück. So leicht würde sie ihm nicht entkommen.

Mit rekordverdächtiger Geschwindigkeit raste Mark zu seinen Schwiegereltern. Inzwischen ergab die aufgeschlagene Seite des Telefonbuchs von Essen einen Sinn. Er war ganz sicher, dass

Burgmeister noch heute Kontakt zu Susanne aufnehmen wollte. Als Mark darüber nachgrübelte, wie dieser Kontakt aussehen konnte, krampfte sich sein Magen zusammen. Automatisch trat sein Fuß das Gaspedal durch. Er konnte nur hoffen, dass Burgmeister Susanne zusammen mit ihren Eltern und nicht allein antreffen würde.

Zusätzliche Panik stieg in ihm hoch, als er an Jens und Lena dachte. Burgmeister würde keine Rücksicht auf die Kinder nehmen. In seinem blinden Hass würde er nur an Rache denken. Dabei wusste Mark nur zu gut, dass Burgmeister mit seiner letzten Tat auch ihn selbst strafen wollte. Doch was nützte jetzt alles Wissen um die Motive, wenn der dichte Verkehr ihn nicht schneller vorankommen ließ? Als er endlich vor dem Grundstück seiner Schwiegereltern aus dem Auto stieg, fühlte er sich wie am Rand eines tiefen Abgrunds. Er rannte die lange Einfahrt hoch und hämmerte gegen den Klingelknopf.

»Mark hier«, schrie er in die Gegensprechanlage, »mach auf, schnell!«

»Was hast du?«, fragte seine Schwiegermutter, als sie ihm öffnete, und sah ihn leicht strafend an. »Hartmut ist mit den Kindern zum Abenteuerspielplatz gefahren.«

Gott sei Dank!, die Kinder waren in Sicherheit!

»Ich muss sofort Susanne sprechen«, stieß er hervor.

»Susanne ist auch nicht hier«, erwiderte sie leicht beunruhigt. »Sie ist in der Sauna. Das habe ich vorhin schon diesem Herrn erzählt, der es genauso eilig hatte wie du.«

»Nein!«, schrie Mark. »Nein, das ist nicht wahr. Sie ist in großer Gefahr. Dieser Mann ist der gesuchte Serienmörder. Ich muss sofort zu ihr. Und du rufst die Polizei und schickst sie zur Sauna.«

Kopflos wollte er zu seinem Wagen stürmen, doch dann drehte er sich noch einmal um. »Du meinst doch *Sauna und Wellness*?«

Hannah Evelyn schien unter Schock zu stehen. Bleich lehnte sie an der Haustür und reagierte nicht.

»Hier im Wellnessclub?«, rief er noch einmal.

Endlich nickte sie, und er rannte weiter zu seinem Auto. Die wenigen Minuten, bis er sein Ziel erreicht hatte, kamen ihm vor wie eine kleine Ewigkeit. Er stürmte die Stufen zum Eingang hoch. Wieso war die Tür verschlossen? Irritiert sah er auf das Schild mit den Öffnungszeiten. Danach kam er genau fünf Minuten zu spät. Hatte Susanne den Saunabetrieb etwa schon verlassen? Bestenfalls sogar, bevor Burgmeister hier eingetroffen war? Trotzdem beschlich Mark ein merkwürdiges Gefühl, als er durch die Glastür ins Innere blickte. Obwohl das Licht noch brannte, konnte er keine Angestellten entdecken. Befand sich Susanne hier oder woanders in Gefahr?

Nachdenklich hetzte er die Stufen wieder hinunter und rannte, hektisch um sich schauend, die Straße entlang. Plötzlich blieb er stehen und starrte auf einen Wagen mit Duisburger Kennzeichen und den Buchstaben BB. Benedikt Burgmeister, dachte er, während er in wilder Panik zur Sauna zurückhetzte. Unterwegs hob er einen etwas größeren Stein aus einem der Vorgärten auf, dann rannte er weiter. Keuchend stand er vor der Ladentür. Seine Hand holte aus, und der Stein durchschlug das Glas direkt neben der Klinke. Die Splitter fielen nach innen. Mit zitternder Hand fasste er durch die kaputte Scheibe und drehte den Schlüssel herum. Wenige Sekunden später stürmte er in das Lokal.

Fäuste trommelten gegen Holz. Mark rannte zu der Tür, von der das Geräusch kam. Während er öffnete, hörte er einen erstickten Laut. Dann sah er die gefesselte Frau, aber es war nicht Susanne. Eilig löste er die Fesseln und das Klebeband von ihrem Mund.

»Wo ist meine Frau?«, schrie er.

»In Sauna eins«, stammelte die Frau und brach in Tränen aus.

Mark ließ sie los und rannte den Gang weiter nach hinten. Er konnte kaum einen klaren Gedanken fassen. Die Schilder an den Wänden schienen vor seinen Augen zu verschwimmen. Als er eine Eins erkannte, riss er die Tür auf und erstarrte.

Nackt und blutend lag Susanne auf dem Boden. Burgmeister kniete über ihr, mit dem Rücken zu ihm. Er wollte sich umdrehen, doch Mark war schneller und stürzte sich auf den Mann. Burgmeister fiel schräg nach vorne. Sein Kopf schlug gegen eine Holzbank. Trotzdem drehte er sich augenblicklich um und starrte Mark hasserfüllt an. Den Dolch hielt er immer noch in der Hand.

Während Mark einen kurzen Blick auf Susanne riskierte, sprang Burgmeister auf und stieß ihm die Waffe in die Seite. Seine schmalen Lippen verzogen sich zu einem höhnischen Grinsen. Mit letzter Kraft versuchte Mark, seine Faust gegen Burgmeisters Kinn zu rammen, aber dieser drehte den Kopf blitzschnell zur Seite. Mit dem Dolch in der Hand bewegte er sich auf Mark zu, der sich von dem ersten Angriff noch nicht erholt hatte. Er erstarrte und schaute wie gelähmt Burgmeister entgegen, der seinen Triumph sichtlich genoss.

»Keine Bewegung«, ertönte plötzlich Pielkötters Stimme.

Hinter ihm stürmten einige Polizisten herein. Die Szene erinnerte Mark an einen Film. Er wusste nur nicht an welchen. Wie in Trance nahm er wahr, wie Burgmeister aus dem Raum geführt wurde. Wenig später hoben zwei Sanitäter Susanne auf eine Trage. Sie stöhnte leise. Gott sei Dank, sie lebt, war Marks letzter Gedanke, dann wurde ihm schwarz vor Augen.

Als er wieder zu sich kam, spürte er Pielkötters Atem. Der Hauptkommissar hatte sich über ihn gebeugt und versuchte ihm etwas unter die Nase zu halten.

»Sind wohl nicht gerade dazu geboren, den Helden zu spielen.«

»Wie kommen Sie hierher?«, fragte Mark statt einer Antwort.

»Saubere Ermittlungsarbeit. Oder glauben Sie, wir drehen nur Däumchen?«

Tatsächlich hatte Mark dem Hauptkommissar nicht zugetraut, den wahren Mörder zu finden.

»Dabei haben Sie uns allerdings geholfen«, erklärte Pielkötter. »Als wir Ihre handgeschriebene Kartei mit der Datei auf Ihrem Computer verglichen haben, mussten wir feststellen, dass genau eine Akte fehlte. Ab diesem Moment wusste ich, dass Sie nicht der Mörder sind.«

»Ich verstehe nicht.«

»Wenn Sie vorgehabt hätten, die Akte verschwinden zu lassen, hätten Sie auch die Information auf dem Computer gelöscht. Benedikt Burgmeister allerdings konnte das nicht. Wahrscheinlich kannte er Ihr Passwort nicht.«

»Nein, nein«, wandte Mark ein. »Er wusste nichts von weiteren Daten. Den Laptop nehme ich immer mit nach Hause.«

»Jedenfalls hatten wir Burgmeister von diesem Moment an im Visier. Zudem wurde mir sofort klar, dass er es auf Ihre Frau abgesehen hat. Dass sie momentan bei ihren Eltern weilte, fanden wir schnell heraus. Sie hätten das Gesicht Ihrer Schwiegermutter sehen sollen, als wir vor ihrer Tür standen, noch ehe sie uns angerufen hatte.«

Obwohl Marks rechte Seite plötzlich höllisch schmerzte, musste er lächeln.

»Zigarette?«, fragte Kriminalhauptkommissar Pielkötter.

»Nein, danke«, antwortete Benedikt Burgmeister und fügte leicht blasiert hinzu: »Dieses Laster möchte ich mir abgewöhnen.«

Unwillkürlich schüttelte Pielkötter den Kopf. Wehrlose Frauen bestialisch umzubringen, reichte als Laster auch vollkommen aus. Burgmeister wirkte auf ihn extrem unsympathisch. Alle Schuldvorwürfe schienen an ihm abzuprallen, als trage er einen unsichtbaren Panzer.

»Sie haben drei Frauen getötet und fast eine vierte auf dem Gewissen.«

»Was wissen Sie von Gewissen? Diese Frauen hatten jedenfalls keins. Haben ihre Männer unrechtmäßig verlassen.«

»So, so«, brummte Pielkötter ärgerlich, während er das oberste Blatt von seinem Notizblock zerknüllte.

»Bis dass der Tod euch scheidet, genau das hatten sie doch alle geschworen.«

Und du hast dann schnell den Tod gespielt, um die falsche Reihenfolge zu korrigieren, dachte Pielkötter. Wie er es hasste, wenn die Täter einen Mord philosophisch, moralisch oder religiös zu überhöhen versuchten.

»Kaffee?«, fragte er, um sich den Unmut nicht anmerken lassen.

»Gern. Mit Milch und Zucker.« Burgmeister deutete sogar ein Lächeln an und entblößte dabei eine Reihe strahlend weißer Zähne. Unwillkürlich verglich Pielkötter diese mit seinem reparaturbedürftigen Gebiss, was seine Laune nicht gerade besserte.

»Erzählen Sie, wie Sie auf die Frauen gekommen sind«, forderte Pielkötter ihn auf, wobei er den Kaffee in zwei Becher goss.

»Ich habe ihre Namen aus der Kartei von Milton, diesem Psychologen.«

Kaum überrascht blickte Pielkötter über den Rand des Kaffeebechers.

»Natürlich hat er mir die Kartei nicht freiwillig gezeigt«, fuhr Burgmeister fort, wobei sich sein Mund zu einem hämischen Grinsen verzog. »Ich bin in Miltons Praxis eingebrochen und habe mir alle Patientenakten kopiert.«

»Sie kannten die Opfer also nicht persönlich?«

»Barbara Winkler habe ich ein paarmal vor der Praxis getroffen, als ich Luisa abholen wollte. Und Marion Karsting. Die habe ich wohl auch einmal kurz vor Miltons Praxis gesehen.«

Pielkötter fragte sich, warum Milton den Einbruch mit keinem Wort erwähnt hatte. Immerhin hätte ihn das in gewisser Weise entlastet. Aber er musste sich eingestehen, dass er ihm kaum geglaubt, es für ein Ablenkungsmanöver gehalten hätte.

Burgmeister führte die Kaffeetasse betont langsam zum Mund und stellte sie erst wieder ab, als Pielkötter kurz davorstand, seine Geduld zu verlieren.

»Wissen Sie, Luisa und ich, wir führten eine gute Ehe, bis sich dieser Psychologe eingemischt hat. Nur er hat sie zur Trennung animiert.« Burgmeister verstummte abrupt, seine Gesichtszüge wirkten plötzlich alt.

»Soweit wir recherchiert haben, ist Ihre Frau Katharina bei einem Unfall ums Leben gekommen«, fuhr Pielkötter fort, um sich nicht weiter in seine familiären Probleme zu vertiefen.

»Luisa. Ich habe sie immer Luisa genannt.«

»Aber es war ein Unfall?«

»Ja, in gewisser Weise«, bestätigte Burgmeister mit nicht gerade überzeugender Miene.

»Was heißt *in gewisser Weise*?«, bohrte Pielkötter sofort nach.

»Ich wollte, dass wir beide zusammen sterben, aber ich habe den Autounfall überlebt.«

Da hat mich mein kriminalistischer Riecher also doch noch nicht ganz verlassen, dachte Pielkötter, irgendwie mit sich zufrieden.

»Und weil Sie allein überlebten, fühlten Sie sich schuldig.«

»Eigentlich nicht«, erklärte Burgmeister ungerührt. »Meine Rettung war ein Zeichen. Ich habe überlebt, weil ich eine Mission zu erfüllen hatte. Immerhin hatte Luisa mit ihrem Leben bezahlt, während dieser Milton unbehelligt weiterlebte. Dieser ehrlose Psychologe und all die anderen Frauen, die er zur Trennung überredet hat.«

Während Burgmeister redete, trat eine dicke Ader an seinem Hals hervor.

»Die Patientenakten waren ja Beweis genug, dass er die Frauen angestachelt hatte, ihre Männer zu verlassen, also das heilige Sakrament der Ehe zu brechen. Ein Psychologe ohne Werte eben.«

»In der Kartei haben Sie also die Fälle von Barbara Winkler, Eva Maria Garden und Marion Karsting gefunden.«

Burgmeister nickte. »Dabei wollte ich nicht nur sie bestrafen, sondern auch Milton.«

»Haben Sie je daran gedacht, ihn umzubringen?«

»Nein. Durch den Mord an seinen Patientinnen konnte ich mich ja an ihm rächen. Früher oder später würde man ihn verdächtigen. Damit wollte ich ihn ruinieren. Als ich Milton ausspionierte, erfuhr ich zudem, dass seine eigene Frau ihn verlassen wollte. Ein Wink des Schicksals. Dadurch wäre es mir fast gelungen, meinen moralischen Feldzug in einem genialen Finale zu beenden. Mit seiner Frau als Sühneopfer hätte ich ihn mitten ins Herz getroffen.«

Nachdenklich stellte Pielkötter seine Kaffeetasse ab. Die innere Logik der Täter überraschte ihn immer wieder. Zweifellos waren Burgmeisters Gedankengänge in gewisser Weise schlüssig, aber nur in einer Art Mikrokosmos, der nichts mit der gesellschaftlichen Realität zu tun hatte.

»Haben Sie sich nie ein anderes Leben vorgestellt?«

Burgmeisters Miene verdunkelte sich. Seine Schultern schienen einige Zentimeter nach unten zu sacken.

»Ursprünglich wollte ich Priester werden«, erklärte er mit veränderter Stimmlage. »Ich stand kurz vor der Weihe, als Luisa in mein Leben trat. Wegen ihr habe ich alles aufgegeben. Den geliebten Beruf, die Freunde am Priesterseminar, die Anerkennung durch die Professoren, die Liebe meiner Mutter, die mir diesen

Schritt nie verziehen hat. Luisa meinte, der Treueschwur in der Ehe sei auch eine Art Gelübde. Ich habe ihr geglaubt, hätte nie gedacht, dass sie den Schwur brechen würde. Verstehen Sie jetzt?«

Pielkötter erinnerte sich plötzlich, bei den Fotos von der ersten Leiche an eine Art Kreuzigung gedacht zu haben. Warum hatte er den Täter nicht gleich in kirchlich-religiösen Kreisen gesucht? Stattdessen hatte er Mark Milton in die Zange genommen. Nachträglich tat es ihm leid.

»Meine Mutter ist Luisa niemals begegnet«, platzte Burgmeister in diese Überlegung. »Sogar die Hochzeit hat sie ignoriert.«

Unwillkürlich dachte Pielkötter an seinen Sohn. Plötzlich fühlte er sich ausgelaugt. Falls Burgmeister jetzt versuchen würde, seine gestörte Mutterbeziehung aufzuarbeiten, wollte er das Verhör für heute beenden.

Schweigend betrachtete Mark Susannes Gesicht. Zu gerne hätte er gewusst, was sich hinter ihrer hübschen Stirn abspielte. Warum hatte er Psychologie studiert, wenn er sich nicht einmal in der Psyche der eigenen Frau auskannte?

»Es ist vorbei«, sagte sie plötzlich, während sie einen imaginären Punkt an der Wand zu fixieren schien.

»Ja, es ist vorbei«, stimmte er ihr zu, obwohl er spürte, dass sie etwas ganz anderes meinte als er.

»Im Schatten einer toten Lea halte ich es nicht mehr aus«, erklärte sie. »Ich verlasse dich und nehme die Kinder mit. Natürlich kannst du sie so oft sehen, wie du willst. Um die Kinder darf es keinen Streit geben.«

Deine Eltern haben dir sicher schon die neue Luxuswohnung besorgt, hätte er am liebsten geschrien, aber was hatte das jetzt noch für eine Bedeutung? Er hatte gekämpft und verloren. Susanne hatte sich entschieden. Aufgewühlt schaute er in ihr Gesicht. Selbst ihr Blick drückte mehr Entschlossenheit aus als Trauer. Wo waren all die anderen Gefühle, die er früher so oft in ihren Augen gelesen hatte?

»Wann?«, fragte er, nur um das bedrückende Schweigen zu unterbrechen.

Eigentlich hegte er keinerlei Interesse an weiteren Details. Sie waren so unwichtig, wie alle Pläne, die er jemals mit ihr oder Lea geschmiedet hatte. Diesmal verlor er zusätzlich seine Kinder. Schmerzlich drang die volle Bedeutung dieser Erkenntnis in sein Bewusstsein.

»Morgen kommen die Leute von der Spedition und packen alles ein«, störte sie seine Gedanken.

Packen alles ein, packen alles ein, echoten ihre Worte in seinem Kopf. Genau hier liegt das Problem, dachte er wehmütig und auf irgendeine paranoide Art belustigt zugleich. Susanne lebte einfach in einer anderen Welt. Er würde seine Sachen selber packen, wenn er ausziehen wollte, sie ließ packen. Diese Kluft zwischen ihren Ansprüchen jedoch hatte nicht ihre Ehe zerstört, sondern seine eigene Unfähigkeit, sich angemessen mit seiner Vergangenheit auseinanderzusetzen. So viel wusste er inzwischen. Diese Erkenntnis jedoch kam für seine Ehe zu spät.

»Sobald du aus deiner Praxis kommst, ist alles geregelt«, sagte sie, als würde ihn das in irgendeiner Weise trösten.

Dabei schnürte ihm diese Vorstellung fast die Kehle zu. Genug der Worte. Reden brachte jetzt nichts mehr. Sie hatte alles gesagt, mehr als er momentan verkraften konnte. Jetzt wollte er nur noch raus hier. Raus aus dieser Wohnung, die er einst als eine Art Zufluchtsstätte empfunden hatte.

»Bis irgendwann also«, verabschiedete er sich mit belegter Stimme. Ohne ihre Reaktion abzuwarten stürmte er hinaus. In der Diele riss er die erstbeste Jacke vom Haken, steckte seinen Schlüsselbund in die Hosentasche und verließ die Wohnung. Eilig hastete er die Treppe hinunter, nahm mehrere Stufen auf einmal. Als die Tür hinter ihm zuschlug, hatte er das Gefühl, endlich wieder atmen zu können.

»Na, wohl auch Ärger gehabt«, sprach ihn ein älterer Mann an, der offensichtlich soeben die Namensschildchen auf den Klingeln gelesen hatte.

Erstaunt erkannte Mark Kriminalhauptkommissar Pielkötter.

»Falls Sie nichts Besseres vorhaben, lad ich Sie auf ein Köpi ein«, schlug Pielkötter vor. »Ich glaube, ich hab da etwas gutzumachen.«

Mark lächelte müde. Auch wenn er eigentlich lieber allein sein wollte, hatte die Aussicht auf ein Bier in Gesellschaft einen gewissen Reiz.

»Okay«, erwiderte er schließlich. »Warum eigentlich nicht?«

ENDE

Mein besonderer Dank

für wertvolle Anregungen,
konstruktive Kritik und Korrektur gilt:

Sabrina und Dieter,

Katja und Joachim

sowie meiner Lektorin
Dr. Anette Kleszcz-Wagner

Wien Krimi im Prolibris Verlag

Robert Pucher, Katerfrühstück
240 Seiten, Paperback, 3. Auflage 2008
ISBN 978-3-935263-39-9 / 12,00 EUR

Eine Leiche nach einer durchzechten Nacht in seiner Badewanne zu finden, ist schon schlimm genug. Vor allem für den erfolglosen, an der Welt zweifelnden Wiener Schriftsteller Daniel Reichenbach. Und das spurlose Verschwinden des Leichnams nur zwei Tage später, macht die Sache nicht besser.

Bald muss Reichenbach feststellen, dass eine abgesägte Hand, die er in den Weinbergen findet, noch lange nicht das Ende des Grauens bedeutet. Unaufhaltsam scheint er ins Verderben zu schlittern.

Oberinspektor Doppler ist heillos überfordert und verstrickt sich selbst immer mehr in illegale Machenschaften.

Dresden Krimi im Prolibris Verlag

Kai Leuner, Schüsse auf die Staatsanwältin
219 Seiten, Paperback, Originalausgabe Oktober 2008
ISBN 978-3-935263-59-7 / 12,00 EUR

Die junge Dresdner Staatsanwältin Manja Koeberlin hat Anklage erhoben gegen einen skrupellosen Drahtzieher des organisierten Verbrechens und ist sich ihres Erfolges sicher. Ihr Kronzeuge, einst rechte Hand des »Litauers«, ist bereit, gegen ihn auszusagen. Doch Valkunas schwört ihr im Gerichtssaal unerbittliche Rache. Und nun gerät sie selbst ins Visier eines übermächtigen Feindes, der kaltblütig sein Ziel verfolgt: ihre Vernichtung. Der Debütroman von Kai Leuner, im bürgerlichen Leben Staatsanwalt in Dresden, beginnt als Wirtschaftskrimi, wandelt sich aber schnell zu einem packenden Thriller.

Inselkrimis im Prolibris Verlag